D1722136

ДОМ ИЗ ЗЕЛЁНОГО СТЕКЛА

ДОМ ИЗ ЗЕЛЁНОГО СТЕКЛА

КЕЙТ МИЛФОРД

Художник
ДЖЕЙМЕ ЗОЛЛАРС

Перевела с английского
НАТАЛЬЯ ВЛАСОВА

поляндрия
издательский дом

2023

УДК 821.111 (73)-343.4-93 Милфорд.030=161.1
ББК 84 (7Сое)-442
М60

Greenglass House
by Kate Milford
with illustrations
by Jaime Zollars

Published by arrangement with Clarion Books/HarperCollins
Children's Books, a division of HarperCollins Publishers.
Публикуется по договоренности с Clarion Books/HarperCollins
Children's Books, подразделение HarperCollins Publishers.

*Издательство выражает благодарность
литературному агентству «Синопсис»
за содействие в приобретении прав.*

Милфорд, Кейт.
М60   Дом из зелёного стекла / Кейт Милфорд ; пер. с англ.:
Наталья Власова ; ил.: Джейме Золларс. — Санкт-Петербург :
Поляндрия Принт, 2023. — 496 с. : ил.

ISBN: 978-5-6049643-7-8

Посвящается моим родным, далёким и близким, с благодарностью за праздники Рождества, которые мы отмечали в детстве.

Рейгану, Хедли, Фиро, Оливеру, Гриффину и той, кого мы зовём Эмилия, — настоящим любителям приключений.

Эмме, которая не отступила, пока я не справилась с тем, что не получалось.

И бабуленьке, ведь эта книга — её любимая!

Оглавление

Глава первая

Постоялый двор
для контрабандистов

Если вы собираетесь открыть гостиницу в городе контрабандистов, можно всё сделать правильно, а можно всё испортить.

Во-первых, избавьтесь от привычки задавать слишком много вопросов. И пожалуй, не стоит заниматься этим ради обогащения. Да, контрабандисты всегда будут при деньгах, как только найдут покупателя на восемь ящиков со стержнями для авторучек редчайшего изумрудного оттенка, но именно сегодня у них никогда нет наличных. Если вы собираетесь открыть гостиницу для контрабандистов, неплохо бы обзавестись толстой бухгалтерской книгой и иметь в виду: что бы вы ни писали в ней, вам всё равно заплатят стержнями для ручек. Это если повезёт — ведь с лёгкостью могут заплатить чем-то ещё более бесполезным.

Майло Пайн не был хозяином гостиницы для контрабандистов, зато ею владели родители Майло. Вообще-то, это был целый постоялый двор — огромная обветшавшая усадьба. Выглядела она так, будто её наспех слепили из заброшенных разномастных построек, свезённых с разных концов света. Заведение называлось «Дом из зелёного стекла» и располагалось на склоне холма в небольшой бухте — маленьком райончике, частью построенном на берегу, а частью на сваях, торчавших из реки Скидрэк, словно зубья расчёски. От берега до постоялого двора можно было долго-долго тащиться пешком, а можно было чуть быстрее добраться по канатной дороге, которая вела вверх по крутому склону Уилфорберского холма с причала, принадлежавшего постоялому двору. Разумеется, «Дом из зелёного стекла» распахнул свои двери не только для контрабандистов, но именно они останавливались здесь чаще других, поэтому Майло считал их заведение гостиницей для контрабандистов.

Майло жил в «Доме из зелёного стекла» с тех пор, как его совсем малышом усыновили Нора и Бен Пайны. Это место всегда было для него домом, и он привык к странноватым типам, что находили здесь приют. Некоторые из них приезжали каждый сезон, словно дальние родственники, явившиеся, чтобы потрепать тебя за щёчку, на очередной праздник, а потом снова пропадали. Спустя двенадцать лет Майло даже научился предугадывать, кто и когда появится. Контрабандисты — они же как букашки или овощи, у каждого своя пора. Вот почему Майло так удивился, когда зазвонил старый колокол на крыльце, тот самый, что был подсоединён к стальной катушке с тросом, тянувшим вагончик фуникулёра по рельсам.

Звук старого железного колокола тоже менялся в зависимости от времени года и времени суток. Сегодня, в первый день зимних каникул, вечер выдался морозным, только что пошёл снег. Поэтому звук колокола был ледяным и напоминал глоток холодного воздуха. Майло, который решал за журнальным столиком задачку по математике, поднял голову. Он хотел сделать всё домашнее задание разом, не откладывая в долгий ящик, чтобы можно было насладиться каникулами и не вспоминать про школу. Мальчик посмотрел на маму, которая улеглась с книжкой на ковре из лоскутков перед большим кирпичным камином.

— Кто-то хочет подняться? — с недоверием спросил Майло.

Миссис Пайн встала, сунула книгу под мышку и выглянула в окно у двери в холле.

— Вроде бы. Надо включить лебёдку.

— Но у нас не бывает постояльцев на первой неделе каникул! — запротестовал Майло.

Он почувствовал, как внутри нарастает смутное беспокойство, и попытался справиться с этим ощущением. Нельзя же так быстро испортить каникулы, правда? Он лишь несколько часов назад сошёл с парома, который перевозил детей из района Пристани в школу и обратно.

— Ну, не часто. Скорее нет, — ответила миссис Пайн, зашнуровывая ботинки. — Но не потому, что это запрещено. Просто так обычно получается.

— Но сейчас же *каникулы*!

Мама пожала плечами и протянула ему пальто.

— Пошли, малыш. Будь джентльменом. Не заставляй маму выходить на холод одну.

Эх, снова разыграна всесильная карта «будь джентльменом». По-прежнему ворча, Майло поднялся, тихонько нашёптывая: «Каникулы, каникулы,

каникулы!» — и, ссутулившись, пошёл за мамой. Он почти закончил домашнее задание. Предполагалось, что с ответственностью будет покончено на какое-то время.

Колокол зазвонил снова. Майло поддался своему разочарованию, остановился посреди холла в одном ботинке и, подбоченившись, издал вопль ярости.

Миссис Пайн, сложив руки, подождала, пока Майло закончит.

— Излил душу? — мягко спросила она.

Майло нахмурился.

— Я знаю, что это странно, — добавила мать, — и я знаю, что тебе не нравится, когда что-то происходит вопреки твоим ожиданиям. — Она наклонилась и порылась в корзинке для мелочей, стоявшей у двери, разыскивая фонарик. — Но послушай, сюрпризы — это не всегда плохо.

Звучало убедительно, хотя её слова, разумеется, не слишком утешили Майло. Однако мальчик кивнул и оделся, чтобы выйти на мороз. Он двинулся следом за матерью на крыльцо, через лужайку к бреши в тёмной стене берёз и синеватых сосен, которые густо росли на склоне холма. А там, в темноте, трава уступила место каменной площадке.

Всю свою жизнь с самого раннего детства Майло ощущал беспокойство, если внезапно нарушался привычный ход событий. Даже больше, чем просто беспокойство. Сюрпризы в лучшем случае вызывали тревогу. И сейчас, пока он топал на холоде по свежему снежку, чтобы поднять наверх какого-то незнакомца, нежданного гостя, из-за которого Майло придётся работать, вместо того чтобы спокойно провести целую неделю дома с родителями... тревога превращалась в настоящую панику.

Луч фонарика пронзил тьму, которая затрепетала и растаяла в золотистом, как сливочное масло, свете. Миссис Пайн включила освещение в спрятанной среди деревьев маленькой беседке, к которой причаливали вагончики фуникулёра. Канатная дорога начиналась в сотне метров внизу, у реки. До берега, ну или наверх, если вы внизу, можно было добраться и другими способами. По склону тянулась вверх крутая винтовая лестница, которая вела к той же беседке. А ещё можно было доехать на машине по дороге, которая петляла вокруг холма от отеля и до самого города. Но этим путём пользовались лишь Майло с родителями да экономка миссис Каравэй. Постояльцы не приезжали из города. Они приплывали по реке, иногда в своих собственных лодках, иногда платили одному из старых моряков, обитавших в районе Пристани и переправлявших всех желающих в «Дом из зелёного стекла» за пару баксов в таких же древних, как они сами, посудинах. Выбирая между ветхим вагончиком, напоминавшим своим видом чудно́й и великоватый по размеру электромобиль из аттракционов, и крутой лестницей в триста десять ступенек (да, Майло посчитал), гости всегда предпочитали фуникулёр.

Внутри беседки с каменным полом стояла скамейка, а ещё там располагалась подсобка, и здесь же заканчивались стальные рельсы. Миссис Пайн открыла подсобку, и Майло прошёл за ней туда, где тяжёлый трос, тянувшийся между рельсов, наматывался на гигантскую катушку. Благодаря сложной системе шестерёнок, катушка — если придать ей вращение — делала всю необходимую работу, затаскивая один-единственный вагончик по склону. Но она была старой, и рычаг то и дело застревал. Сдвинуть его с места было куда проще, работая в четыре руки.

Майло вместе с мамой взялись за рычаг.

— Раз, два, три! — скомандовал Майло, и на счёт «три» они толкнули рычаг. Холодный металл шестерёнок взвизгнул, как старый пёс, и механизм пришёл в движение.

Миссис Пайн с сыном ждали, когда вагончик с лязгом вскарабкается на вершину холма, и мальчик задумался, кого же он привезёт. К ним наведывались самые разнообразные гости. Разумеется, иногда в отеле останавливались моряки или туристы, а вовсе не контрабандисты, но не так часто, и совсем уж редко зимой, когда река Скидрэк и узкие бухты, бывало, замерзали.

Пока Майло размышлял над этим, по контуру беседки и вдоль перил лестницы вспыхнули гирлянды белых огоньков размером со светлячков. Мама выпрямилась рядом с розеткой, в которую только что включила гирлянду.

— Ну, что думаешь? Эльф, сбежавший с Северного полюса? Контрабандист с пугачом? Или подпольный торговец гоголь-моголем? — спросила она. — Чья догадка окажется самой верной, получает шоколадный кекс с мороженым. А проигравший его приготовит.

— А как называются те цветы, луковицы которых бабушка всегда посылает тебе на Рождество и которые ты так обожаешь?

— Нарциссы?

— Ага. Это курьер, который везёт посылку с луковицами. А ещё чулки! Зелёные с розовыми полосками.

Негромкий лязг дополнил поскрипывание троса, наматывавшегося на огромную катушку в подсобке. Можно определить, где вагончик сейчас находится, по тому, как меняется звук. Майло представил себе перекошенные старые фонарные столбы, мимо которых в эту минуту двигался вагончик.

— Зелёные с розовым?

— Ага. Он наверняка понимает, что идея плохая, но ему их насильно всучили. Заставили взять груз... даже нет, втянули в это обманом! А теперь, если он не сможет сбыть чулки с рук, ему конец. Он уже придумывает, как убедить покупателей, что на Пасху надо складывать яйца не в корзинки, а в полосатые чулки. — Майло перегнулся через заграждение в беседке и высматривал сквозь погустевший снег, падавший среди берёз и покрывавший корочкой сосновые ветки, когда же появится вагончик с пассажиром на борту. Его всё ещё не было видно, но по дрожанию рельсов Майло догадался, что сейчас фуникулёр преодолевает самую крутую часть холма. — У него на этой неделе ещё намечены встречи. Со всякими там журналистами и чокнутыми телезвёздами, он раздумывает, как сделать зелёно-розовые полоски писком моды в будущем году. И ещё — с представителями компании, которая производит кукол-марионеток из носков.

Майло снова перегнулся через заграждение, как раз настолько, чтобы несколько снежинок с крыши упали на ресницы. А вот и он — синий металлический вагончик с серебристыми полосами. Майло с отцом нарисовали полосы на бортах пару лет назад, а вдобавок вывели название: «Уилфорберский вихрь». Спустя мгновение показался и пассажир: долговязый господин в фетровой шляпе и простом чёрном пальто. Майло рассмотрел лишь огромные очки в массивной черепаховой оправе на носу гостя.

Мальчик сник. Незнакомец до боли напоминал чьего-то дедушку. А может, даже чуточку и школьного учителя.

— Не знаю, — заметила миссис Пайн, словно бы прочитав мысли Майло. — Я готова поверить, что этот господин рискнул бы надеть что-то в зелёно-розовую полоску. — Она взъерошила волосы сына. — Ну же, малыш. Где твоё радушное выражение лица?

— Ненавижу радушное выражение лица, — пробормотал Майло, но выпрямился и постарался напустить на себя весёлый вид, пока «Вихрь» делал последний рывок к беседке.

Вблизи незнакомец выглядел ещё более скучным: простая шляпа, ничем не примечательное пальто, обычное лицо и заурядный синий чемоданчик, засунутый в отделение для багажа. Однако глаза за стёклами очков были живыми и проницательными, и взгляд их перебегал от миссис Пайн к Майло и обратно.

Майло оцепенел. Всегда, когда Пайны встречали нового гостя, с этого всё и начиналось. На лицах прибывших читалась мысль: «Что-то тут не вяжется». Сегодняшний незнакомец, разумеется, прятал свои догадки получше многих, поскольку выражение его лица не изменилось, но это не означало, что он не подумал: «Как у этой леди мог вдруг появиться китайчонок, да ещё в Нагспике?! Ясное дело — усыновили».

Вагончик наконец остановился, дёрнувшись так, что нежданный пассажир едва не уткнулся лицом в обитую мягкой тканью приборную панель «Уилфорберского вихря».

— Здравствуйте, — мать Майло широко улыбнулась, когда мужчина выбрался из вагончика и стряхнул с плеч снег. — Добро пожаловать в «Дом из зелёного стекла»! Я Нора Пайн, а это мой сын Майло.

— Благодарю, — ответил незнакомец голосом таким же унылым, как и всё остальное в его облике. — Моя фамилия Виндж. Де Кари Виндж.

«Что ж, — кисло подумал Майло, — по крайней мере, у него необычное имя».

— Я возьму ваш чемодан, мистер Виндж.

— Не нужно, — быстро ответил мистер Виндж, когда Майло потянулся за чемоданом. — Я сам! Он довольно тяжёлый.

Он схватился за ручку и потянул. Наверное, чемодан и впрямь был тяжёлый, поскольку мистеру Винджу пришлось оттолкнуться ногой от борта вагончика.

В этот момент мама многозначительно взглянула на Майло. Майло ещё раз присмотрелся к незнакомцу. А потом заметил пёстрый полосатый носок, мелькнувший лишь на секунду, прежде чем мистер Виндж попятился назад с чемоданом в руке. Если уж на то пошло, то оранжевые с фиолетовым полоски ещё похлеще, чем зелёные с розовым, которые нафантазировал Майло.

— Похоже, я продула тебе кекс с мороженым, — шепнула миссис Пайн и уже громче произнесла: — Сюда, мистер Виндж! Мы спасём вас от холода.

Отец Майло ждал их на крыльце.

— Приветствую! — поздоровался он и протянул руку мистеру Винджу, другой рукой забирая у него чемодан. — Бен Пайн. Суровая ночка для путешествий, да?

— Ох, не так уж всё и плохо, — ответил мистер Виндж, переступая через порог и сбрасывая пальто.

— Вы добрались как раз вовремя, — продолжил отец Майло. — Передавали, что ночью выпадет сантиметров двадцать снега.

Де Кари Виндж улыбнулся. Это была еле заметная и мимолётная улыбка, которая тотчас исчезла. Но его словно бы порадовало, что он окажется в заточении в этом заброшенном месте, почти в одиночестве, в странном доме, погребённом под снегом.

— Да что вы говорите!

Майло улыбка показалась необычной, но, в конце концов, у этого типа необычное имя и он носит необычные носки. Может, он просто чудак.

— Я сейчас приготовлю кофе и горячий шоколад, — сообщил мистер Пайн, провожая мистера Винджа через столовую к лестнице. — Позвольте показать вашу комнату, а потом будем рады принести вам что-нибудь прямо туда, или вы можете согреться у огня внизу.

— Сколько вы планируете пробыть у нас? — крикнула вслед постояльцу миссис Пайн.

Мистер Виндж остановился, его нога застыла на нижней ступеньке.

— Там видно будет. Вы хотите знать прямо сейчас?

— Нет. Вы пока наш единственный гость.

Мистер Виндж кивнул.

— Тогда я вам сообщу.

Майло последовал за отцом и их новым постояльцем вверх по лестнице. В доме было пять жилых этажей. Гостиная, столовая и кухня — просторные помещения, переходящие одно в другое, — располагались на первом. Сами Пайны занимали второй этаж, а номера находились на третьем, четвёртом и пятом. Их соединяла широкая лестница с резными перилами по обе стороны. На каждом этаже имелась площадка, где лестница поворачивала наверх и где в глубине светилось большое окно с витражным стеклом. Мистер Пайн проводил мистера Винджа на третий этаж, где были открыты двери четырёх номеров.

— Выбирайте, мистер Виндж. Есть какие-то предпочтения?

Гость побродил по коридору, заглядывая по очереди в каждую из комнат. Он застыл в конце коридора, у двери старого кухонного лифта, а потом повернулся к Майло и его отцу. Майло показалось в эту минуту, что мистер Виндж смотрит не на них, а *сквозь* них. Майло оглянулся и увидел лишь витражное окно, а за ним снежную ночь, окрашенную в разные оттенки бледно-зелёного — дикий сельдерей, серо-зелёный китайский фарфор и цвет старых стеклянных бутылок.

— Вот эта комната подойдёт, — объявил наконец мистер Виндж, указывая на номер по левую руку от него.

— Отлично! — Мистер Пайн унёс синий чемодан за дверь. — Хотите выпить чего-нибудь горячего?

Но прежде, чем гость успел ответить, снова раздался беспокойный звон колокола.

Майло так и уставился на отца.

— Ещё кого-то принесло? — Слова сорвались с губ раньше, чем он спохватился и закрыл рот рукой, не сомневаясь, что это прозвучало ужасно грубо.

— Простите, пожалуйста, — уже извинялся мистер Пайн перед гостем, неодобрительно глядя на сына.

Но Виндж, похоже, и не заметил бестактность Майло. Он выглядел таким же удивлённым, как и мальчик.

— Это колокол... в который я звонил? — спросил он странным голосом.

— Точно. По-видимому, у нас ещё один гость. — Мистер Пайн направился к лестнице, по дороге щёлкнув Майло по левому уху. Не больно, но довольно сильно, чтобы тот понял: пусть даже мистер Виндж и не обратил внимания на грубость Майло, от отца его слова не укрылись. — Принести вам кофе, горячий шоколад или что-то перекусить?

Мистер Виндж нахмурился, а потом покачал головой.

— Нет, спасибо. Я спущусь через пару минут. Признаюсь честно, мне любопытно взглянуть, кто ещё путешествует в такую ночь.

Отец Майло перепрыгивал сразу через две ступеньки и догнал жену в тот момент, когда она снова собиралась выйти под снегопад.

— Мы сами! Мы сами!

В другой раз Майло испытал бы раздражение из-за того, что его загружают работой, не говоря уже о том, что если появление одного гостя лишь грозило испортить каникулы, то двое постояльцев испортят их наверняка. Но сейчас невероятное совпадение, благодаря которому два человека, не сговариваясь, появились на постоялом дворе в это время года, вызывало скорее любопытство.

Более того, Де Кари Виндж явно был удивлён, услышав звон колокола. Это, в общем, понятно, но, с другой стороны, откуда он мог знать, что в это время года отель обычно пустует? Если только, подумал Майло, надевая ботинки, мистер Виндж не приехал сюда именно потому, что надеялся никого здесь не застать.

Вот тогда-то Майло впервые заподозрил, что происходит что-то странное. Но тут его отец распахнул дверь, и в холл ворвался порыв ночного ветра. Майло застегнул куртку и побрёл по морозу за отцом, пытаясь ступать по следам, которые мистер Пайн оставлял в свежих сугробах.

Им пришлось спустить «Уилфорберский вихрь» вниз по холму, ведь мама Майло была уверена, что фуникулёр больше никому не понадобится.

— Что скажешь? — спросил мистер Пайн, пока они наблюдали, как синий вагончик исчезает за холмом. — Должен признаться — только матери не рассказывай! — я надеялся отдохнуть пару неделек. Я не жалуюсь, просто говорю. Думал, что хоть немного посижу без работы.

— Знаю! — воскликнул Майло. — Я и сам уже сделал домашку и всё такое!

— А что этот мистер Виндж? Я не стал приставать с расспросами, чем он занимается и зачем сюда приехал. А ты?

Майло покачал головой.

Отец кивнул с серьёзным видом. Это было одно из несомненных его достоинств: он всерьёз принимал любые твои слова. Майло не пришлось объяснять, почему ему показалось, что человек, с виду скучный и вполне обыкновенный, неспроста напялил такие странные носки. Отец и так всё поймёт.

Катушка, разматывавшая трос, дёрнулась и замерла, а значит, «Вихрь» добрался до подножия холма. Спустя мгновение колокол зазвонил снова, оповещая, что пассажир на борту и можно начинать движение наверх. Мистер Пайн исчез на миг в подсобке, чтобы дёрнуть за рычаг.

Стоя рядом, Майло с отцом перегнулись через ограждение и молча высматривали сквозь деревья, когда же мелькнёт синий борт. Ещё одна замечательная особенность его отца — можно оставаться рядом с ним, не произнося ни слова, но всё равно чувствовать, что вы вместе. Мама Майло в этом не сильна. Да, у неё в запасе целая куча разных тем, и каждый раз они беседуют о чём-нибудь интересном. А вот его папа мастер помолчать.

Снег падал, пытаясь укутать деревья, землю и ночь тишиной, а катушка, трос, рельсы и вагончик скрипели и повизгивали, словно болтали между собой, поднимая наверх нового гостя. И вот наконец показался «Уилфорберский вихрь», а внутри, согнувшись под ярко-синим зонтом, сидела девушка.

Когда вагончик проезжал под одним из старых чугунных фонарей, свет пробился сквозь зонт, и волосы, казалось, тоже окрасились синим. Майло заметил, что девушка очень молода. Моложе, чем его родители. Незнакомка улыбалась и махала, пока

«Вихрь» подъезжал, и вдруг Майло обнаружил, что тоже улыбается и машет в ответ.

Вагончик остановился, покачиваясь, и девушка высунула зонтик над бортом, стряхивая снег и закрывая его. Волосы её так и остались синими — их оттенок был темнее, чем металлический кобальт вагончика, но всё равно синий.

— Ой, привет! — прощебетала она весёлым голоском. — Простите, что заставила вас выйти под снег.

— Ничего страшного, — ответил мистер Пайн, подавая руку, чтобы помочь ей выбраться. — Это наша обязанность. Я Бен Пайн, а это мой сын Майло.

— Джорджиана Мозель. Или просто Джорджи, — представилась синеволосая девушка. — Спасибо.

— Можно я отнесу ваши вещи? — спросил Майло.

Она радостно кивнула и указала пальцем на саквояж в багажном отделении.

— Конечно! Спасибо, Майло.

Майло вытащил саквояж и двинулся через рощу к дому. А мистер Пайн, прежде чем отправиться следом, замешкался, спуская вагончик обратно вниз по холму.

— На всякий случай, — пробормотал он.

Внутри их уже ждали горячие напитки. Майло учуял запах сидра, подогретого на плите с корицей и гвоздикой, в ту же секунду, как отворил дверь.

А ещё их ждал мистер Виндж. Когда миссис Пайн вышла в холл и представилась новой гостье, он выглянул из-за спинки массивного кресла, стоявшего в гостиной, одарил Джорджи недоумённым взглядом, а потом снова скрылся в глубинах кресла.

— Давайте я сначала покажу вам вашу комнату. Потом можно выпить кофе, чаю, горячего шоколада или сидра, — предложила миссис Пайн, пока гостья снимала зелёные резиновые сапоги. — Бен, в каком номере ты поселил мистера Винджа?

Джорджи застыла как вкопанная, прямо в шерстяных носках. Она посмотрела на миссис Пайн самым странным взглядом, какой только Майло доводилось видеть. Словно бы лицо у неё было разделено на две половины. Нижняя всё так же расплывалась в невинной улыбке, а выше, в широко распахнутых глазах, читалось явное недоумение.

— А что, есть другие постояльцы?

Мистер Виндж снова высунулся из-за спинки кресла, вежливо улыбаясь и прищурив глаза за стёклами огромных очков.

— Де Кари Виндж. Сам только что приехал.

— Джорджи Мозель, — представилась юная леди с синими волосами. На её лице опять мелькнуло странное выражение, будто бы ей меньше всего сейчас хотелось улыбаться, но будет неудобно перестать улыбаться прямо сейчас. Ни она, ни мистер Виндж не предприняли попыток обменяться рукопожатиями, просто смотрели друг на друга в упор, словно пытаясь о чём-то догадаться.

Майло оглянулся, чтобы проверить, заметили ли родители эту минутную неловкость, но те каким-то образом умудрились всё пропустить.

— Мистер Виндж в номере три «Е», — сообщил мистер Пайн супруге, всё ещё воюя с собственной курткой и ботинками. — Ты не могла бы проводить мисс Мозель наверх?

— С радостью. Майло, хочешь отнести сумку?

— Конечно.

Майло наблюдал, как двое гостей продолжают мерить друг друга взглядами. Затем Джорджи резко отвернулась и поспешила за миссис Пайн к лестнице. Майло двинулся следом.

— Не возражаете против третьего этажа? — спросила мама. — Вряд ли стоит заставлять вас забираться выше, если вас здесь только двое.

— Ой, даже не знаю, — весело прощебетала Джорджи. — Часто ли девушке достаётся целый этаж в единоличное пользование? Это может быть весело!

Весело?! Зачем, ради всего святого, подниматься целых три пролёта без всякой надобности? Кроме того, Майло, ночевавший в разное время в каждой из комнат, знал по опыту, что оставаться одному на этаже довольно жутковато. Отель издаёт звуки: доски поскрипывают, старые оконные стёкла дребезжат, дверные петли постанывают...

Но, разумеется, мама не собиралась запрещать гостье забираться так высоко, как ей захочется. Поэтому они поднялись на четвёртый этаж. Витражное окно на третьем этаже было выложено оттенками бледно-зелёного, а здесь преобладали синие тона: кобальтовая синь, бледно-голубой, тёмно-синий, зеленовато-голубой и бирюзовый с вкраплениями оттенков, которые сейчас, когда за окном сгустилась темнота, казалось, идеально подходили под цвет волос гостьи.

Джорджи Мозель просияла при виде витража.

— Только посмотрите! Мне здесь самое место!

Миссис Пайн махнула рукой.

— Тогда любая комната на ваш выбор! Забыла спросить: как долго вы планируете пробыть у нас?

— Я не уверена. Неделю, может, две.

Быстро заглянув в каждую из комнат, Джорджи выбрала номер в дальнем конце коридора. Майло прошёл за ней в комнату «4W» и, не глядя, пристроил саквояж на складную полку для багажа прямо у двери. По крайней мере, так он предполагал. Но вместо этого он разжал пальцы и уронил саквояж, который пролетел вперёд и шлёпнулся на пол с глухим стуком.

Внутри что-то громко хрустнуло и сломалось.

Джорджи присела на корточки рядом с саквояжем раньше, чем Майло успел решить, извиняться ему или завопить.

— Мне так жаль… — пролепетал он, уставившись на полку для багажа, которая необъяснимым образом оказалась теперь справа от двери, а не слева, где всегда стояла. У всех комнат с буквой «W» дверь открывалась от себя и направо, поэтому полки всегда располагались слева.

— Ничего страшного, — заверила девушка. — Не переживай!

— Но что-то сломалось! — запротестовал Майло.

Джорджи принялась вытряхивать на пол одежду и туалетные принадлежности, которые как попало были сунуты в саквояж, в поисках того, что сломалось. Майло смотрел в ужасе на растущую кучу: джинсы, пижама, баночка крема для лица, нижнее бельё…

— Я… принесу полотенце или что-нибудь такое… — беспомощно промямлил он.

Книга в помятой обложке, журнал с мокрыми пятнами и вырванными страницами полетели через всю комнату, следом отправилась пластиковая косметичка на молнии, набитая коробочками и флаконами, и тут разбитая вещь нашлась. Джорджи подняла два осколка розового гранёного стекла. И тут же в нос Майло ударил запах — смесь спирта и чего-то пряного, цветочного. Он разбил флакон духов.

— О господи! — воскликнула миссис Пайн из коридора. — Мне так…

Она невольно поперхнулась и метнулась по коридору, а через секунду появилась с мусорным ведром из другого номера.

— Выбросьте сюда. Мы всё возместим, разумеется. Мне так жаль! Я заберу всё, что нужно постирать, и займусь этим немедленно.

Джорджи вздохнула и аккуратно опустила флакон в корзину.

— Ничего-ничего! Пожалуйста, не волнуйтесь! Сама не знаю, почему я бросила флакончик на дно саквояжа.

Она собрала одежду в охапку, свалила на жёлтое вязаное покрывало на кровати и начала раскладывать по кучкам. Миссис Пайн одарила сына пронзительным вопрошающим взглядом. Он перестал собирать вещи Джорджи и замер.

— Полка для багажа с другой стороны! — оправдывался Майло, ткнув в неё пальцем. — Полки всегда с противоположной стороны от двери! Кто её переставил?!

— Майло! — Миссис Пайн выжидающе держала в вытянутой руке мусорную корзину.

Мальчик вздохнул и положил вещи Джорджи на стол, который, по счастью, находился точно там, где и должен был находиться, молча взял корзину и вышел в коридор.

Он добрался до чулана на втором этаже, где выкинул содержимое корзины, от приторного запаха которого щипало глаза, и тут понял, что всё ещё держит под мышкой книгу Джорджи Мозель. Ну вот.

Что ж, так или иначе придётся снова идти наверх. Майло вздохнул и попытался отделаться от терзавшей его мысли, как же полка переместилась в другое место. Эх, ещё и каникулы идут наперекосяк; такое впечатление, что мир пытается свести его с ума. Майло начал подниматься. И тут колокол зазвонил в третий раз.

Майло резко повернулся и помчался вниз по лестнице на первый этаж мимо выпучившего глаза мистера Винджа, чуть не сбив с ног отца, который нёс серебряный кофейник.

— Я сам! — истошно закричал Майло.

В этот раз прибыли сразу двое. Сложно сказать, кто был больше расстроен этим обстоятельством —

пассажиры, неохотно делившие скамейку в вагончике, пока их мало-помалу засыпало снегом, или сам «Уилфорберский вихрь», который явно не был задуман для перевозки таких тяжестей и жалобно взвизгивал, приближаясь к платформе.

Причём увесистыми оказались вовсе не сами гости. Багажное отделение ломилось от целой горы вещей, превосходившей размерами пассажиров, которые были заметно ниже ростом. Видимо, хозяева хорошенько утрамбовали своё добро, поскольку Майло не понимал, как гора не рассыпалась и вещи не полетели прямо к подножию крутого склона. Там лежали чемоданы, портфели, чехлы с одеждой и даже какая-то штуковина, напоминавшая футляр для телескопа…

Гости под номерами «три» и «четыре» вскочили, чтобы выбраться из вагончика раньше, чем тот успел остановиться. При виде этой парочки Майло вспомнил героев детского стишка, то ли из «Матушки-гусыни», то ли из «Книжки считалок тётушки Люси»: «Мистер Вверх и мистер Вниз как-то ехали вдвоём, в темноте и под дождём».

Совсем как мистер Вниз и мистер Вверх из стишка, эти двое явно готовы были вцепиться друг другу в глотку, если им придётся пробыть наедине друг с другом ещё минуту.

Тот, кого Майло мысленно назвал «мистер Вниз», был невысоким, темноволосым и походил на сердитого школьного учителя. Его попутчик, если уж честно, был слишком нескладным для роли мистера Вверх. Вдобавок обнаружилось, что это дама. Но и она тоже выглядела как строгая преподавательница, седовласая и заносчивая. Почему все напоминают учителей, когда Майло вроде бы на каникулах?!

Тем не менее мальчик поднял руку в приветственном жесте, настороженно рассматривая двух новоприбывших гостей, пока те выгружались. Похоже, оба были готовы взорваться от возмущения.

— Добро пожаловать в...

Мистер Вниз вытащил что-то из вагончика, и оттуда сошла целая лавина. Багаж — в основном довольно дорогие на вид сумки из розовато-лиловой парчи — пополз вниз, прыгая по платформе и с шумом ударяясь о стальные рельсы.

Миссис Вверх, которая в тот момент собиралась подойти к Майло, на мгновение замерла. Её лицо оставалось спокойным, потом покраснело, побагровело, а затем приобрело какой-то серо-синий оттенок. После чего она завопила. Мистер Вниз распрямился во весь свой небольшой рост и вдруг тоже покраснел и заверещал. Они продолжали кричать друг на друга, громче и громче, стоя посреди руин башни из багажа. Майло даже не был уверен, что они кричат по-английски. А если и по-английски, то они, похоже, не утруждали себя использованием известных слов.

— Простите, — нерешительно произнёс мальчик, но крики продолжались, словно его и не было вовсе. — Простите, — сказал Майло уже громче. — ПРОСТИТЕ!

Без паузы парочка резко повернулась к Майло и стала кричать на него. Он пытался слушать. Потом пытался перебить. А затем сделал то, что обычно делала мама, когда Майло, как она говорила, «исходил слезой» и его нельзя было успокоить. Он сцепил руки за спиной, притворился, будто бы внимательно слушает, что выкрикивают эти двое, и подождал.

Удивительно, но это сработало. Потихоньку мистер Вниз и миссис Вверх устали. Когда поток гневных слов иссяк, Майло понял, что суть спора, похоже, заключалась в том, чей же багаж занимал слишком много места в багажном отделении. Наконец они встали молча по обе стороны вагончика: он — скрестив руки перед грудью, она — уперев кулаки в боки. Майло улыбнулся широкой гостеприимной улыбкой и показал на тропинку, ведущую к отелю.

— Сюда! — объявил он, словно бы и не пришлось пережидать бурю криков. — Идите наверх!

Парочка обменялась последний раз злобными взглядами, после чего миссис Вверх издала звук, напоминавший рык, и повернулась к беспорядочной куче на полу беседки. Она взяла несколько розовато-лиловых сумок и стала навешивать их себе на плечи, пока почти совсем не исчезла за ними.

— Молодой человек, не могли бы вы помочь мне отнести чемодан и чехол с одеждой?

Майло кивнул, а лицо дамы искривилось в гримасе, должно быть обозначавшей улыбку. Морщась на каждом шагу, она вышла из-под навеса, а её лакированные каблуки всё глубже проваливались в снег.

Мистер Вниз подождал, пока дама отойдёт подальше и не сможет его услышать, после чего громко и недовольно вздохнул.

— Я рассчитывал, что здесь в это время года будет тихо, — пробурчал гость, глядя на Майло так, словно именно он несёт личную ответственность за ложную информацию.

Майло пожал плечами.

— И я тоже. Вообще-то, у меня каникулы. Отель вон там. Вам помочь с вещами?

— Нет, спасибо. Я справлюсь. — Коротышка снова вздохнул и одну за другой собрал оставшиеся сумки, а потом тоже двинулся по тропинке, напоминая при этом вьючное животное.

Майло ещё раз обошёл беседку, чтобы проверить, не осталось ли там забытых вещей, закатившихся в угол или упавших на рельсы, а потом последовал за двумя враждующими особами в сторону отеля. Он повесил чехол с одеждой миссис Вверх на плечо за крюк и взял за ручку чемодан на колёсиках. Но на краю рощи, где тропинка выходила на лужайку, остановился и прислушался. Позади раздавался какой-то шум, доносившийся с поросшего лесом холма. И не от фуникулёра. Это был глухой звук, но не механический. Снег ещё сильнее приглушал его, но всё-таки звук был знакомым, хотя Майло и не мог до конца поверить, что это слышит.

Кто-то поднимался по лестнице. Судя по звуку шагов, поднимался быстро, почти пролетая последнюю дюжину ступенек. Майло поспешил к краю платформы и уставился вниз, вглядываясь в снег, круживший среди деревьев. В неровном свете одинокого фонаря и перепутанных нитей гирлянды Майло увидел, что к нему и впрямь приближается тёмная фигура. Причём этот кто-то не просто бежит по лестнице: он или она перепрыгивает по две ступеньки сразу. Кроме того что это довольно опасное занятие на скользкой от снега лестнице, но это ещё и мало кому по силам. В конце концов, ступенек больше трёх сотен. Изнурительный подъём даже при самой лучшей погоде.

Он ждал, что этот кто-то сбавит темп. Ничего подобного! Очередной гость перемахнул через три последние ступеньки, приземлился на площадку и выглядел при этом свежим, как майская роза. Покрытая снегом майская роза в чёрной вязаной шапочке с гигантским рюкзаком на плечах. И розовым блеском на губах.

— Привет! — сказала «майская роза», улыбаясь Майло, а её щеки нежно румянились. — Не хотела напугать тебя. Я ищу «Дом из зелёного стекла». Он вроде где-то поблизости.

— Ага. — Майло посмотрел на склон, всё ещё пытаясь понять, как же новая гостья не покраснела от натуги и не задохнулась от усталости. — Да. Вот сюда. Эмм… я Майло. Отель принадлежит моим родителям.

— Клеменс О. Кэндлер, — ответила девушка, протягивая руку. Ногти у неё были покрыты серым лаком. — Друзья зовут меня Клем.

А в отеле воцарился хаос. Мистер Вниз и миссис Вверх всё ещё кричали друг на друга, но теперь это происходило посреди гостиной. Он сердито тыкал в неё футляром для подзорной трубы, словно мечом, а она прижимала вышитую сумку к груди, как щит. Оба так и не сняли мокрую обувь, с которой на ковёр, сшитый из лоскутков, натекла целая лужа. Мистер Виндж стоял в уголке, стиснув в руках кружку, как будто защищался. Джорджи Мозель сидела у камина, упёршись локтями в колени, а брови её при этом недоумённо поднимались наверх. Казалось, дальше бровям уже двигаться некуда, но когда вслед за Майло вошла ещё и Клем Кэндлер, брови Джорджи взлетели ещё выше. «Ага, — подумал Майло. — Привыкайте. Если мне ничего другого не остаётся, то и вам тоже».

Мистер Пайн безуспешно пытался вклиниться между двумя противниками, а мать Майло расхаживала между баром, столовой и кухней, прижав телефон к уху.

Клем Кэндлер повесила пальто и аккуратно поставила туфли рядом с ботинками мистера Винджа, не отрывая глаз от орущей парочки в соседней комнате. Она сняла шапку и встряхнула копной коротких рыжих волос.

— Довольно оживлённая компания, — пробормотала она.

Тем временем терпение у мистера Пайна явно закончилось. Майло понял, что́ сейчас произойдёт, и приготовился. Его отец умел крикнуть при желании.

— ХВАТИТ! — гаркнул что есть мочи мистер Пайн. Его голос рикошетом отскочил от всех поверхностей в комнате. Где-то в столовой стакан слетел с полки и разбился о деревянный пол. — Прекратите оба!

Мистер Вниз и миссис Вверх неохотно замолчали.

— Так-то лучше! Ведите себя как взрослые, а то ведь может случиться, что в отеле не хватит свободных номеров, — продолжил мистер Пайн, по очереди смерив их суровым взглядом. — Я понятно выразился? — Он дождался недовольного кивка от каждого из них, а потом жестом пригласил к деревянной стойке в холле, где лежала открытая книга для записи посетителей. — Сначала вы, мадам. Ваше имя?

— Миссис Эглантина Геревард.

— Теперь вы, сэр!

— Доктор Уилбер Гауэрвайн.

— А вы, мисс?

— Клеменс Кэндлер.

— И сколько каждый из вас планирует пробыть здесь?

Три новых гостя замялись. Как и первые два, никто, похоже, ещё не решил. Мистер Пайн вздохнул.

— Неважно. Майло, ты не мог бы оказать гостям любезность?

— Хорошо.

Майло скинул ботинки, снова подхватил чемодан и чехол с одеждой Эглантины Геревард и повёл гостей вверх по лестнице. Клем, оставшаяся в чулках, направилась за ним молча, но весело. Миссис Геревард напыщенно фыркнула и засеменила следом. Уилбер Гауэрвайн устроил целое представление, пока собирал свой скарб, а затем тоже двинулся по лестнице, и длинный чехол от подзорной трубы при каждом шаге ударялся о перила.

На площадке третьего этажа Майло остановился под бледно-зелёным окном, и они с Клем подождали остальных двоих.

— Тут располагаются комнаты для гостей, — сказал Майло, когда миссис Геревард и доктор Гауэрвайн их догнали. — Вы можете выбрать любую, какую захотите, кроме три «Е». Она занята. Там закрыта дверь.

Троица переглянулась. Клем взмахнула рукой и ослепительно улыбнулась:

— Прошу!

Миссис Геревард коротко кивнула и пошла по коридору. Пока она изучала незанятую комнату в дальнем конце, доктор Гауэрвайн занёс свои пожитки в ближайшую открытую комнату и свалил на пол.

— Забираю вот эту! — крикнул он.

В то время как пожилая дама демонстративно выбирала лучшую из двух оставшихся комнат, Клем подалась вперёд и тихонько спросила:

— Слушай, Майло, я думаю, на верхних этажах есть ещё свободные номера, а?

— Полно... А что?

Майло осёкся, но Клем его вопрос не смутил.

— Мне нужно тренироваться, — объяснила она. — Я с ума схожу без тренировок. А снега вон сколько нападало, вряд ли мне удастся побегать на улице в ближайшее время. Доставлю ли я неудобство твоим родителям, если поселюсь на другом этаже?

— Никакого. Правда! Я не думаю, что кто-то живёт на пятом. Это ещё два пролёта. В номере пять «W» классное окно с раскрашенным стеклом — вам понравится!

— Прекрасно!

А дальше по коридору миссис Геревард высунулась из двери номера «3N», расположенного рядом с комнатой мистера Винджа.

— Молодой человек, не могли бы вы занести мои вещи?

— Конечно, мэм!

Майло повернулся к Клем, но девушка уже умчалась вверх по лестнице.

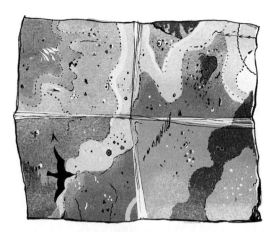

Глава вторая

Мэдди

К огда Майло отнёс багаж миссис Геревард, поселил Клем на пятом этаже и наконец налил себе чашку горячего шоколада из кастрюльки на плите, добавив пару ложек взбитых сливок, он снова почувствовал беспокойство.

Было поздно, и отель наполнили незнакомые звуки. Дом звучал иначе. Даже воздух и тот пах по-другому. Он должен был пахнуть зимой, снегом, камином и горячим шоколадом. Да, эти ароматы чувствовались, но их перебивали запахи промокшего шерстяного пальто миссис Геревард, разбитого флакона духов Джорджи Мозель, да вдобавок потягивало табаком: доктор Гауэрвайн курил трубку на крыльце.

Майло присел на скамейку у стола в гостиной, где всего пару часов назад совершенно спокойно поужинал, пока гости не посыпались один за другим как снег на голову. Мама попрощалась с кем-то по телефону, который не выпускала из рук почти полчаса, повесила трубку и опустилась на скамейку рядом с сыном.

— Как ты, малыш?

Майло пробурчал что-то в свою чашку.

— Ну же, не переживай! Это я говорила с миссис Каравэй. Они с Лиззи вернутся помочь нам. Мы постараемся сделать так, чтобы ты смог отдохнуть на каникулах.

— Да?

Миссис Каравэй была управляющей отеля, а её дочь Лиззи, владевшая пекарней, приходила пару раз помочь, когда они не справлялись.

— Когда?

— Сегодня, если дороги не завалит. Но уже поздно. Им придётся ехать очень медленно. — Мама обняла его за плечи. — Хочешь посидеть со мной? Вроде бы я задолжала тебе кекс с мороженым.

В обычный день Майло с удовольствием бы сидел с родителями допоздна у камина. Иногда они читали, иногда играли в «Эрудит» или в карты. Но сегодня… Майло обвёл взглядом гостиную. Мистер Виндж, похоже, поднялся в свою комнату. Доктор Гауэрвайн последовал его примеру, после того как выкурил трубку. Миссис Геревард ещё не спускалась, зато Джорджи Мозель и Клем Кэндлер устроились в гостиной с горячим чаем в зелёных кружках. Синеволосая Джорджи забралась с ногами на диван, кружка стояла рядом на журнальном столике, а на коленях у неё лежала коробка из-под сигар. В одной руке Джорджи держала рулон изоляционной ленты, которой аккуратно обматывала стенки коробки. Рыжая Клем уселась на коврике, Майло с его места было её почти не видно. Она завязывала вокруг лодыжек белый эластичный бинт. Наверное, бег по лестнице до отеля оказался не таким уж безболезненным, как это выглядело.

Пока что они помалкивали, может, это его последний тихий вечер. Конечно, всегда можно уйти в свою комнату, но родители будут тут заботиться о целой куче гостей, а Майло вряд ли почувствует себя лучше в полной тишине и одиночестве.

— Пойду принесу что-нибудь почитать. Я сейчас.

Он уже почти поднялся наверх, когда вспомнил, что так и не вернул книгу Джорджи, ту, что нечаянно унёс из её комнаты. Мальчик остановился и похлопал себя по карманам.

— О нет! Что же я...

Он мог оставить книгу лишь в одном месте. Он держал её, когда помчался на звон колокола. Но не помнил, чтобы она была у него, когда он провожал троих новых гостей в их номера или когда вернулся за багажом миссис Геревард. А это означало, что книга осталась на улице. Наверное, в беседке.

Майло рванул обратно по лестнице в холл, схватил ботинки и выскочил из дома раньше, чем кто-то успел поинтересоваться, куда это он. Майло скользнул по крыльцу мимо отца, который укладывал дрова под брезент, и побежал по тропинке в рощу.

Гирлянда все ещё горела на крыше беседки и вдоль ограждения длинной лестницы, но теперь лампочки еле светили из-под толстого слоя снега. Майло сразу же нашёл книжку в бумажной обложке, зажатую между бортом «Уилфорберского вихря» и кромкой деревянного пола. Наверное, он уронил её в тот момент, когда рухнула башня из багажа.

Майло вытащил книгу, сунул в задний карман и уже собирался идти обратно, как вдруг заметил ещё кое-что на рельсах.

По виду это был синий кожаный бумажник, только больше. Майло спрыгнул на рельсы позади вагончика и поднял находку. Вот так он и обнаружил первую карту.

Карта была убрана в левое отделение кожаного бумажника, её свернули вчетверо. Бумага была старая, позеленевшая, совсем как медные котелки на кухне в отеле, покрывшиеся патиной, вот только Майло не доводилось видеть, чтобы бумага так зеленела. Он осторожно развернул её замёрзшими пальцами. Бумага оказалась хрупкой и тонкой, того и гляди порвётся, но Майло понял, что когда-то она была плотной и дорогой. Майло поднёс карту к фонарю и посмотрел на просвет, но увидел лишь водяной знак, напоминавший кованые железные ворота, как будто слегка искривлённые.

И только тут, когда свет падал на бумагу с изнанки, Майло понял, на что смотрит. Он повернулся и, перепрыгивая через рельсы, поспешил в подсобку, где стояла лебёдка, включил верхний свет и поднял карту, чтобы рассмотреть получше.

Забавное дело — совсем не обязательно понимать, что именно изображено на карте, чтобы понять, что это карта. Узнать её можно безошибочно. Хоть на салфетке нарисуй, хоть прочерти носком ботинка на земле, хоть черенком ложки в тарелке с кашей — карты могут быть самые разные, но всё равно умудряются выглядеть как карты. Хрупкий лист с водяными знаками в руках Майло определённо был картой, хотя и не напоминал те, что ему доводилось видеть. По крайней мере, на первый взгляд.

Ни тебе линий, обозначавших улицы, ни квадратиков-домов, ничего, что обозначало бы очертания города или какой-нибудь одинокой дороги в сельской местности. Вместо этого на карте красовались бесформенные слои чего-то синего, наплывавшие один на другой так, что в одних местах был заметен лишь синеватый оттенок, зато в других цвет сгущался до ярко-синего, ультрамаринового и даже чёрно-синего. Тут и там виднелись россыпи чернильных точек, маленькие группки по две-три штуки там, где синий был совсем блёклым, и целые скопления — где яркосиний сгущался. В одном углу были нарисованы белые завитки, довольно много, странной треугольной формы. В другом углу была изображена птица, а рядом стрела указывала в сторону от вытянутого крыла.

Майло кое-что знал о картах. Ведь он двенадцать лет рос в компании контрабандистов и матросов. Разглядывая свою находку, он понял, что карта была не простая, она походила на морскую, ту, что используют штурманы на корабле.

Да, морская навигационная карта. Перед ним именно такая, а разные оттенки синего и скопления точек обозначают разную глубину. Птица, должно быть, компас, а значит, крыло со стрелой указывает на север.

Он повернул листок так, чтобы стрела указывала наверх, но картинка не стала более понятной. Майло крутил карту и так и сяк, пытаясь найти хоть что-то узнаваемое: реку Скидрэк, залив Маготи, в который она впадает, а может, один из притоков. Но как он ни поворачивал карту, ничто путного не нашёл.

Тут возле беседки раздались чьи-то приглушённые проклятия. Майло посмотрел в щёлку между дверью и стеной. Какой-то человек в тяжёлом пальто, подняв воротник, мелькнул перед глазами Майло. Порыв ветра закрутил снежный вихрь вокруг незнакомца. Не мама и не папа, но в мерцающем свете огней, за пеленой снега Майло не мог толком рассмотреть, кто же это.

Незнакомец исчез из виду, а потом появился снова. Обогнув беседку, он (или она?) спрыгнул на рельсы. Майло услышал, как заскрипела галька. Должно быть, ищет бумажник, подумал Майло. Надо бы выйти из подсобки и рассказать о находке. В конце концов, это личная вещь одного из гостей, и рано или поздно бумажник придётся отдать. Но когда тёмная фигура снова поднялась на платформу, что-то заставило Майло отойти подальше и спрятаться за лебёдкой.

Мальчик затаил дыхание и ждал. Тянулись долгие минуты. Снаружи не доносилось ни звука. Наконец Майло подошёл на цыпочках к двери и снова посмотрел в щёлку. Незнакомец исчез.

Стараясь не шуршать, Майло сложил карту и убрал её в бумажник, который спрятал в задний карман, проверив, не видно ли его под курткой. Затем, убедившись, что в беседке ни души, Майло тихонько вышел наружу. Кто бы то ни был, он или она оставили отпечатки ботинок, хотя их уже заметало снегом.

В отеле всё было так же, как перед его уходом: мама читала за столом в столовой, в гостиной Джорджи Мозель возилась с коробкой из-под сигар, а Клем Кэндлер так и сидела на коврике из лоскутков, скрестив перебинтованные ноги.

Миссис Пайн оторвалась от книги:

— Майло, а где ты был?

Майло стянул шапку и, пока разматывал шарф, посмотрел по сторонам, уверенный, что упускает что-то из виду.

— После меня выходил кто-нибудь?

Джорджи и Клем подняли головы.

— Из гостиной — никто, — сообщила Джорджи. — Мы никого не видели. — Она посмотрела на Клем. — Ведь так? Или я не обратила внимания?

— Я не заметила, чтобы кто-то проходил. Во всяком случае, не мимо нас. — Рыжеволосая девушка встала и потянулась. — Отбой, ребята. Увидимся утром. — И она побежала по лестнице, перепрыгивая через ступеньки.

— А папа? — спросил Майло, хотя был уверен, что видел не отца, а кого-то ещё. — Он ведь на улице?

— Вернулся сразу, как ты ушёл. Он наверху. — Миссис Пайн нахмурилась. — Что случилось?

Майло открыл было рот, но остановился.

— Ничего, — наконец ответил он, снял ботинки и куртку и скользнул на скамейку напротив матери. — Просто кто-то ходил по улице, вот и всё. Я подумал, кто-то вышел из дома.

— Ну и ну! — Мама встала и направилась в холл, чтобы накинуть что-нибудь потеплее. — Лучше убедиться, что никто там не замёрзнет.

— Вот ещё! — запротестовал Майло. — Не ночевать же на улице!

Но дверь уже захлопнулась за миссис Пайн, и Майло остался наедине с Джорджи Мозель.

Несколько минут они молчали. Джорджи продолжала что-то мастерить, а Майло с удовольствием потягивал горячий шоколад. И тут он вспомнил о книге, которая лежала в заднем кармане его брюк.

Наконец он решился нарушить молчание.

— Мисс Мозель? — неловко спросил он. — Может быть, принести вам что-нибудь? Горячий шоколад?

— Нет, спасибо, — ответила Джорджи. — Не беспокойся. И можешь звать меня Джорджи, если хочешь.

Майло встал, чтобы отнести пустую кружку на кухню, но остановился на полпути и посмотрел на коробку, с которой возилась девушка.

— Кстати, а что это?

Девушка подняла коробку.

— Камера-обскура.

Камера? Из обычной сигарной коробки? Он так и замер с кружкой в руке, забыв, что хотел заговорить про книгу.

— Что такое камера-обскура?

— Можно сделать камеру из чего угодно, — объяснила Джорджи, протягивая ему коробку. — Нужно лишь отверстие, куда проходит свет, и поверхность, которая этот свет отражает и превращает в картинку. Ты что-нибудь знаешь о фотографии?

— Не-а. — Майло повертел коробку в руках.

Джорджи плотно заклеила края, но в одной стенке была прорезана дырочка. Он попытался заглянуть внутрь, но увидел лишь темноту.

— Сейчас пока нечего смотреть, — сказала Джорджи. — Когда всё заклею, то помещу внутрь фотобумагу. А отверстие будет служить объективом. — Она забрала коробку и улыбнулась, глядя на своё творение. — Всегда хотела сделать такую. Но никогда не пробовала. Я ещё не доделала, но надеюсь... будет работать. Только нужно имя.

Майло рассмеялся.

— Имя? Для камеры?

— Конечно. У самых крутых камер классные имена. «Хассельблад», «Роллей», «Фохтлендер», «Лейка»... — Джорджи подняла коробку, держа на ладони, словно на пьедестале, и объявила: — Я назову её «Лэнсдегаун». — Она бросила на Майло озорной взгляд. — Или ты считаешь, она не заслуживает имени? Думаешь, недостаточно хороша?

— Заслуживает, заслуживает. — Майло заставил себя взглянуть на коробку с благоговением. — Это «Лэнсдегаун». А что это значит?

— «Лэнсдегаун»? — Джорджи наклонила голову. — А ты не знаешь?

Майло попытался что-нибудь вспомнить.

— Нет.

— Готова поспорить, знаешь! — девушка еле заметно улыбнулась. — Просто забыл. Если вспомнишь, тогда скажи — подходит оно для моей камеры или нет.

Майло достал из кармана книгу в бумажной обложке. Конечно же, Джорджи не рассердится. Она поймёт, что он не нарочно.

— Я прихватил её, когда собирал вещи. Сам не заметил, как она у меня оказалась, хотел вернуть вам раньше, но забыл. Мне ужасно жаль!

— Ага! А я думала, что забыла положить её! — Джорджи улыбнулась. — Ничего страшного. Ты её читал?

Как странно. Столько суеты с этой книгой, а он даже не посмотрел, как она называется. Обложка была совсем простая, серыми буквами на красном фоне было написано название.

— «Записки раконтёра», — прочёл вслух Майло, аккуратно выговорив незнакомое слово. — А что такое «раконтёр»?

— Устаревшее слово. Это значит — искусный рассказчик. Тут собраны местные легенды. Наверное, ты кое-какие из них знаешь.

Джорджи взяла в руки книгу, полистала, а потом протянула Майло, открыв на второй главе.

— Эту знаешь?

— «Игра с картами». — Майло покачал головой. — Нет, не знаю.

Он протянул книгу обратно, но Джорджи отмахнулась.

— Почитай. Потом расскажешь, что думаешь. Я не обижусь, если тебе не понравится. — Она снова улыбнулась. — Но, может, книга не просто так попала тебе в руки и на то есть причина.

— Что-что?

Она пожала плечами.

— Не знаю. Почитай — и сам скажешь. Думаю, начало тебе точно понравится.

Майло посмотрел на историю, выбранную Джорджи, и скользнул глазами по первой строчке. *«Близко ли, далеко ли стоял один город, который нельзя было нанести на карту, а в нём один дом, который невозможно было нарисовать».*

Он и сам не заметил, как прочитал всю страницу. Поднял голову и увидел, что Джорджи Мозель широко улыбается.

— Интересно, правда?

— Может быть.

Он отложил книгу, чтобы сбегать на кухню и налить себе ещё кружку горячего шоколада, а затем устроился на своём любимом месте. Когда в отеле было полно гостей, он забирался на диванчик с высокой спинкой, что стоял у окна, выходившего на лужайку. Спинка, как будто стена, отгораживала его от всех в комнате и давала хоть немного уединения. Свернувшись калачиком в уголке, Майло принялся читать. В этот раз — с самого начала.

Дождь не прекращался целую неделю, дороги, которые вели на постоялый двор, превратились в мутные реки. Именно так и сказал капитан

Фрост, когда ввалился в комнату, весь заляпанный жёлтой грязью, что издавна водилась в этой части города, и крикнул, чтобы ему принесли завтрак. Гости тяжело вздохнули. Они-то думали, что хотя бы сегодня... Хотя бы сегодня их вынужденное заточение подойдёт к концу. Но этот громогласный человек, требующий подать ему поджаренный тост и яйца, подтвердил, что по меньшей мере ещё один день пятнадцать человек останутся узниками реки Скидрэк и нескончаемого дождя.

Понятно, почему Джорджи не сомневалась, что Майло книга понравится. Если «дождь» поменять на «снег» и изменить число гостей, то может показаться, будто автор пишет про «Дом из зелёного стекла». А ещё в книге один из постояльцев по имени Фин предложил убить время, рассказывая разные истории.

«В приличных местах, где путники сидят бок о бок у камина и распивают бутылочку вина, они, бывает, рассказывают и о себе, — говорил Фин, обращаясь к гостям. — И тогда — о чудо! — рядом уже не незнакомцы, а друзья, разделившие кров и вино».

Ветер и дождь так и били в стёкла, и постояльцы, собравшиеся в гостиной, переглянулись:

юная девушка в вышитом шёлковом палантине, два джентльмена-близнеца с татуировками на лицах, сухопарая дама, у которой пальцы не переставали нервно подёргиваться, и ещё одна дама, с виду спокойная, с мягкой широкой шалью на плечах, из-под которой то и дело мелькали, словно вспышки, её загорелые до красноты руки.

«Если готовы слушать, — продолжил Фин, вертя в руках стакан, — то я расскажу вам первую историю. А потом, если решите, что оно того стоит, вы расскажете мне свои. Слушайте».

Гости в книге, конечно же, согласились, и в следующей главе Фин рассказал им историю про игру с картами.

Близко ли, далеко ли стоял один город, который нельзя было нанести на карту, а в нём один дом, который невозможно было нарисовать.

Когда Майло дочитывал третью историю, дверь распахнулась, и в дом вошла миссис Пайн вся в снегу, а за ней миссис Каравэй и её дочь Лиззи — тоже белые от снега. Майло поглубже спрятался за спинку дивана и притворился, будто так увлечён чтением, что не заметил их появления. Они тем временем складывали бумажные пакеты с продуктами на стол в столовой, отряхивались от снега и раздевались. Майло посмотрел на маленькие часы, стоявшие на столике у дивана. Уже почти полночь. Кушетка, где сидела Джорджи Мозель, пустовала. Он и не заметил за последние полтора часа, пока с упоением читал одну историю за другой, как девушка пошла спать. Он не видел, как мама вернулась с улицы, а потом снова вышла.

— Майло!

Майло с досадой подумал, что больше спокойно почитать не удастся. Он отложил книгу, вздохнул и высунулся из-за спинки.

— Да, мам?

— Уже повеселел, малыш?

Миссис Каравэй, разувшаяся и оставшаяся в тёплых носках, приветливо помахала Майло и понесла пакеты на кухню. Лиззи, девушка лет двадцати, собрала оставшиеся сумки и последовала за матерью, с улыбкой кивнув Майло.

Миссис Пайн заторопилась на кухню.

— Одетта, я сама всё уберу! А вам нужно отдохнуть. Бен уже приготовил ваши комнаты. Майло, не мог бы ты отнести чемоданы?

— Конечно! — крикнул он, но, ещё не успев подняться, понял, что за ним кто-то наблюдает.

Девочка, примерно одного с Майло возраста, которую он никогда раньше не видел, настороженно смотрела на него поверх спинки дивана. Наверное, это Мэдди, младшая сестра Лиззи. Майло о ней много слышал, но никогда не видел.

— Привет, — тихонько сказал он, пытаясь скрыть своё раздражение из-за того, что его застали врасплох в секретном укрытии. — Ты, наверное, Мэдди. А я Майло.

Казалось, Мэдди Каравэй была и сама не рада.

— Привет! — Она сняла вязаную шапочку, и из-за статического электричества короткие рыжеватые волосы встали дыбом вокруг её раскрасневшегося лица.

Прощайте, каникулы!

— Так тебя усыновили?

Майло, у которого руки были заняты чемоданами, так и замер на площадке второго этажа. Он повернулся и посмотрел на Мэдди.

— Что ты сказала?

Она с любопытством уставилась на него.

— Ну, я что-то такое слышала.

Майло фыркнул, надеясь показать этим, что вопрос попросту глуп, но лицо у него уже покраснело. *Она слышала?* Конечно, можно просто взглянуть на Майло и на его родителей и с лёгкостью догадаться, что он им не родной. Но выходит, Мэдди кто-то рассказал про усыновление. Значит, миссис Каравэй и Лиззи обсуждали это. Такое ощущение, будто его предали. Он так доверял им, а они болтали про его семью у них за спиной…

— Ну?

Мэдди смотрела на него так, будто её вопрос яйца выеденного не стоит… Хотя это не так.

— Твоя комната вон там.

Пока шли до двери, Майло раздумывал, что ответить Мэдди, если она не уловила намёка.

На втором этаже были две гостевые комнаты, в которых останавливались только самые близкие — родственники или друзья. Майло открыл ту, что выходила окнами на восток, с двумя односпальными кроватями рядом, и поставил сумку Лиззи рядом с кроватью, которую она обычно занимала.

— А у тебя есть чемодан?

Мэдди смерила его пристальным взглядом, а потом покачала головой.

— Нет, просто побросала свои вещи в их сумки.

— Ну ладно. — Он махнул рукой в смутном приветственном жесте и оставил Мэдди обустраиваться, а сам отнёс чемодан миссис Каравэй в комнату по другую сторону коридора.

Когда он вышел, Мэдди встала в дверях, сложив руки на груди.

— Ты мне не ответил!

— Да, меня усыновили, — раздражённо буркнул Майло. — Но это не твоё дело.

Девочка закатила глаза.

— Только не говори, что это секрет. Это же очевидно. Ты совершенно не похож на своих родителей.

— Я сам знаю, на кого я похож, а на кого нет! — взвился Майло. — Но это личное.

Мэдди пожала плечами и, отвернувшись, стала расстёгивать молнию на сумке Лиззи.

— А откуда ты? — спросила она, заглядывая внутрь.

— Отсюда, — спокойно ответил Майло. — Я прожил в Нагспике всю свою жизнь. Меня усыновили совсем маленьким.

— Ну да, а до этого? До того, как тебя усыновили?

Нет, правда! Такое чувство, будто он и не говорил, что это личное.

— Меня усыновили здесь, — холодно сообщил Майло. — В местном агентстве по усыновлению.

Майло не стал говорить, что он подкидыш. Это и впрямь не её дело.

— Но разве ты не ки...

— Да! — прошипел он. — Но повторяю: это моё личное дело! — Он развернулся и ушёл, а Мэдди молча смотрела ему вслед.

Майло спустился к дивану у окна, где оставил книгу Джорджи. Старательно не замечая взрослых, он как можно глубже зарылся в подушки и попытался снова погрузиться в чтение.

Через пару минут миссис Пайн присела на корточки рядом с ним.

— Всё нормально?

— Всё отлично.

— Нам послышалось, что...

— Всё хо-ро-шо.

Мама медленно кивнула.

— А что ты читаешь?

Майло поднял книгу так, чтобы видно было обложку.

— Мне Джорджи дала, ну та, с синими волосами. Это всякие фольклорные истории про Нагспик.

— Помнится, и я читала её в детстве. Мне она очень понравилась.

— Да, интересная.

— Ты ни о чём не хочешь поговорить?

Майло уставился на страницу, которую перечитывал уже три раза.

— Не хочу. Просто посижу и почитаю.

Мать кивнула и сжала его руку. Майло поёрзал и вдруг почувствовал кожаный бумажник у себя в кармане.

— Мам?

— Да?

— Ты никого не встретила на улице, когда выходила? Ну, того, кого я видел? Пока тебя не было, никто не заходил.

Она покачала головой.

— Ни единой души. Мы, наверно, просто не заметили, как он вернулся.

— *Если сумеешь выиграть у Дьявола,* — начал близнец с татуировкой по имени Негрет, пока проливной дождь стучал в окна постоялого двора, — *то можешь загадывать самое сокровенное желание. Все это знают, и кое-кто, видимо, считает, что ему это по зубам. Но Дьявол — заядлый картёжник и живёт тем, что надувает таких глупцов. Немного гордыни — и кое-кто уже готов бросить вызов самому Дьяволу, но это редко помогает выиграть, а Дьявол, который обычно не*

страдает высокомерием, почти никогда не про-игрывает.

Иногда такое случается, но не часто. Я рас-скажу вам историю об одном таком случае, когда Дьявол всё продул.

Как-то раз в сумерках Дьявол брёл в одино-честве по дороге меж двух отдалённых городов, а путь был не близкий. Он подошёл к развилке у до-роги и тут заметил фургончик мусорщика, что примостился возле указательного столба. Дьявол подошёл поближе и разглядел, что мусорщик этот довольно мал. Едва тень Дьявола упала на землю и выдала его присутствие, как маленькая фигурка повернулась. Дьявол удивился. Во-первых, у мусор-щика были серебристо-серые глаза, как монетки по полдоллара или полная луна в ясную погоду. Во-вторых, мусорщик оказался совсем маленького роста, потому что это был ребёнок, и не просто ребёнок, а маленькая девочка...

Майло читал в гостиной почти до двух часов ночи, просто невероятно, что ему разрешили за-сидеться так долго. Дрова в камине прогорели до углей, горячий шоколад остыл, а за окном царила тёмная снежная ночь. Открытая книга лежала у не-го на коленях. Дом, который наводнили незнакомые звуки и запахи, стал вдруг казаться чужим, а история, которую дочитывал Майло, оказалась жутковатой, и он решил, что пора закругляться.

Он в который раз встрепенулся и попытался заставить слова, расплывающиеся по странице, складываться в предложения. Не получилось. Майло потянулся, зевнул и вдруг различил за окном тёмное пятно на фоне падающего снега. Чей-то тёмный силуэт.

Ветер просвистел по лужайке в сторону рощи, закружив белым облаком. Когда облако рассеялось, там никого не было.

— Ты что, тут спал?

Майло проснулся и обнаружил, что прямо перед ним стоит Мэдди Каравэй, а на лице её застыло недоумение. За окном было ещё темно.

Майло едва сдержался, чтобы не ойкнуть от удивления, и хотел встать. Нога, которую он подогнул под себя, сильно затекла, и он неуклюже повалился на пол. Увидев под носом розовые пушистые носки Мэдди, он с шумом выдохнул, а потом попытался отодвинуть упавшую вместе с ним книгу, на которую он угодил щекой. Начни он говорить — точно попробует бумагу на вкус.

— Который час? — Его голос напоминал карканье.

Мэдди вытянула левую руку, и огромные часы, застёгнутые на запястье, высунулись из-под рукава.

— Шесть. Что ты тут делаешь?

— А ты что тут делаешь? — парировал Майло.

Она глянула через плечо и нахмурилась.

— Я слышала странный шум.

Майло проследил за её взглядом и тут же вспомнил о тени, что заметил на улице, пока не провалился в сон. Он поднялся на ноги и выглянул в окно, за которым не было видно ничего, кроме снега.

— И что же ты слышала?

— Если бы это был знакомый звук, — терпеливо ответила Мэдди, — я не стала бы называть его «странным». Но могу точно сказать — это что-то здесь, в доме, а не снаружи.

— Дом издаёт звуки. Он старый. Я тоже просыпался по ночам... — Майло потёр ушибленную руку, а потом бросил быстрый взгляд на Мэдди. — Когда был мелким.

Её брови опустились.

— Ясно.

Она развернулась на пятках, собираясь уйти, а потом вдруг остановилась и что-то подняла с пола.

Майло хлопнул себя по карману. Разумеется, синего кожаного бумажника там не оказалось — он был у Мэдди в руках.

— Стой… — Но девочка уже вытащила карту. — Аккуратно. Она очень хрупкая! — взмолился Майло, но она уже развернула листок. Майло почти услышал, как хрустит бумага.

— Что это?

— Отдай!

Майло протянул руку и ждал. Мэдди на него даже не посмотрела.

— Ну же! Знаешь, что это? — Майло жестом показал, чтобы она вернула листок. Девочка отмахнулась, перевернула листок вверх ногами и нахмурилась. — А, понятно! Навигационная карта.

Майло рассердился и немного удивился, что Мэдди так быстро догадалась, что это. Он сложил руки перед грудью.

— Да. Точки — это, видимо, глубина, ну а чайка — это компас.

— Да, я вижу. Только это не чайка, это альбатрос. — Она прикоснулась к птице кончиком пальца почти с благоговением.

Майло не понравилось, что его поправили, но он не знал точно, как выглядят альбатросы, так что решил не вступать в спор.

Мэдди явно не собиралась отдавать карту, пока не рассмотрит хорошенько, а Майло боялся разорвать хрупкую бумагу.

— Ты не могла бы поосторожнее? Она старая, если ты не заметила. Не порви!

— Да не собираюсь я её рвать, — пробормотала Мэдди. — И правда, классная карта. А что это? В смысле — где это? Непохоже на Скидрэк или Маготи.

— И мне так показалось. Но я не знаю, что это, — с неохотой признался Майло. — Я вроде как её нашёл.

— Что значит «вроде»?

— Наверное, обронил кто-то из гостей. Просто отдай её мне. — Рассердившись, он снова потянулся за листком бумаги. Мэдди ещё раз пристально посмотрела на карту, затем аккуратно сложила и отдала Майло.

— Тебе разве не интересно? — спросила она. — Ты не хочешь узнать побольше?

Если уж быть честным, он собирался выяснить, чья это карта, и вернуть её. Хотя...

— И как ты себе это представляешь?

Он сказал это почти с вызовом, но Мэдди не обратила внимания на его тон. Она наклонила голову, помолчала, уставившись прямо перед собой, а потом медленно повернулась, оглядела пустые комнаты первого этажа: гостиную, холл, кухню, столовую. Она осмотрела закрытую дверь, ведущую на крыльцо в другом конце гостиной, и широкую лестницу. А затем снова повернулась к Майло и улыбнулась странной полуулыбкой.

— Кампания!

— Э… что?

— Просто послушай. Мы тут застряли, так ведь?

— Мы… я тут живу!

Она внимательно посмотрела на него.

— Хочешь сказать, что ты этому страшно рад? Именно так ты собирался провести зимние каникулы? С кучей незнакомцев в доме, погребённом под снегом?

— Ну, нет… но…

— Хорошо. Не знаю, как ты, но я, если уж вынуждена тут торчать, собираюсь найти себе занятие. Предлагаю разузнать, куда ведёт эта карта.

У Майло щёки начали гореть от возмущения. Одно дело — застрять тут с незнакомцами, и совсем другое — с Мэдди. А теперь она лезет вперёд и говорит, что делать с картой, которую он же сам и нашёл, — это совершенно несправедливо!

— Кто сказал, что мы вообще будем что-то делать? — проворчал он.

Мэдди сложила руки на груди.

— В чём проблема?

— Моя проблема в том, что ты права. Я не хотел проводить каникулы вот так. Это касается и тебя!

— Ладно, я понимаю, что ты недоволен моим присутствием, — терпеливо сказала Мэдди, — но чем тебе не нравится моя идея? Мы всё равно оба здесь оказались. Можем придумать что-нибудь интересное!

Досадно, но возразить нечего. Майло тоже скрестил руки.

— Ну и что ты предлагаешь? Если я соглашусь.

Мэдди показала на карту у него в руке.

— Для начала, пока все не спустились, почему бы тебе не рассказать мне всё, что ты об этом знаешь? А потом нужно придумать, как мы будем обсуждать наши дела, чтобы никто ни о чём не догадался.

— Зачем?

— Затем, что первым делом надо поспрашивать вокруг и потихоньку выяснить, чья это карта.

— Очевидно.

— Очевидно, но ты пока что этого не сделал. Почему?

Майло замялся, вспомнив о незнакомце, который появился в беседке, когда он нашёл карту, и о том, как он спрятался, вместо того чтобы вернуть бумажник.

— Я не знаю.

Мэдди широко улыбнулась.

— Вот и я не знаю, но мне интересно.

Майло открыл рот, а потом снова закрыл. Почему бы и правда не сыграть в игру Мэдди? Ему тоже интересно.

— Ладно.

Они сели рядышком на диване, и Майло рассказал, как нашёл карту, потом пришлось объяснить, как у него оказалась книга Джорджи Мозель, а потом она потребовала рассказать всё, что Майло знает о каждом из постояльцев.

Шаги на лестнице заставили его замолчать. Мэдди приложила палец к губам, а Майло в ответ бросил сердитый взгляд и беззвучно прошептал: «Слышу».

— Кто-то спускается с нашего этажа, — тихонько прибавил он. — Это не гости, иначе бы шаги раздались раньше. — Это правда. Звуки, которые доносятся сверху, можно узнать безошибочно.

И точно. На лестнице появилась миссис Каравэй, которая спускалась, чтобы сварить кофе. Она сонно моргнула, глядя на Майло и Мэдди.

— Ого! Как рано! Может, горячего шоколада?!

— Я нет, миссис Каравэй. Пойду ещё посплю.

Майло забрал карту в кожаном бумажнике, книжку Джорджи и стал подниматься по лестнице.

Его комната была на втором этаже, там же, где спальня родителей, две гостевые комнаты, в которых разместили семейство Каравэй, а ещё гостиная, кухня и столовая, но куда меньше, чем те, что внизу, чтобы Майло с семьёй могли, если нужно, уединиться. Майло прошёл в дальний конец гостиной мимо самого большого окна в доме: огромного витража от пола до потолка — медный, винный, каштановый, зеленоватый, тёмно-синий, — потом повернул в небольшой коридор к синей двери в самом конце. Большой круглый латунный колокольчик, привязанный к дверной ручке широкой клетчатой ленточкой, издал приветственный звон, когда Майло повернул ручку, и ещё раз звякнул, когда он закрыл за собой дверь. Майло нажал на выключатель, и зажёгся свет: медный якорный фонарь у двери — с корабля, на котором служил его дедушка, и гирлянда красных шёлковых фонариков в форме луковиц с вышитыми китайскими иероглифами и золотыми кисточками, тянувшаяся из одного угла комнаты в другой.

Он закрыл глаза, вытянул руку, в которой держал книгу и карту, и разжал ладонь. Как он и хотел, предметы приземлились ровно на середину стола. Майло понял это по короткому звуку, который раздался, когда они стукнулись о кожаный бювар. Потом, всё ещё с закрытыми глазами, он повернулся вполоборота, сделал два шага вправо, качнулся на пятках, упал на спину и приземлился, как обычно, прямо на середину кровати. Потихоньку он почувствовал, как его окутывает тёплая волна, подтянул ноги, свернулся под одеялом — это было вязаное лоскутное одеяло, которое мама смастерила, пока они с папой ждали, когда же для них найдётся малыш, — и через пару минут заснул.

Глава третья

Плут

Из комнаты Майло открывался самый лучший вид во всём доме. Это была мансарда с небольшим окном, выходившим на рощу в том месте, где склоп к реке Скидрэк был особенно крутым, так что в ясные дни Майло мог видеть серебристо-синюю воду внизу. От окна тянулся пожарный спуск, где Майло обожал сидеть, особенно когда солнце закатывалось за холм, хотя, если уж говорить серьёзно, ему не разрешалось находиться там без присмотра.

Сейчас, правда, неба не было видно вовсе, лишь густой туман. Не понять, утро или вечер. Майло, ещё толком не проснувшись, отвернулся от покрытого морозными узорами окна и потянулся за будильником. Десять часов.

Снег перестал идти, но, судя по пушистым шапкам на деревьях, он, похоже, падал всю ночь. Майло представил, как он уютно греется у камина, а до этого с увлечением строит на улице снежную крепость и лепит круглые крепкие снежки, собирая из них целый склад.

Майло переоделся, поправил книгу и бумажник, чтобы они лежали на кожаной подкладке ровно посередине, и вышел из комнаты; на секунду задержался — одёрнуть ленточку, которой колокольчик был привязан к дверной ручке, чтобы выровнять концы, после чего бегом спустился на первый этаж.

В столовой завтрак близился к концу, но Майло этого и не заметил. Он вдруг понял, что видит всех гостей сразу в одном месте, и это было странное зрелище.

Господин Виндж, по лицу которого трудно было догадаться, в каком он настроении, собирал вилкой остатки кленового сиропа на тарелке. Он сидел на углу стола, закинув ногу на ногу; этим утром он вырядился в жёлтые носки с синим горошком примерно того же оттенка, что и волосы Джорджи Мозель. Эглантина Геревард со смутным неодобрением наблюдала, как Лиззи Каравэй ставит чайник на плиту. Уилбер Гауэрвайн сидел во главе обеденного стола и тоже с сомнением поглядывал на Лиззи; очевидно, они с миссис Геревард одинаково отказывали кому-либо в способности вскипятить чай. Когда мистер Гауэрвайн не кидал взгляды на Лиззи, он пристально изучал окно, от которого на стол ложилась зеленоватая тень. Клем Кэндлер, всё ещё с забинтованными лодыжками, устроилась за одним из маленьких столиков для завтрака возле окна и, отщипывая по кусочку, ела блинчики, мечтательно глядя на снег. Стоя у лестницы, Майло видел лишь синюю макушку Джорджи над высокой спинкой своего любимого диванчика, где он задремал сегодня ночью.

Пока он изучал эту сцену, в дом вошёл отец с охапкой дров, неловко скинул ботинки и направился в гостиную.

— Доброе утро, — пробормотал Майло, обращаясь к маме, которая помогала миссис Каравэй с тарелками.

— Блины на плите, — сказала миссис Пайн. — Целая куча, можешь взять добавку, если захочешь, — прибавила она, когда отец вошёл на кухню и сунул руки под кран.

Майло положил себе горку блинов, щедро сдобрил кленовым сиропом и отправился в гостиную, чтобы немного побыть одному, пока день только начинается.

Мэдди заняла другое любимое место Майло — за рождественской ёлкой, где в углу комнаты словно бы образовалась сверкающая огоньками пещера.

— Доброе утро, — пробубнил Майло, совсем не обрадованный, что захватили ещё одно его убежище. Он пристроился у камина рядом с ёлкой.

— Доброе утро. Готов начать кампанию? — спросила Мэдди, поднимая голову от пачки листов и огромной стопки толстых книг в твёрдых обложках.

Майло уставился на неё в ужасе. Эти листы напоминали домашнюю работу, а книжки, несмотря на яркие обложки, подозрительно смахивали на учебники. Он с опаской принялся жевать блины.

— А что такое «кампания»?

— Это приключение в игровом мире. Наш игровой мир — твой дом, а наше приключение — то есть кампания — разгадать тайну карты.

— Да... но как?

Мэдди поманила Майло, чтобы он подошёл поближе. Он встал со своего места на каменной плите перед камином и пробрался к ней за ёлку.

— Мы обследуем дом и разузнаем всё про гостей, — объяснила девочка, — а заодно будем искать подсказки. Но прежде всего тебе нужен герой.

— Зачем?

Мэдди наклонила голову.

— Это часть игры. Ты придумываешь себе персонажа и играешь от его имени. Ты что-нибудь знаешь о ролевых играх?

Майло нахмурился.

— Нет. Ты про чудища, подземелья и игральные кубики с миллионом сторон? Мы в это будем играть?

— Ну почти. Но для реальной игры нужно больше народу, а ещё так называемый «мастер»* и всё такое. А мы придумаем свою игру.

— Но зачем мне притворяться кем-то ещё? — запротестовал Майло. — Это как-то... глупо.

Ему стало немного стыдно. Такое впечатление, что Мэдди предлагает как раз то, чем он втайне занимался и чем совсем не гордился.

Когда ты ничего не знаешь о своей настоящей семье, трудность в том, что ты не можешь об этом не думать. Майло, во всяком случае, не мог. Он размышлял, кто же его настоящие родители, где они живут, кем работают. Даже задумывался, живы ли они. А ещё приходила мысль о том, какой была бы его жизнь, если бы он вырос в родной семье,

_____

* В ролевых играх так называется один из участников игрового процесса, имеющий бо́льшую власть над сюжетом, чем простые игроки.

что было бы, если бы он был похож на родителей внешне и собеседники не понимали бы с первого взгляда, что он неродной. Он думал, какой бы тогда была его жизнь, и иногда воображал себя другим человеком.

Порой ему казалось, что он несправедлив по отношению к маме с папой, то есть к Норе и Бену Пайнам, которые были его родителями в той же мере, как и родители, подарившие жизнь.

Но Мэдди сказала, что это... для игры, так что, может... может, ему и не стоит стыдиться.

— Не глупо, — терпеливо возразила Мэдди, на её лицо легла сначала зеленоватая, а потом синеватая тень от мигающих огоньков на ёлке. — Во-первых, так устроена игра. Во-вторых, ты можешь придумать себе любого героя, какого захочешь. Можешь быть кем или чем угодно.

Мэдди указательным пальцем перевернула стопку бумаги на полу так, чтобы верхний лист смотрел на него. Майло заподозрил, что она так ловко это сделала, потому что долго тренировалась.

— Это листы твоего персонажа. — Она положила сверху ручку. — Давай определим, кто ты.

«Кто ты...» Майло неловко поёрзал и подцепил вилкой ещё один кусочек блинчика с тарелки, которая балансировала у него на коленях.

— Ты хочешь сказать, кто мой персонаж, — пробормотал он.

Мэдди пожала плечами.

— В игре *ты* и есть твой персонаж.

И снова Майло виновато подумал о тех минутах, когда втайне фантазировал о своих настоящих родителях и (совсем уж втайне) придумывал себе другую семью, в которой мог бы оказаться, о том, кем он мог бы тогда быть. Но тут другое, напомнил он себе. *Это игра.*

— Ладно. — Он отставил тарелку и взял ручку. — Покажи мне, как это делается.

— Ну, скажи мне, с чего ты хотел бы начать. Знаешь… — Мэдди подняла палец, а потом открыла потрёпанный пыльный блокнот на чистой разлинованной странице. — Сделаем проще. В хорошей приключенческой игре должно быть как минимум по одному из четырёх основных персонажей: капитан — лидер по натуре, умеющий видеть цель и просчитывать ходы; хранитель — это могучий боец, так сказать одним-махом-семерых-убивахом, обычно он чародей или тот, кто знает магические приёмы; потом следует воин — лучший боец; и есть ещё плут — то есть прохвост и обманщик. Наша игра будет отличаться, поскольку нас всего двое. Выбирай, какой типаж тебе больше нравится?

— Ну... — Честно сказать, никто из этих персонажей не был похож на Майло. Все эти роли подходили людям, которые могут принимать решения и владеть собой. — Наверное, капитан, — наконец произнёс Майло, — раз уж я старше. — Возможно, он метил слишком высоко. — Я ведь старше?

Мэдди оперлась на локоть, положив подбородок на ладонь, и спокойно смотрела на него.

— Не будь глупцом. Не нужно становиться предводителем, потому что ты старше. Даже в реальной жизни не стоит брать на себя ответственность лишь потому, что тебя угораздило родиться раньше.

Майло открыл было рот, чтобы поспорить, но Мэдди покачала головой.

— Ты неправильно всё это воспринимаешь. Для начала, ты не самый старший. Я имею в виду, по правилам игры. Я могла бы решить, что хочу играть роль столетнего карлика, или бессмертного мудреца, или ещё кого-то в этом роде...

— Это смешно, — возразил Майло.

— Нет, не смешно! — воскликнула Мэдди. — По крайней мере, в игре. В этом вся суть. В игре можно быть кем захочешь. Пойми это. Правила, конечно, есть, но... Майло, каким ты хочешь быть?

«Каким ты хочешь быть?»

«Ну, для начала, — подумал Майло, — было бы неплохо уметь сливаться с толпой, чтобы люди не пялились на него потому, что он отличается внешне. Было бы здорово научиться не выходить из себя, когда происходит что-то неожиданное. А ещё быть сильным и ловким».

— Прекрасное начало! — его отвлёк голос Мэдди.

С ужасом Майло понял, что произнёс это вслух.

«Умение сливаться с толпой», «Контроль над собой в неожиданных ситуациях», «Быть сильным и ловким», — написала Мэдди в столбик с одного края страницы. Теперь она рисовала стрелочки и делала пометки на полях.

— Первое качество, скорее, принадлежит плуту, он способен исчезать. Это может быть граффитист или какой-нибудь вор, скажем верхолаз. Верхолазы — мастера вскарабкаться по стене, пробраться через укрепления и проникнуть в замок или крепость. Они — отличные разведчики, те, кто способен собрать информацию. — Она что-то написала на конце первой стрелки. — Второе качество принадлежит капитану. Пули ему нипочём, да? Но я не вижу тебя в роли капитана или вожака, так что, может быть, монах, или китайский маг-фанши, или даже ворожитель… Ворожитель относится к типу хранителей, но они предугадывают события, извлекая смысл из случайных явлений.

Майло моргнул.

— Я понятия не имею, что это значит.

Мэдди вовсю уже что-то царапала на бумаге, рисуя стрелки по всему листу.

— Неважно. Я объясню, если мы до этого дойдём. Теперь давай подумаем о навыках и умениях. Если игра проходит в этом доме, какие способности пригодятся, как думаешь? Умение открывать замки отмычкой?

— Мы что, собираемся проникнуть в чужие комнаты? — насторожился Майло.

Двери заперты только в номерах гостей, и родители его убьют, если он сунется в чью-то комнату, чтобы что-то разнюхать.

— Это всего лишь игра, Майло.

— А. Хорошо. Тогда, наверное, да. Ну... ещё, разумеется, умение беззвучно передвигаться. Это шумный дом, особенно когда внутри полно людей.

— Отлично. Это всё атрибуты плута или прохвоста, идеально подходят для роли верхолаза. Думаю, мы почти определились.

— Погоди-ка, — Майло нахмурился, глядя на страницу, которую Мэдди быстро заполняла своими пометками. — А ты? Нам не нужно определить, кто твой персонаж?

Она покачала головой.

— Я создам своего персонажа в пару к твоему. Такого, какой потребуется для нашей игры.

— И какой тебе в этом интерес?

— Придумать персонажа — это лишь часть игры. Мы будем командой. Интерес в том, что я буду второй половиной команды. Так, вернёмся к тебе. — Она посмотрела на него с улыбкой. — Что-то ещё?

Майло поймал себя на том, что вспомнил одну из историй, прочитанных накануне вечером. Ту, что называлась «Дом-призрак». Про парнишку, который поспорил, что проведёт ночь в доме, из которого, по слухам, нельзя было выбраться, и заблудился в нём. Каждый раз, когда он пытался нарисовать карту тех комнат, где уже побывал, чтобы найти выход, ничего не получалось, поскольку (как подразумевалось в истории) дом постоянно менял свои очертания. Только когда герой догадался, как прислушиваться к дому, пока в нём всё меняется, он стал понимать, что его окружает.

— Я хочу научиться слушать дом, — медленно выговорил Майло.

Мэдди поджала губы.

— Не понимаю.

— Ну, если бы мы были... скажем, в лесу, то я прислушивался бы к деревьям, к ветру и понимал бы, что к чему. Например, следят ли за нами, течёт ли поблизости река, развёл ли кто-то огонь... что-то в этом роде.

— Как следопыты?

— Ага. Как назвать кого-то, кто обладает такими же способностями, но только внутри зданий?

— О-о-о-о-о! — судя по звуку, Мэдди заинтересовалась. Она зашуршала страницами одной из толстых книг. — Это мог бы быть странник... странники обладают необычными знаниями, которые накопили за века блужданий по разным местам. Ты мог бы слышать дом и понимать, что он говорит, поскольку научился этому за долгие годы путешествий. Или ты мог бы быть учёным. И разбирался бы в этом просто потому, что многое знаешь и умеешь.

— Что тут происходит?

Мэдди уронила карандаш, когда Джорджи Мозель присела на плиту у камина и протянула руку к блокноту. Майло взглянул на Мэдди, не понимая, стоит ли смутиться или нет.

— Это для игры, — пробормотал он.

— Отличный набор качеств для вора, — сказала Джорджи, и голос её прозвучал слишком звонко и неестественно.

В комнате было так тихо, что звон посуды, которую мыли на кухне мама и миссис Каравэй, внезапно показался оглушительным. Майло выглянул из-за ёлки и густо покраснел. Они с Мэдди так увлеклись, что не заметили, как гости друг за другом перешли в гостиную и теперь все как один уставились на него.

Джорджи на это и бровью не повела.

— Умение сливаться с толпой. Умение открывать двери. Быть сильным и ловким. Такое впечатление, что ты у нас какой-то вор-взломщик.

Мэдди ткнула Майло локтем.

— Умение владеть собой в неожиданных ситуациях, — прошептала она. — Помни.

Довольно сложно владеть собой, когда на тебя смотрит в упор столько людей.

— Вообще-то, — сказал Майло, и голос у него дрогнул, — это качества персонажа-плута, который называется...

— Верхолаз, — подсказала Мэдди.

— Верхолаз. Он занимается разведкой.

Отец Майло наклонился рядом с Джорджи, чтобы подкинуть в огонь пару поленьев.

— С каких пор ты играешь в «Странные следы»? — удивился он.

— А что такое «Странные следы»? — спросил Майло.

— Игра, откуда всё это пошло, — прошептала Мэдди.

— Ну да, да... — запинаясь, произнёс Майло. — Ребята в школе играют.

— Неужели?! — обрадовался мистер Пайн. — Я играл в неё в детстве.

— Правда?

— Конечно. Я был фехтовальщиком-сигнальщиком. Отправлялся вперёд, а потом докладывал обстановку. Этот персонаж чем-то похож на верхолаза, но я вдобавок замечательно владел мечом. Обычно фехтовальщики носили рапиру, но она слишком длинная для разведчика, поэтому я пользовался мечами-бабочками.

В глубине мерцающей пещеры Мэдди тихонько ахнула от восхищения.

— Может, сыграем как-нибудь, — сказал мистер Пайн, вставая и отряхиваясь. Он потрепал волосы Майло рукой, от которой пахло камином, и пошёл на кухню.

Тем временем напряжение в комнате спало. Майло огляделся и обнаружил, что большинство гостей потеряли к происходящему интерес. Только мистер Виндж время от времени поглядывал на Майло, сидя в кресле напротив ёлки.

Джорджи протянула ему блокнот.

— Круто. Прошу прощения, что помешала.

Когда она поднялась, Клем Кэндлер подошла с чашкой кофе в руке и присела перед камином.

— Знаешь, если когда-нибудь решишь сыграть за вора-взломщика, то я, пожалуй, смогу дать тебе пару советов.

— Вы тоже играете? — удивился Майло.

— Нет, — широко улыбнулась Клем. — Но я *воровка*. — Она подмигнула, что означало «шучу». Когда девушка выпрямилась, Майло увидел, как она украдкой взглянула на Джорджи Мозель. — Или можешь спросить нашу Синевласку. Готова поспорить, она тоже кое-что может рассказать. — Клем удалилась, громко спросив: — А можно ещё кофе?

Что это было?

— Не отвлекайся. — Мэдди уселась рядом с Майло и зашуршала страницами блокнота. — Вернёмся к нашим делам. Давай поговорим об очках за навыки. Я предлагаю начислять баллы прежде всего за ловкость, ум и силу характера. Наверное, эти качества пригодятся тебе больше остальных.

Некоторое время спустя они откинулись назад, довольно глядя на страницы, испещрённые записями. Рядом с каракулями Мэдди почерк Майло выглядел особенно ровным и красивым.

— Неплохо, — сказала Мэдди. — Персонаж получился крутым. А как ты собираешься его назвать?

— Назвать? — эхом повторил Майло. — А разве он... это не я?

— Да, но лучше выбрать ему имя. Это ведь герой. То есть не совсем ты. В игре это помогает отделить персонажа от себя самого, живущего в реальном мире.

— Но наша игра проходит в реальном мире.

— Да, но... — Мэдди устало вздохнула и постучала пальцем по странице. — Перечитай всё, что мы тут написали. Если честно, ты веришь, что это ты?

— Конечно, нет. Но разве не в этом был смысл?

— Так назови его, — терпеливо сказала девочка. — Майло считает, что не обладает этими качествами. Но у этого героя... — она снова постучала по листу, — они есть. Моему персонажу придётся полагаться на этого человека. Нельзя, чтобы он вдруг пропал просто потому, что Майло запутался. Так как его зовут?

Майло положил подбородок на ладони и посмотрел на записи. Мэдди права. На этой странице ничто не напоминает Майло. Это герой из сказки, а не из жизни.

— Ривер, — произнёс он, пробуя имя на слух. — Или Негрет. — (Так звали близнецов с татуировкой на постоялом дворе в книге Джорджи.) — Негрет, — решил он.

— Значит, Негрет, — сказала Мэдди, подписывая имя на полях.

Она отложила карандаш и потянулась.

— Мы неплохо поработали сегодня утром. — Мэдди вырвала несколько страниц из блокнота и протянула Майло. — Мне нужно, чтобы ты кое-что сделал для меня. Нарисуй план дома. — Она протянула карандаш.

— Всего дома?

— Да. План каждого этажа. Начнём с этого. Эти чертежи нам понадобятся.

Она собрала бумаги и книги в аккуратную стопку, сложила их в углу, а потом вылезла из их укрытия, снова потянулась и пошла к лестнице.

Майло выглянул посмотреть, сколько времени: часы на каминной полке показывали полдень. Он свернул листы бумаги и сунул в карман вместе с карандашом Мэдди.

— Негрет, — тихонько повторил он. — Негрет. — Да, так, скорее, звали бы какого-нибудь прохвоста, чем двенадцатилетнего мальчика. Вдруг Майло вскочил на ноги и бросился вслед за Мэдди. — Мэдди?

Она высунулась из-за перил со второго этажа.

— Повтори ещё раз, что мы будем делать в этой игре?

Девочка бросила на него разочарованный взгляд.

— Попытаемся разузнать, кто потерял ту карту и что это за карта. Это же очевидно.

— Ах да. — Он почесал голову. За всеми этими рассказами о героических и фантастических персонажах Майло и забыл, с чего всё начиналось.

— Майло!

— Что?

— Она ведь у тебя?

— Карта?

— Ну да. Карта у тебя, Майло?

— Ну конечно.

Мэдди протянула руку.

— Что, прямо сейчас?

— А почему нет?! Ты её где-то оставил?! — Мэдди сбежала вниз быстрее, чем вообще способен бегать ребёнок, и сердито уставилась на него. — Где?

Майло оттолкнул её, побежал на второй этаж и остановился только у своей комнаты. Мэдди почти наступала ему на пятки.

Он замер и посмотрел на дверь.

— Что такое? — спросила она, вставая на носочки, чтобы заглянуть через плечо. — Дверь открыта?

— Нет, она закрыта, — медленно ответил Майло. — Так, как я её оставил.

И всё-таки что-то было не так... Клетчатая шёлковая ленточка, концы которой он аккуратно поправил, уходя сегодня утром, была смята. Кто-то дёргал ручку, а поскольку у Майло не было привычки запирать дверь, это означало, что в его комнате кто-то побывал.

Кожаный бумажник и книга по-прежнему лежали на столе, там, где он их оставил, но снова что-то было не так. Майло положил красную книжку наверх, аккуратно выровняв нижний край по стежкам на бумажнике. А сейчас край обложки был чуть выше, чем ряд стежков. Майло отодвинул книгу, взял бумажник и расстегнул. Сложенный листок в левом отделении был старым и пожелтевшим, но Майло с первого взгляда понял, что это не тот. Он затылком чувствовал, что Мэдди наблюдает, как он осторожно достаёт и разворачивает листок.

Пусто. Никакой синевы, никаких зелёных точек, ничего.

— Кто-то украл карту? — растерялся Майло. Тревога волной подкатила к горлу, и это ничего общего не имело с тем беспокойством, которое он обычно испытывал, если что-то шло не так. Это не простая случайность. Дело плохо.

— Ну, вряд ли мы можем считать, что карту украли, — заметила Мэдди, потянувшись за листком, который Майло так и держал в руке. — Если карту забрал тот, кому она принадлежала, то стоит признать, что он просто вернул себе пропажу.

Майло покачал головой.

— Кто-то тайком проник в мою комнату, — ошарашенно прошептал он. Поверить невозможно! За все годы, проведённые в «Доме из зелёного стекла», за

все те годы, когда здесь останавливались контрабандисты и всякие сомнительные типы, никто никогда не вторгался в личное пространство Майло.
Никогда. Ни разу.

— Ты запирал дверь?

— Это неважно! — Майло стоял неподвижно,
сунув сжатые кулаки в карманы, бросая быстрые
настороженные взгляды в каждый уголок и закуток
комнаты, высматривая, не трогали ли ещё что-то. —
Я и не обязан был запирать дверь! Это моя комната!

— Хорошо, хорошо, — мягко сказала Мэдди.

Кто-то здесь побывал. Могли, конечно, зайти родители Майло или миссис Каравэй, но, учитывая,
сколько у них забот с гостями, им сейчас не до него.
И потом, они ничего не стали бы брать без спросу.

Здесь побывал кто-то посторонний. Если один
из этих странных постояльцев — вор и зачем-то охотился за картой, то игра, в которую они собирались
играть, превращалась во что-то куда более серьёзное.

*Кто-то был в его комнате. Кто-то был в его
комнате.*

Майло заставил себя дышать ровно, чтобы не
отдаться во власть паники.

Мама в таких случаях говорила, что нужно от-
влечься, подумать о чём-то другом. Например, об игре.

— А как тебя зовут? — спросил он у Мэдди.

— Что?!

— В игре.

— А! Ну, допустим… меня зовут Сирин.

— А кто ты? Ты мне ещё ничего про себя не рассказала.

Мэдди задумалась.

— Есть один персонаж, за которого мне всегда хотелось сыграть. Называется «дух». Это крылатые существа, которые повсюду следуют за своим покровителем, но не могут изменить ход событий. На их долю приключений почти не выпадает, хотя они их обожают. Если ты вдруг столкнёшься с таким персонажем, его всегда можно попросить о помощи — главные роли в игре им не достаются, но они могут дать подсказки, волшебные орудия или что-то в этом роде. Мне нравится, что дух всегда готов к приключениям. Ты не возражаешь, если я попробую сыграть за него?

Майло удивлённо пожал плечами.

— Почему я должен возражать?

— Сирин придётся стать невидимой для всех, кто не участвует в игре, то есть для всех, кроме тебя.

Майло широко улыбнулся.

— Мне придётся притвориться, что ты невидимая?

— Майло, — строго сказала Мэдди. — Сирин — это создание из потустороннего мира, которое не может вмешиваться, лишь наблюдает со стороны, если только ей не прикажет покровитель. Придётся быть невидимой для всех, кроме Негрета. А значит, Негрет становится капитаном. Сирин не слишком любит подчиняться, просто ей ужасно хочется поучаствовать в приключении. И она может пригодиться, поскольку видит то, чего не видит Негрет, а ещё обладает сверхъестественными способностями, которые могут пригодиться.

— Это какими?

— Не знаю. Там будет ясно.

Мэдди, казалось, беспокоилась, что Майло не согласится. Он снова пожал плечами.

— Я не против. Пусть будет Сирин. То есть я хотел сказать, что ты будешь Сирин. Добро пожаловать в команду! — он протянул руку, и они торжественно обменялись рукопожатиями в своих новых ролях. — Я должен знать что-то ещё, пока мы не начали играть?

Мэдди с шумом выдохнула.

— Дай-ка подумать… всегда проверяй, нет ли ловушек. Левое — это всё равно что правое, если нет середины. Облачай своего целителя в лучшие доспехи. Магические кольца надевай на пальцы ног, а не рук… Что ещё… Всегда держи при себе верёвку…

Мэдди загибала пальцы, а Майло слушал, почти ничего не понимая.

— Ладно, — сказала Мэдди, заметив наконец его растерянный взгляд. — Разберёшься по ходу.

— Хорошо. — Майло-Негрет прислонился к стене у окна и, грызя ноготь, с облегчением почувствовал, что тревога уходит. — Вряд ли карту забрал её владелец. Иначе бы он прихватил и бумажник. И не нужно было бы изображать, будто никто ничего не трогал, да ещё подменять карту. А тут вор явно хотел, чтобы пропажу как можно дольше никто не заметил.

Вот только неизвестно, вдруг понял Майло, пытался ли вор одурачить настоящего владельца карты или его самого.

Он взял поддельную карту у Мэдди, то есть у Сирин, включил настольную лампу, поднёс бумагу к свету, и оказалось, что на бумаге такой же водяной знак в виде старых железных ворот, что и на настоящей карте.

— Бумага такая же, — сказал он Сирин. — И водяной знак тоже.

— То есть у вора откуда-то оказался ещё один лист такой же старой бумаги? Странно. Что бы это значило?

— Вряд ли это простое совпадение. Значит, бумага такая же ценная, как и то, что на ней изображено.

— Тогда перед нами три вопроса. — Сирин задумалась. — Что это? Чьё это? Кто это взял? Может, бумага поможет ответить хоть на один из них.

Было ещё кое-что, вдруг понял Майло. Казалось совершенно невероятным, что все эти незнакомцы объявились в одном и том же месте в такое необычное время. Ясно, что карта, помимо прочего, связывает как минимум двоих из них.

— А что, если все они собрались здесь по одной и той же причине? И это как-то связано с картой? А значит, карта как-то связана с... «Домом из зелёного стекла», да?

Сирин посмотрела на него с чувством торжества.

— Негрет, а что, если в доме спрятано что-то... ну, не знаю... клад или сокровище? Что, если мы ещё вчера вечером держали в руках карту, ведущую к этому сокровищу?

Сокровище? В «Доме из зелёного стекла»? Майло хотелось прыснуть от смеха. Можно, конечно, строить всякие догадки, но это дом, который он изучил вдоль и поперёк, он живёт здесь всю жизнь, так что даже мысль о том, что в их доме таится какой-то секрет, казалась невероятной. Но Негрет не отрицал такую возможность, пусть и считал, что шансы невелики, и Майло ощутил короткую вспышку радости. Он учится думать, как его персонаж.

— Ну, карта теперь у кого-то в руках, — заметил он. — Интересно, вор знает, как её прочесть? Может, мы первыми успеем разгадать, что там изображено?

— Слушай, а что там Клем тебе говорила? Что она вроде воровка. Помнишь?

— Я подумал, что это шутка, — признался Майло. — А потом она что-то намекнула про Джорджи Мозель, что будто и та тоже воровка. — Он покачал головой. — Настоящий вор не допустил бы ошибок. — Он показал на стол, где лежала книга. — Настоящий вор заметил бы, как вещи разложены на столе, и оставил бы их точно так же. А ещё ленточка на двери. Каждый бы увидел колокольчик и придержал, чтобы он не зазвонил, когда откроется дверь, но профессионал поправил бы ленточку, чтобы оставить всё точно так, как было.

Майло вдруг поймал себя на мысли, что ощущает что-то вроде презрения к этому вору, кто бы он ни был.

— Вор решил, что он очень умён, раз подложил такую же бумагу, но упустил из виду всё, что выдало его ещё раньше, чем мы открыли бумажник. — Майло целиком отдался игре и так слился с собственным персонажем, что чувствовал невольное превосходство. — Любитель!

— Ну, надо признать, — заметила Сирин, — он и не догадывался, что проник в комнату знаменитого верхолаза Негрета.

— Нет! — кивнул Негрет. — Готов поспорить, что не догадывался!

Они положили лист на стол и разгладили складки. Негрет провёл пальцем по кованым воротам, почувствовав, что поверхность бумаги там, где расположен водяной знак, немного отличается на ощупь.

— Эти ворота что-то тебе напоминают? — спросила Сирин.

— Здесь таких нет, насколько мне известно… — Но тут что-то заставило его остановиться. — Не в «Доме из зелёного стекла»… Стоп, я уже видел что-то похожее!

Он сложил листок, аккуратно убрал вместе с записями в задний карман и выбежал в коридор. Сирин поспешила за ним. На лестнице Майло на минуту замер, прислушиваясь. Внизу звучали голоса. Наверху тишина. Хорошо.

Негрет и Сирин поднялись наверх, и Негрет обнаружил, что его ноги, ноги верхолаза, теперь инстинктивно выбирают самый тихий из маршрутов: на третью ступеньку наступать с правой стороны, как можно меньше веса переносить на пятую, а шестую и вовсе пропустить. Он научился этому, пока бегал долгие годы вверх-вниз по лестнице «Дома из зелёного стекла», но эти маленькие трюки пригодились лишь теперь.

Они добрались до третьего этажа, там Негрет остановился и быстро осмотрелся в коридоре, прежде чем двигаться дальше. На этом этаже поселились мистер Виндж, миссис Геревард и доктор Гауэрвайн, но никого из них не было видно.

До следующей площадки они скользили совсем неслышно. Дух следовал по пятам за верхолазом. Негрет жестом велел Сирин подождать, а сам высунулся, чтобы удостовериться, что и на четвёртом этаже пусто. Здесь всё ещё витал лёгкий аромат духов Джорджи, все двери вдоль коридора были открыты, кроме одной. Негрет заглянул в каждый из номеров, пока не добрался до комнаты Джорджи, где прижался ухом к двери и прислушался. Тишина.

Он оглянулся на лестницу и махнул Сирин. Затем повернулся и с победоносным видом посмотрел на огромный витраж, который отбрасывал на пол холодный свет, синеватый с редкими проблесками зелёного.

— Ух ты! — с одобрением воскликнула Сирин. — А я ничего и не замечала!

— Так и я тоже, — признался Негрет.

Он достал листок, развернул и поднёс к окну, чтобы сравнить. На свету водяной знак проступал ясно как божий день.

— Точно! Ошибки быть не может!

То, что Майло всегда казалось просто мозаикой, вроде той, что можно увидеть в церкви, внезапно открылось Негрету как изображение кованых ворот. Нужно было смотреть на металл, который соединял стёкла витража, а не на сами стёкла, тогда и правда становились видны ворота. Витраж и водяной знак были совершенно одинаковыми.

— Но что это значит? — полюбопытствовала Сирин. — Может, такие ворота здесь были когда-то?

— Дом очень старый. — Негрет оглянулся кругом, разглядывая то, что Майло видел всю жизнь. Но для Негрета всё это было новым, по крайней мере, видел он всё иначе. Массивные старые балки глубокого шоколадного оттенка, потолки из оловянных панелей, выкрашенные кремовой краской, подсвечники в коридоре, которые переделали так, чтобы можно было вкрутить лампочки вместо свечей, тиснёные обои цвета слоновой кости с золотом, такие старые, что Майло и мистер Пайн то и дело обходили дом с кастрюлей густого клея и подмазывали углы, которые, казалось, готовы отвалиться от стен. Ну и сам витраж, со скрытым изображением кованых ворот, которые Майло не замечал, но Негрет теперь уже не мог не видеть.

— Витражи на лестницах немного отличаются друг от друга, но они сделаны по одному образцу, —

тихонько сказал он, глядя на синеватое стекло. — Интересно, есть ли ворота на других витражах.

Сирин внимательно наблюдала за ним.

— А что ты вообще о нём знаешь? Я про дом.

— Мамины родители купили его, когда она была маленькой. До этого он пустовал. Ну, не пустовал… владелец не жил здесь долгое время, как я понимаю.

— А кем был предыдущий владелец?

— Какой-то контрабандист. Известный с незапамятных времён, типа Джентльмена Максвелла, но не он. Не помню, как его звали.

Сирин фыркнула.

— Джентльмен Максвелл жил вовсе не в незапамятные времена, как ты выразился. Это было почти накануне твоего рождения.

— Хорошо, но всё равно давно. А тот жил ещё раньше Джентльмена Максвелла.

— Может, Док Холистоун?

Негрет щёлкнул пальцами.

— Точно!

— Ты шутишь?! Этот дом принадлежал Доку Холистоуну?

— Вроде бы. Мой дед выкупил дом у его брата после того, как Дока Холистоуна поймали и он погиб. Вот так дом и стал отелем для… ну, для разных типов, которые обычно тут останавливаются. Сначала это были товарищи самого Дока Холистоуна, которым нужна была крыша над головой, а потом поползли слухи, что есть одно безопасное местечко, где можно найти приют, если надо пересидеть на берегу. Так и встретились мои родители. Папин отец был в команде Эда Пикеринга, и они несколько раз здесь останавливались. — Негрет пытался умерить гордость в своём голосе. — Он не так известен, как Холистоун или Максвелл, но тоже легендарная личность.

— Круто! — Поражённая тем, что услышала, Сирин огляделась. — Тогда ничего удивительного, что кто-то решил, будто тут спрятаны сокровища. Странно было бы, если бы их тут не было.

— И карта могла бы помочь, — поддакнул Негрет.

Сирин склонила голову к плечу.

— А может, там вовсе не вода была нарисована? Может, это не морская карта?

— Может, — кивнул Негрет. — Если её нарисовал контрабандист или кто-то, кто долго плавал, то понятно, почему он использовал привычные обозначения. Или же этот человек пытался скрыть, что на самом деле рисует. — Он выглянул в окно на голубоватый снег, который толстым слоем покрыл всё вокруг. — Надеюсь, отметки глубины не означали, что нам придётся что-то копать. Земля под снегом замёрзла и стала твёрдой как камень.

И тут досадная мысль пришла ему в голову.

— Или же карта не имеет никакого отношения к дому. То, что водяной знак на бумаге как-то связан с домом, вовсе не значит, что и карта тоже связана.

Сирин уверенно покачала головой.

— Они связаны. Один из гостей не поленился захватить сюда карту. Когда ты в последний раз брал с собой в поездку что-то ненужное?

— Ну, наверное…

Она хотела сказать что-то ещё, но Негрет вдруг замер и выставил вперёд руку. Кто-то поднимался по лестнице — ступенька на полпути к третьему этажу громко скрипнула.

— Это кто-то из гостей, — прошептал Негрет. — Домашние все знают, что нужно переступить через эту ступеньку. Пойдём. Мы всё равно хотели посмотреть витраж наверху.

На пути вверх были четыре шумные ступеньки и две ворчливые, причём подряд. Негрет показал Сирин, как обмануть шумные ступеньки, вставая на цыпочках на приподнятое, словно плинтус, основание перил. Они неслышно добрались до площадки пятого этажа и, снова быстро осмотрев коридор (ещё три комнаты открыты и одна — где жила Клем — заперта), встали перед большим витражом.

Этот витраж светился оттенками жёлтого, золотистого и тёмно-зелёного: нефрит, сосна, зелёный с желтоватым отливом и изумрудный. На каждом витраже был свой узор, этот — всегда напоминал Майло хризантемы. Негрет посмотрел на витраж новым взглядом и увидел вспышки. А не цветы. Может, всё из-за разговоров о контрабандистах, поэтому ему кажется, что он видит взрывы? Пушечные залпы.

— А вот и ворота, — пробормотала Сирин.

Негрет проследил за её пальцем. На этот раз ворота были куда меньше и смещены в левый угол, но это и впрямь они. Теперь вспышки казались Негрету фейерверками. Словно бы на окне нарисованы петарды, взрывающиеся в небе над загадочными коваными воротами. Снова скрипнула ступенька, на этот раз ближе. Так близко, что это должна была быть Клем, ведь только она живёт на пятом этаже. Майло мог не волноваться, что столкнётся с кем-то, пока не зашёл тайком в чью-то комнату. Однако Негрет не хотел, чтобы его обнаружили. Не сейчас, когда он напряжённо ищет подсказки и не готов делиться ими ни с кем, кроме Сирин. Двое искателей приключений переглянулись.

— Что теперь? — прошептала Сирин.

Наверх шёл ещё один пролёт, Негрет знал, что лестница поворачивает у последнего окна и заканчивается дверью на чердак. А ещё он знал, что даже если эта дверь окажется заперта, то Негрет сможет её открыть, если захочет.

— Можем переждать на лестнице, ведущей на чердак, пока Клем не уйдёт, — прошептал он. — Или прямо на чердаке. Я же смогу открыть дверь.

Сирин кивнула.

— Отличная идея. Если секрет спрятан здесь, нам нужно побольше узнать про этот дом. Давай начнём сверху.

Чердачная лестница была знакома ему куда хуже, так что пришлось буквально проползти по перилам, перехватывая руками и балансируя весь путь до лестничной площадки. Там они остановились, чтобы быстро взглянуть на витражное окно, прежде чем окажутся на самом верху. Негрету хотелось попасть на чердак раньше, чем Клем доберётся до пятого этажа. На обратном пути они получше рассмотрят узор (много зелёного и все оттенки коричневого, словно на старых фотографиях с эффектом сепии). Бóльшую часть отеля не раз ремонтировали и даже перестраивали, но Негрет знал, что резная дверь чердака почти такая же старинная, как и сам дом. Летом, когда древесина разбухает от влаги, дверь имеет привычку заклинивать, и тогда открыть её можно только вдвоём, зато зимой дверь пропускает сквозняки, которые со свистом несутся вниз по лестнице, отчего двери на нижних этажах покачиваются, словно их открывает кто-то невидимый. Дверь на чердак украшала ручка из молочно-зелёного стекла, а петли были такими старыми, что, казалось, готовы застонать, стоит лишь косо на них взглянуть. Но Майло знал, что мистер Пайн смазывал петли маслом.

А ещё дверь была заперта на замок, но это сущая ерунда для плута Негрета. Особенно если учесть, что он знал, где ключ. Наконец на пятом этаже послышались шаги.

— Вовремя, — выдохнула Сирин.

Негрет кивнул. А потом остановился. Он-то думал, что это Клем, идущая за ними следом, хочет что-то взять в своей комнате. Но сейчас он вспомнил, что с того момента, как Клем появилась, она никогда не шумела, даже когда вставала, отодвигая стул, или садилась, даже когда бегом взбегала с первого этажа на второй. Теперь, когда он сам попытался двигаться бесшумно, он понимал, что эта видимая лёгкость, с которой Клем передвигалась, не была случайной. Это результат долгих усилий, постоянных тренировок, скорее всего, это умение нельзя просто взять и отключить.

А ещё он понимал, что они с Сирин услышали не самый громкий скрип. Да, лестница скрипнула слишком громко для человека, который умел двигаться бесшумно, но недостаточно громко для человека, который вообще об этом не заботится. А значит, человек, только что поднявшийся на пятый этаж, старался не шуметь, но у него не особенно получалось.

Другими словами, это не Клем. Но кто тогда? Зачем кому-то подниматься на два лишних пролёта? Зачем пытаться (пусть и безуспешно) проскользнуть сюда незаметно? Негрет прислушался и услышал кое-что ещё — небольшую одышку. Кто бы это ни был, он задыхался.

— Постой тут, — прошептал он Сирин.

Затем, так осторожно и тихо, как только может верхолаз, он пробрался вниз по лестнице к площадке пятого этажа и выглянул из-за перил как раз вовремя, чтобы заметить, как круглая коренастая фигура доктора Гауэрвайна исчезает за дверью комнаты Клем в конце коридора.

Доктор Гауэрвайн?!

Глава четвёртая

Эмпориум

Что?! — выдохнула Сирин с площадки выше. Негрет прижал палец к губам и уставился на открытую дверь. Вот доктор Гауэрвайн появился снова. Негрет спрятался и подождал, пока не услышал, как дверь с тихим щелчком закрылась. Затем тихий-но-не-бесшумный доктор Гауэрвайн торопливо зашагал к лестнице и стал спускаться. Он всё ещё немного задыхался. «Лучше курить поменьше, если хочешь, чтоб всё было шито-крыто», — подумал Негрет.

— Доктор Гауэрвайн пробрался в комнату Клем, — тихим голосом сообщил он, как только тот удалился на приличное расстояние.

— Вот это да! Он что-нибудь прихватил оттуда? Негрет моргнул.

— Я... не заметил.

«Какой же я дурак», — подумал он, попытался вспомнить, было ли что-то у доктора Гауэрвайна в руках, но если и было, Негрет не увидел. Он пришёл в ужас. Тоже мне, плут называется!

Сирин спустилась и хлопнула его по плечу.

— Ну, не кори себя. Нам нужно обследовать чердак, а этот тип никуда не денется.

— Должно быть, это он залез и в мою комнату, — разозлился Негрет. — Наверное, карта у него. Что он, чёрт возьми, затеял?

— Мы пока не можем знать, украл ли он карту. Мы знаем лишь, что он заходил в комнату Клем, но понятия не имеем, взял он там что-то или нет. А главное, Негрет, мы вообще ничего не знаем ни о ком из этих типов. Нужно выяснить, кто они и зачем они тут. — Сирин посмотрела на дверь чердака. — Но сейчас, дорогой мой Негрет, давай-ка займёмся тем, зачем мы здесь.

— Правильно. — Он протянул руку к горшку с цветком на подоконнике. Это был искусственный цветок: стебель — из проволоки, обёрнутой бумагой, а бутоны — из розового стекла. Зато под цветком лежал ключ от чердака. — Подожди пока. Где-то здесь свет включается, если я смогу найти шнур.

— Стоп! — Сирин схватила его за руку. — Помни, что нужно проверить, нет ли ловушек.

Негрет застыл на пороге.

— Какие ещё ловушки?

Сирин подалась вперёд и уставилась в темноту.

— Я не знаю, но глупо просто взять и войти в незнакомое помещение. Всегда нужно сперва проверить, нет ли ловушек. Кто-то может затаиться, или внутри может оказаться приспособление, чтобы обезглавить первого, кто там окажется, или же на двери лежит проклятие, и если ты войдёшь...

— Ты говоришь о моём доме! — не выдержал он. — И несёшь всякую чушь! Проклятий не существует, и никто не прятал на нашем чердаке, как ты выразилась, «приспособлений» для обезглавливания!

Сирин пожала плечами.

— Хорошо, мистер У-меня-нет-фантазии. Может быть, доска в полу расшаталась. Или паутина висит. Я просто говорю, что прежде, чем войти, надо проверить.

Негрет нехотя осмотрел дверной косяк и правда обнаружил паутину. Затем шагнул внутрь и отыскал шнур, за который нужно дёрнуть, чтобы включить свет. Вернее, шнур сам отыскал его, поскольку маленькая круглая штуковина, привязанная к проводу, угодила ему точно между глаз. Он потянул за шнур, и в лампочке на потолке рядом с дверью ожила голубовато-серая нить. В кругу тусклого света Негрет увидел ещё один шнур, свисавший в глубине чердака. Он потянул за шнур, и лампочка ожила, за ней ещё одна, и ещё, и ещё, но даже когда все четыре лампочки загорелись, они с Сирин так и стояли почти в полной темноте.

Чердак «Дома из зелёного стекла» был чуть меньше, чем помещения внизу, из-за скошенной крыши. Наверное, когда-то здесь было просторно, но за долгие годы выросли целые горы разного хлама: коллекция сундуков из тикового дерева с железными обручами — словно брошенный багаж сказочного великана, сборная солянка из старых стульев, ненадёжно балансирующих один на другом, куча-мала из мешков с одеждой, побитые молью меховые пальто, несколько пар вышитых шёлковых пижам, изношенных до состояния полупрозрачной бумаги... А между этими самодельными перегородками год за годом скапливалась всякая всячина: духовые инструменты с вмятинами на боку и заводные игрушки без ключей, порванные скатерти и свитера, шаткие стопки пыльных книг, у которых оторванные корешки были заштопаны толстой чёрной ниткой... И над всем этим великолепием — крыша, поскрипывающая в ответ на завывания ветра, порывы которого то и дело пробивались через невидимые щёлочки и трещины.

— Если бы мне было что спрятать, я бы спрятала это тут, — сказала Сирин. — Как мы тут всё обыщем?

— Понятия не имею. Мне кажется, прятать здесь — слишком уж просто.

К тому же особенность подвалов и чердаков в том, что весь хлам в них когда-то был для кого-то сокровищем. Иначе его не стали бы хранить. Если секрет навигационной карты спрятан где-то здесь, в этом муравейнике, это секрет среди тысячи других секретов. Почему-то это место не казалось... *особенным*.

Но чердак есть чердак, и Сирин настойчиво повторила, что обследовать все помещения в доме — важная часть любой кампании.

— Дело не просто в том, чтобы найти подсказки, — объяснила она. — Заодно можно обнаружить предметы, которые пригодятся в пути. Даже если тут нет той вещи, к которой ведёт карта, отыщутся всякие штуковины, которые могут пригодиться верхолазу, умеющему слушать дом.

— Хорошо. Думаю, что-нибудь интересное найдётся в...

— Негрет! Придётся обыскать чердак целиком. Ничего не пропускай.

— Отлично.

Итак, Негрет и Сирин принялись тщательно прочёсывать чердак.

— Как ты поймёшь, что это может пригодиться? — спросил Негрет, подойдя к вешалке и осторожно залезая в карманы странного зелёного пальто с длинными фалдами и золотыми эполетами на плечах. Клочок бумаги рассыпался в труху, когда он достал его, чтобы взглянуть. В другом кармане лежал лишь одинокий шарик нафталина.

— Иногда сразу не понять, — ответила Сирин, стоя у другого края вешалки. — Когда играешь в игру на бумаге, важно, чтобы мастер подсказывал: вот она, важная вещь, которая тебе пригодится. Но нам, думаю, придётся полагаться на собственное чутьё. — Она вытянула рукав тонкого шёлкового халатика из вереницы отслуживших свой век вещей. — Может, плащ-невидимка?

Негрет, хоть и пытался вести себя, как его герой, не удержался и хмыкнул, когда Сирин сняла с вешалки жёлтый халатик и набросила на плечи.

— Напомни, кто твой персонаж?

— Дух.

— Разве духу нужен плащ-невидимка? — поинтересовался он. — Ты вроде бы и так невидима для всех, кроме меня?

— А мне он нравится, — просто ответила Сирин, любуясь вышивкой. — Да ещё в нём карманы! Будет в чём носить всё твоё добро во время кампании. Я назову его Плащом Золотой Неразличимости. — Прямо в плаще Сирин нагнулась и стала открывать маленькие коробочки внизу на полке. — О, примерь-ка! — почти зарывшись головой в низко висящие пальто, Сирин протянула ему пару чёрных хлопчатобумажных тапочек. — Думаю, будут тебе как раз.

— А зачем? — Хоть Негрет и задал этот вопрос, но сам понимал, как тапочки могли пригодиться верхолазу: у них была толстая вязаная подошва. Это очень тихие тапочки, не скрипят в отличие от обычной обуви, и в них можно скользить по деревянному полу или плитке, как в носках. Он смог бы передвигаться бесшумно в этих тапочках, возможно почти так же бесшумно, как Клем.

Он снял кроссовки и натянул тапочки. С носками маловаты, но без носков отлично. Негрет сделал пару пробных шагов.

— Здоровские! Спасибо, Сирин.

— Не стоит благодарности. Хочешь одно из этих модных пальтишек?

— Не-а. — Тапочки выглядели довольно невзрачно, — на них и внимания-то никто не обратит, а верхолазу нужно смешиваться с толпой. — Не хочу выделяться.

Он подошёл к куче деревянных ящиков и поднял крышку первого попавшегося. В нём лежали старые бутылки, обёрнутые в тряпки. Негрет хотел было взглянуть поближе, но тут его внимание привлекло кое-что другое.

За ящиками у стены находилась дверь. Не дверь в какое-то неизвестное место, а просто дверь, хотя она наверняка когда-то давным-давно куда-то вела. Она стояла, прислонённая под углом к стене, петли болтались, потускнели и погрустнели, а сама дверь до мелочей напоминала тяжёлую дверь чердака, вплоть до ручки из зелёного стекла.

— Интересно, откуда она взялась? — пробормотал Негрет, пытаясь представить какой-то дверной проём в «Доме из Зелёного стекла» без двери. Закрывала ли эта дверь одну из многочисленных комнат в доме и её просто в какой-то момент заменили на новую? Но тогда зачем сохранили?

Негрет навис над ящиками и коснулся щербатой дверной ручки, и тут что-то со стуком упало. Негрет перегнулся и посмотрел вниз, но различил лишь тёмное пятно на полу.

Он слегка подался назад и неслышно приземлился в своих новых тапочках, а потом втиснулся между вешалкой и пирамидой картонных коробок, стоявших рядом. Неуклюже наклонился и пошарил на полу у двери, пока не нашёл то, что упало. Ему даже не пришлось рассматривать позвякивающие продолговатые предметы, свесившиеся с ладони: он тут же на ощупь понял, что это связка ключей. Наверное, он задел их и выбил из замка. На кожаной петле висели пять ключей, старые, такие обычно называют «универсальными» или «мастер-ключами». Ни одну другую дверь в «Доме из зелёного стекла» такими ключами не открывали, кроме чердачной, — по крайней мере, сейчас не открывали. На той же кожаной петле висел маленький чеканный диск, слегка погнутый; в нём пробили неровную дырку, чтобы надеть на кожаный шнур. Его сердце ёкнуло. На одной стороне диска были нарисованы четыре закорючки, напоминавшие китайские иероглифы. Негрет поднёс диск к глазам. Он догадался, что это иероглифы, поскольку Пайны потихоньку учили китайский, хотя и продвинулись в своих уроках недалеко, и эти иероглифы он ещё не изучал. Негрет перевернул диск и разглядел поблёкший узор наподобие короны. Он поскрёб ногтем большого пальца крошечный кусочек голубой эмали.

Разумеется, Майло знал, что старинная безделушка в «Доме из зелёного стекла» вряд ли связана с его собственным прошлым, пусть даже на ней китайские иероглифы. А вот Негрет ничего подобного не знал. «Негрет, — подумал Майло с трепетом, — наверняка считает иначе».

Негрет мог бы знать, к примеру, что эти ключи передавались в его семье из поколения в поколение на протяжении столетий. Негрет мог бы даже помнить тот день, когда отец, и сам всемирно известный верхолаз, вручил ему ключи со словами: «Я всегда знал, что ты пойдёшь по моим стопам. Да что уж, вся семья знала, ведь ты весь в меня, мы даже внешне похожи». Негрет сдался и притворился, будто помнит, как смотрел в зеркало, стоя рядом со своим отцом, известным верхолазом, и видел тот же нос, тот же рот, те же глаза и такие же чёрные прямые волосы, как и у него самого.

Странное удовольствие закралось в сердце. Это длилось, может, всего полминуты, пока не нахлынула волна укора и не смыла это ощущение.

Он взглянул на ключи. Возможно, ими и не открыть ни один замок в доме, хотя Негрет пообещал себе опробовать их на чердачной двери, но определённо ни один уважающий себя плут не стал бы отказываться от такого классного набора ключей. Негрет сунул их в карман и подавил угрызения совести. Бесшумные тапочки и загадочные ключи. Неплохой улов.

— Что ты нашла?

Негрет повернулся и чуть было не выпрыгнул из своих новых тапочек. Вдобавок к Плащу Золотой Неразличимости Сирин нацепила подбитую мехом шапку-ушанку с завязанными наверху ушами и пару старых солнечных очков с голубыми стёклами в проволочной оправе, с дужки которых свешивался на красной нитке пожелтевший ценник.

Сирин ткнула в шапку.

— Шлем Откровений, — сказала она с невозмутимым видом. — Очи Правды и Предельной Ясности, — добавила она, показывая на очки.

— Ты выдумываешь на ходу, — запротестовал Негрет.

— Ну да. Забавно, что ты это понял при виде волшебных очков, а не при виде плаща-невидимки. — Сирин широко улыбнулась. — Это весело. Вот, смотри. — Она вытащила из кармана брюк пару коричневых кожаных перчаток. — Тебе. Перчатки Взломщика Замков и Искусного Вора-Форточника, они же Проворные и Ловкие Пальцы. — Она посмотрела на крышу, поскрипывающую под тяжестью снега. — Они точно пригодятся, когда холодно.

Негрет взял перчатки.

— Спасибо, Сирин. — Он натянул их. Как и тапочки, перчатки оказались ему точно по размеру; когда пальцы согрелись, Негрет понял, как холодно на чердаке.

Они двинулись дальше, перерывая коробки и перелистывая книги. Сирин добавляла разные мелочи к своему костюму, время от времени вручая что-то и Негрету: свисток, который не свистел, моток бечёвки (поскольку всегда полезно иметь при себе верёвку), пыльный блокнот на пружине, чистый, если не считать списка покупок на первой странице.

— Эй, — сказал Негрет, когда его взгляд упал на картонную коробку с надписью «Для ролевых игр. Э. У.», сделанную чёрным маркером. — Ты только посмотри! Ролевая игра — это ведь то, во что мы сейчас играем? Наверное, это вещи моего папы. Могут пригодиться, да?

— Мы придумали собственную кампанию, — сказала Сирин, подойдя к Негрету. — Я же говорила, мы играем по своим правилам. Вряд ли нам что-то пригодится.

Негрет открыл коробку и заглянул внутрь. В коробке лежали книги в твёрдых обложках вроде тех, что листала Мэдди под ёлкой сегодня утром, буклеты, а ещё коробочки поменьше с наклейками, изображавшими группы искателей приключений в замысловатых костюмах. Сирин присела на корточки и вытащила один буклет.

— Это готовые кампании, игры, в которые играют за столом с группой игроков и мастером.

Негрет достал из коробки лист миллиметровой бумаги.

— Карта для чьей-то игры?

— Похоже на то. — Сирин, кажется, ничуть не заинтересовалась.

— Может, тут хранится что-то для игры, в которую играл мой папа? «Странные следы».

— Может быть. Слушай, давай вернёмся к нашей собственной игре!

Ещё немного порывшись, Негрет нашёл то, что искал: книгу с изображением зловещего вида путника рядом с тележкой торговца; на боку красовалась надпись: «Странствующая Галлерия». Поверх рисунка тянулось название: «„Странные следы“: мусорщики, коробейники и охотники Блуждающего мира. (Пособие продвинутого игрока)».

— Круто!

Сирин вздохнула.

— Если тебя так заинтересовала вся эта ерунда, почему бы тебе не взять книжку про плутов? Хоть не совсем впустую время потеряешь.

Негрет отложил книгу в сторону.

— А откуда ты знаешь, что здесь будет что-то про плутов?

— Потому что вижу. Я знаю все эти пособия. — Она наклонилась и достала из коробки ещё одну книгу в твёрдой обложке. — Вот. Но не забывай, что это наша игра. Негрет — твой персонаж. Никто не может тебе указывать, что тебе с ним делать и чего не делать.

Тут на обложке была нарисована девушка, которая шла по канату на каком-то базарчике под открытым небом. «„Прохвосты с Большой дороги“: разбойники, шулеры и шарлатаны. (Пособие продвинутого игрока)».

— Круто!

— Да, но это не подсказка, Негрет, — проворчала она. — Давай вернёмся к нашим делам.

Негрет с неохотой продолжил поиски и нашёл ещё несколько полезных вещиц: маленькое круглое зеркальце с тёмными пятнами, которое подойдёт, чтобы смотреть за угол, старое огниво с кремнём, а ещё странный кусок металла в форме лопаты с необычной ручкой, который Негрет сперва принял за замо́к, пока не увидел толстый конец обугленного фитиля. Нет, это не замо́к, решил Негрет. Это какой-то старинный фонарь. Он приготовил большой полосатый холщовый рюкзак, чтобы унести находки, а сам залез на огромную кучу из сложенной под окном парусины, чтобы сесть и разобрать свои сокровища. Сирин подбежала к нему в развевавшемся плаще-невидимке, неся что-то в руке.

— Это тебе, — сообщила она, забираясь наверх. — Ты не поверишь, что я нашла, Негрет.

— Что же?

— Это... — сказала она и выдержала театральную паузу. — Кусок той же бумаги.

Ну, скорее, клочок, а ещё точнее, уголок. Негрет взял обрывок с ладони Сирин и поднял к подрагивающему свету лампочки. Водяной знак не был виден, но, быстро сравнив клочок с листом, лежавшим в кармане, он убедился, что Сирин права. Бумага на ощупь, её вес, переплетение волокон — всё то же самое.

— А где ты это нашла?

— Вон там, за той большой штуковиной. — Сирин показала на три коробки, кое-как прислонённые к восточной стене за каким-то гигантским механизмом, обвязанным толстой старой верёвкой.

— Думаю, это двигатель кухонного лифта ещё с тех времён, когда лифт работал. — Негрет соскользнул вниз, подошёл к механизму и, пока пытался протиснуться дальше, перепачкал пальцы смесью пыли и застывшей смазки. — Господи, Сирин, ты бы хоть предупредила!

Он вытер руки о колени, надеясь, что не придётся объяснять, откуда эти пятна, когда мама затеет стирку.

— Эта штука сломана, что бы это ни было, — Сирин посмотрела на него поверх мотора.

Негрет открыл верхнюю коробку рядом механиз-мом и встал на цыпочки, чтобы заглянуть внутрь. Сначала мелькнула глупая мысль: «Драгоценности!» Он взял один «камушек»: это был неровный осколок стекла, светившийся глубоким тёмным светом, как сапфир. Негрет осторожно пошарил рукой. Там были осколки всех мыслимых оттенков зелёного. Негрет отодвинул коробку в сторону и открыл ту, что стояла ниже. Вторая коробка была полна осколков цвета золота и заката. В третьей оказались красновато-ко-ричневые, по виду напоминавшие тосты, прожарен-ные и не очень.

Он взял по кусочку стекла из каждой коробки.

— Давай назовём их Самоцветы Всевластия, — предложила Сирин.

— Что ты подразумеваешь под «всевластием»?

— Власть и сила. У игроков много предметов, даю-щих могущество. — Она сдвинула очки на лоб и при-щурилась, глядя на осколки, которые он выбрал.

— Готов поспорить, они остались от большого витража на втором этаже. — Негрет сунул осколки в рюкзак вместе с остальными находками. — Мама говорила, что тот витраж изготовили прямо в доме, поскольку он был слишком большим, иначе было бы не поднять на холм…

— Отлично! Эти самоцветы наверняка впитали мощь самого дома! — победоносно заявила Сирин, подняв кулак, и в этот торжественный момент с крыши что-то капнуло ей прямо в левый глаз.

— Погоди, Сирин, а где была эта бумага? — спросил Негрет, о чём-то раздумывая.

Она показала на лист коричневой обёрточной бумаги, торчавший из-под нижней коробки.

— Прилипла вот к этой.

Негрет осторожно вытащил обёрточную бумагу и прочёл выцветшую надпись: «Лаксмит. Продажа бумаги. Квартал печатников. Нагспик». Он потянул сильнее, но бумага застряла под коробкой.

— Лаксмит, — повторил он. — Возможно, это подсказка.

Они обыскивали чердак ещё десять минут, и за это время Сирин успела добавить пояс к своему Плащу Золотой Неразличимости, а Негрет нашёл отличный перочинный ножик. Наконец они встали под лампочкой у двери и осмотрели пространство, которое только что обследовали.

— Отныне, Негрет, когда мы заговорим про это место, мы будем называть его Эмпориум, то есть хранилище, — объявила Сирин.

Негрет посмотрел на неё с сомнением, ну, по крайней мере, попытался, но, глядя на Шлем, Очи и Плащ, не сдержался и прыснул от смеха.

— Ладно, было весело, — признался он, закидывая рюкзак на плечо. — Отлично потрудились этим утром, дорогая Сирин.

Когда он надевал рюкзак, из заднего кармана выпали листы бумаги и карандаш. Негрет, поднимая их, вспомнил задание, которое его подруга-дух дала внизу, сидя за ёлкой.

— Погоди-ка. Прежде чем спуститься, давай нарисуем карту этого этажа.

Негрет расчистил место на старом сундуке и принялся рисовать. Сирин заглядывала через плечо и вносила поправки, пока наконец они не выпрямились, довольные своей работой. На верху страницы аккуратными большими буквами Негрет вывел слово «ЭМПОРИУМ».

— Вот.

— Прекрасная карта, — с восторгом сказала Сирин.

— Благодарю. — Тут в желудке у Негрета заурчало так громко, что Сирин посмотрела на него во все глаза. — Интересно, не пора ли обедать? — Негрет покраснел, пошёл к двери, но остановился. — Сирин? Раз уж мы выдумываем всякое... могу ли я сам решать, что мне делать в роли Негрета? Ну, или с самим Негретом... — он замялся. — Могу я придумать для него другое прошлое? Семью и всё такое...

Вот он и произнёс это вслух.

— Можешь ли? — переспросила Сирин. — Да просто обязан! Ты придумаешь ему историю, и он будет как живой.

Он кивнул с облегчением и сунул руку в рюкзак, чтобы нащупать ключи. Это для игры, так что, может быть, и нормально разок-другой притвориться.

Оказалось, обед уже закончился.

— Боже мой, почему так поздно? — потребовала ответа миссис Пайн, разглядывая запылённую парочку, когда они прошествовали на кухню.

— На чер... то есть в Эм... я хотел сказать, так вышло...

Майло скосил глаза на Мэдди, которая дважды ткнула его локтем в бок и теперь самым невинным образом поглядывала на миссис Пайн сквозь грязные голубые стёкла Очей Правды и Предельной Яности. Майло вздохнул и удивился, как маме удаётся сохранить серьёзный вид.

— А когда обед?

— Обед? — миссис Пайн подняла бровь. — Быстро мыть руки, причём хорошенько! — добавила она, с сомнением глядя на его грязнющие ладони. — Потом могу предложить что-нибудь перекусить, а все остальные пообедали пару часов назад. — Она показала на часы, и Майло аж рот открыл. Уже перевалило за половину пятого. — Ужинать будем около шести. Только, чур, не портить аппетит!

— Очевидно, в Эмпориуме время течёт по-другому, — пробормотал он.

Майло дошёл до четвёртой истории в книге, где героиня собиралась бросить в реку кости животного.

У этой девушки по имени Нелл была на это веская причина. В городе бушевали наводнения, люди умирали как мухи (у Нелл не осталось никого из родных), и каким-то чудом кости могли это зло остановить.

Нелл отправилась к реке, затопившей берега, и бросила кости в воду. Вспенившаяся вода поглотила их все, кроме одной. Последняя кость мягко развернулась, словно бы попала в неглубокий водоворот, скользнула по течению и скрылась из виду.

Майло оторвался от книги, чтобы откусить бутерброд с ветчиной, и теперь читал, как к девушке подошёл какой-то незнакомец и спросил, зачем она его призывала. Нелл ответила, что хотела узнать, как остановить наводнение, и тогда незнакомец сказал: *«Есть магические ритуалы, которые называются сиротской магией».*

Майло так и выпрямился. Сложно было не запнуться на слове «сиротская», особенно в сочетании со словом «магия».

«Это магия единичности, того, что осталось от целого. Магия безысходности, единственная в своём роде. Когда что-то остаётся, значит, ему суждено было остаться. Это что-то особенное, уникальное в своей ценности, могучее, благодаря тому, что уцелело. Меня могла призвать единственная кость,

но чтобы волшебство сработало, её требовалось отделить от остальных. Пока она была соединена с остальными, то обладала скрытой мощью, но когда её разлучили с остальными, её мощь сделалась явной».

Ох, как интересно!

Зимой вечер наступает так рано... Солнце уже садилось за большой холм за домом, и на белую поляну ложились тени. Майло сидел, скрестив ноги, на своём любимом диванчике у окна, вполглаза наблюдая за красками и тенями заката через дребезжащее от ветра стекло, пока те боролись на снегу, и вполуха прислушиваясь к звукам в гостиной и потрескиванию огня в камине. Открытая книга лежала на коленях, а в руке он держал остатки бутерброда.

Теперь, оказавшись среди гостей, он снова превратился в обычного Майло. И если Негрету было страшно любопытно, зачем доктор Гауэрвайн пробрался в комнату Клем Кэндлер, то Майло всё ещё не оправился от того, что некто — может, доктор Гауэрвайн, может, кто-то ещё — побывал в его собственной комнате и кое-что оттуда унёс.

Майло повернулся и посмотрел на невысокого человечка, сидящего у камина. Несмотря на его бесконечные выпады в сторону миссис Геревард — эти двое постоянно находили повод для ссоры, — доктора Гауэрвайна легко было не заметить в комнате, где сидели вместе синеволосая Джорджи, Клем с копной рыжих волос и особенно Мэдди.

Словно услышав, что Майло думает о ней, Мэдди высунула голову из-за ёлки и беззвучно спросила: «Что?» Майло покачал головой, и его взгляд скользнул дальше. Мистер Виндж, устроившийся на своём обычном месте, щеголял сегодня в новых носках (ярко-зелёные с жёлтыми ромбами). Перед ним лежала книга, но глаза были прикрыты.

«Мы ничего не знаем ни о ком из этих людей, — сказала на чердаке Сирин. — Нужно выяснить, кто они и зачем они тут».

Майло откусил ещё кусочек бутерброда, пожевал задумчиво, потом закрыл книгу. Из рюкзака, стоявшего в ногах, он достал миллиметровую бумагу и начал рисовать карту первого этажа.

Мэдди уселась на диван рядом с ним и посмотрела на большие прямоугольники, которыми Майло обозначил крыльцо и гостиную, а затем подрисовал ещё и столовую, перетекавшую в кухню.

— О, молодец! А я как раз хотела спросить, начал ли ты рисовать карту этого этажа. — Она посидела минуту спокойно, пока Майло дорисовывал детали: лестницу, кладовку, камин, холл.

— Если мы назвали чердак Эмпориумом, — прошептал Майло, — каким будет тайное название первого этажа?

Сирин задумалась.

— Ну, в большинстве игровых миров место, где все собираются и обмениваются новостями, — это кабачок, салон или что-то в этом духе. Место, где незнакомцы встречаются, чтобы поесть, выпить и поболтать.

В книге постоялый двор, где все застряли, отрезанные от дома наводнением, назывался «Таверна „Голубая жила“».

— Тогда пусть будет «Таверна».

— Не возражаю.

Майло написал новое название первого этажа аккуратными заглавными буквами, поработал над картой ещё пару минут и отложил в сторону. Он залез в рюкзак, чтобы достать справочник «Прохвосты с Большой дороги», и под руку ему попался брелок с ключами. Майло вынул ключи, пристально посмотрел, а потом сунул в карман. Что посоветовал бы отец Негрета, будь он тут?

Он представил, как тот даёт ему наставления: «Мы не просто должны изучить наших соперников. Нужно прежде всего познать самих себя».

К счастью, у Майло был целый справочник, чтобы получше узнать Негрета. Он открыл «Прохвостов с Большой дороги» на странице, озаглавленной «Общий обзор» и принялся читать.

Дорога — величайшая обманщица из всех, петляет, раздваивается, исчезает и вновь простирается впереди, смеётся над картами и уводит даже тех, кто знает её как свои пять пальцев, в неизвестность. Неудивительно, что прохвост — истинное дитя дороги. Как и сами странные следы, прохвост исчезает и появляется по своему хотению. Ему подвластны любые замкú, стены и тайники. И никому от него не укрыться: интуиция прохвоста, умение убедить и обвести вокруг пальца, а порой и владение воровским искусством уже вошли в легенды.

Там было много такого, что прямо сейчас, как показалось Майло, ему знать не обязательно. Майло и Мэдди обсуждали, какими качествами должен обладать Негрет, и Мэдди вскользь упомянула про очки за навыки, но Майло все равно многого не понимал: убытки, уровни, разные типы подвигов, попадания, промахи и превращения. Кроме того, многие «подвиги» — похоже, речь шла о разных уловках и трюках — подразумевали ещё и умение драться, но Майло казалось, в их с Сирин игре Негрету это не нужно, поскольку все остальные участники — реальные люди.

Были там и кое-какие полезные вещи, хотя Майло и не понял до конца, как они работали в игровом мире «Странных следов».

Перелёт на ветерке: ваши ноги несут вас так же быстро и незаметно, как ветер. Всесильные уговоры: вы можете уговорить даже самых упрямых сделать то, что вам нужно. Выдумщик: вы сочиняете, а весь мир вам верит. Ну и наконец, ловкость рук: вы можете украсть любую вещь, спрятанную под замком, открыв его ключом или комбинацией ключей.

За окном снегопад начал затихать.

Ужин в тот вечер был странным, по крайней мере, так показалось Майло. Он не просто ужинал в окружении незнакомцев, которые непонятным образом оказались здесь во время каникул (и кому-то придётся возместить ему это время!), но что ещё важнее, один их них — вор и залезал в его комнату. Если это не Уилбер Гауэрвайн, то, значит, взломщиков в «Доме из зелёного стекла» целых двое. Хотя

Майло не нравилась мысль о том, что Клем — воровка, но после той шутки приходилось и это иметь в виду.

Майло казалось, что человек, побывавший в его комнате, будет вести себя с ним как-то иначе. Должно быть, он размышляет, обнаружил ли Майло пропажу. И доктор Гауэрвайн — допустим, он ничего не украл, но всё же забрался в чужую комнату — должен был выглядеть хоть немного виноватым.

Было бы легче, если бы миссис Каравэй не устроила сегодня шведский стол. Если бы они сидели все вместе, как в старых британских детективных сериалах, которые так нравились маме Майло, то обменивались бы многозначительными взглядами, вели вынужденные беседы, роняли ложки и, возможно, подсказки. Но нет же! Миссис Каравэй и миссис Пайн приготовили жареное мясо, гору овощей и яичной лапши — идеальный ужин для холодного вечера — и все могли есть, где им нравится: за столиками для завтрака, в гостиной… За большим столом сидел только отец Майло.

Майло нахмурился, накладывая еду на тарелку. В британских детективах всё проще.

— Эй, малыш! — голос мистера Пайна перебил невесёлые мысли Майло. — Посиди со мной.

Майло так и сделал, правда, поставил тарелку на стол немного резковато.

— Как ты? — поинтересовался отец, когда Майло сел рядом. — Мне стыдно, что мы с мамой не можем проводить с тобой больше времени.

— Я понимаю, — тут же ответил Майло. Он и правда понимал. Это ведь не встреча с родственниками, которую затеяли родители.

— Как ты? — снова спросил мистер Пайн, потянувшись за перцем.

Майло взглянул на отца, который обычно был не очень-то разговорчив. Мистер Пайн смотрел в тарелку и делал вид, что всё как обычно, но он дважды повторил свой вопрос, и это было на него не похоже.

— Нормально, пап, — сказал Майло. — Мне эта компания не особо нравится, но все вроде вполне симпатичные.

«Правда, кто-то пробрался без спросу в мою комнату». Майло сам не понимал, почему не сказал об этом вслух.

Мистер Пайн подхватил вилкой пастернак и кусочек мяса.

— Слушай, я просто хочу, чтобы ты знал — мы не забыли, что сейчас каникулы. И никто не отменит Рождество, что бы ни случилось, пусть даже на нас обрушатся ураганы и потопы. Ну, ты понимаешь.

— Или снегопады.

— Точно!

— Хорошо, пап, — улыбнулся Майло, не поднимая глаз. — Может, как-нибудь сыграем в «Странные следы». Теперь-то я знаю, что ты играл. Нашёл на чердаке всякие штуковины для игры.

— Ты нашёл мои вещи? Вот это да! Я думал, что отнёс всё на распродажу лет сто назад.

— Нет. Всё на месте. Так что как-нибудь можем сыграть.

— С удовольствием. Послушай, Майло, я хотел сказать, если тебе захочется побыть вдвоём с мамой или со мной, просто дай знать. Договорились?

— Договорились.

— Хорошо. — Мистер Пайн сгрёб сына в охапку, поцеловал в лоб, а потом встал и пошёл за добавкой.

Мэдди забралась в кресло рядом с витражным окном.

— Привет!

— А где твоя тарелка? — спросил Майло, с удовольствием откусывая мясо.

— А я уже всё. Слушай, Негрет. Нам нужно разговорить этих типов. — Она оглядела комнату. — Если они так и будут молчать, мы никогда ничего не выясним. Нам нужны подсказки.

— Я уже подумал об этом. У тебя есть идеи?

Сирин покачала головой.

— Знаю одно: что бы мы ни придумали — переговоры на тебе. — Она поправила воротник Плаща

Золотой Неразличимости, многозначительно посмотрела на Негрета, когда мистер Пайн вернулся с добавкой, и тут же убежала.

Майло жевал, ворча себе под нос.

— Скажи-ка, а как тебе книга, которую дала Джорджи? — поинтересовался отец.

Майло сглотнул.

— Очень интересная. — И тут он почувствовал, что забрезжила идея. — Я кое-что вспомнил! — Он повернулся на скамейке и огляделся. Джорджи Мозель сидела за маленьким столиком для завтрака спиной к нему. — Мисс Джорджи?

Она обернулась. Вилка застыла в воздухе.

— Да, Майло?

— Как поживает «Лэнсдегаун»?

Джорджи вздрогнула, когда что-то громко звякнуло о тарелку. Майло оглядел гостиную. Гости разбрелись кто куда, но видно было Клем, сидевшую в кресле и вытиравшую соус, брызнувший на щёку, когда она выронила вилку.

— Что ещё за «Лэнсдегаун»? — спросила Клем.

— Это название фотоаппарата из сигарной коробки, — объяснил Майло, размышляя, почему Джорджи, кажется, испытывает неловкость. — У всех самых крутых камер есть имена, — добавил он на случай, если Джорджи боится, что её засмеют за то, что она дала имя фотоаппарату. — Вы его доделали?

— Разумеется! — ответила Джорджи, с благодарностью улыбнувшись. — Если захочешь, я принесу его попозже.

— Здорово!

— И я тоже хотела бы взглянуть, — сказала Клем с улыбкой.

— И я, — поддакнула миссис Геревард. Обе девушки уставились на неё в изумлении. — Очень люблю фотографии, — сказала пожилая леди, словно бы защищаясь.

— А я люблю интересные книжки! — Майло встал и перешёл с тарелкой в гостиную. — Мне очень понравилась та, что я начал читать. — Он сел на плиту перед камином и стал рассказывать так, чтобы его все слышали. — Действие происходит на постоялом дворе. Вроде нашего. Гости застряли там из-за проливного дождя, поэтому каждый вечер кто-то из них рассказывает историю.

— Ты читаешь «Записки раконтёра» или «Остролист»? — уточнила миссис Геревард.

— «Записки раконтёра». Вы знаете эту книгу? А вторая о чём?

— Это Диккенс. То есть Диккенс — один из рассказчиков. Она так же построена. Кое-кто считает, что автор, собравший фольклорные рассказы в «Записках раконтёра», заимствовал идею у Диккенса.

Джорджи отставила тарелку.

— Вы много знаете о фольклоре, миссис Геревард? — вежливо спросила она, присаживаясь на диван рядом с пожилой леди.

— Да, кое-что, — нерешительно ответила миссис Геревард. — Совсем немного. Я старая женщина и всегда любила читать.

Похоже на правду, подумал Майло, но почему-то из уст миссис Геревард звучало как ложь. Он пообещал себе подумать об этом позже.

Всесильные уговоры: вы можете уговорить даже самых упрямых сделать то, что вам нужно.

Он дотронулся до волшебных ключей Негрета, которые спрятал в карман. Определённо отец Негрета позаботился, чтобы сын справился с этой задачей.

— Вот было бы здорово, — он сделал вид, будто идея только что пришла ему в голову, — если бы каждый из нас рассказал какую-нибудь историю! Мы ведь тоже незнакомцы, оказавшиеся под одной крышей. Получилось бы, как в тех книгах.

Он хотел было добавить: «Вы могли бы рассказать, что привело вас сюда», но решил, что это уж слишком. Что-то подсказывало, что не каждый в этом доме готов ответить на этот вопрос честно. Но рано или поздно, может, и он проговорится. Какую бы историю ни выбрал каждый из гостей, у Майло появится шанс хоть что-то узнать об этом человеке.

В любом случае попытка не пытка.

— Отличная идея, — похвалила миссис Пайн. — Мы с миссис Каравэй приготовим пунш, пока все заканчивают ужин, а потом сможем послушать истории.

Майло просиял.

— Тогда я помогу вымыть посуду. — Он заметил, как сильно удивился отец, но не подал виду — Майло не любил мыть посуду. Но у Негрета появился план! Пока он будет переходить от гостя к гостю, забирая грязную посуду, он сможет увидеть, кто и как воспринял его предложение. Майло обошёл комнату с самой что ни на есть доброжелательной улыбкой, пока собирал тарелки и приборы. За улыбкой, однако, скрывался верхолаз, который внимательно наблюдал за каждым из постояльцев.

Первой была Джорджи, и её улыбка казалась искренней.

— Ты это отлично придумал, — сказала она, протягивая тарелку, на которой сбоку аккуратно лежали нож и вилка. — Может, мы перестанем вести себя как незнакомцы. Раз уж мы здесь все вместе, да?

Миссис Геревард немного волновалась, когда отдавала тарелку.

— Теперь я только и думаю, какую же историю рассказать.

— Вы могли бы рассказать, что вас сюда привело, — предложил он, чтобы послушать, что она ответит.

— О, нет! — тут же заявила пожилая леди и нервно поправила причёску. — Я просто хотела уехать на зимние каникулы и выбрала это место. Ничего увлекательного.

Опять это прозвучало как ложь. «Ну, может, не совсем ложь,— подумал Негрет. — Но если это правда, то не вся».

Доктор Гауэрвайн принёс тарелку и аккуратно поставил в стопку. Он ничего не сказал, но задумчиво посмотрел на Негрета, доставая из кармана кожаный мешочек. Он кивнул, вынул трубку и отправился в холл за пальто, затем снова прошёл через гостиную и исчез за дверью, чтобы покурить на крыльце.

Негрет почувствовал, как сердце у него забилось чаще, и глубоко вдохнул, чтобы успокоиться. У этого типа точно есть свой секрет.

— А какие истории рассказывали герои в книге? — полюбопытствовала Клем. — Ну, есть те, что годятся или нет в таких случаях? — Она задумалась. — Я даже не знаю, рассказывала ли я когда-то раньше истории.

— Вы никогда не рассказывали историй? — спросил Негрет. — Никогда и никому? Быть такого не может.

— Ну, не такие, — запротестовала девушка. — Это не то же самое, что рассказать кому-то, как прошёл день, правда?

Он хотел было согласиться, но остановил себя.

— Вы можете рассказать, что захотите. Смысл в том, чтобы поделиться чем-то с остальными. Это же весело. Тут не может быть правил.

— Да, весело, — задумчиво протянула Клем. — Наверно, сегодня я просто послушаю, а свою историю расскажу завтра. — Она повернулась к Джорджи: — Может, ты расскажешь, как придумала такое интересное имя для своего фотоаппарата, Синевласка?

Джорджи улыбнулась, но улыбка вышла немного кислой.

— А может, ты нам расскажешь, Рыжик?

— Может, и расскажу.

— Я бы очень хотела и сама услышать эту историю, — сказала миссис Геревард, едва заметно нахмурившись.

Очень странно!

Мистер Виндж был последним. Он сидел в кресле в углу и держал тарелку в руке, но прежде, чем отдать Негрету, смерил его пронзительным взглядом. Словно бы точно знал, что́ на самом деле Негрет затеял, и даёт понять, что он это знает, и уж если согласится участвовать, то у него на это свои причины.

Мистер Виндж моргнул, криво улыбнулся и поправил очки в черепаховой оправе, а Негрет засомневался: он пытается выведать какую-то тайну, а может, перед ним обычный скучающий постоялец, застрявший в отеле из-за снегопада.

Миссис Каравэй вышла из кухни и забрала у него тарелки.

— Спасибо за помощь, Майло! Давай-ка я приготовлю тебе горячий шоколад по особому рецепту, ты заслужил!

Когда тарелки были вымыты и гостям раздали кофе и пунш, а также предложили отведать знаменитый торт «Красный бархат», приготовленный Лиззи Каравэй, все одиннадцать обитателей «Дома из зелёного стекла» собрались в гостиной. Странная это была компания, особенно сейчас, когда все пристально смотрели друг на друга и как будто что-то скрывали. Майло видел их глазами Негрета: от собравшихся исходило ощущение нервозности и любопытства. Все как будто чего-то ждали, но таили подозрительность.

— Итак, — сказал Негрет как ни в чём не бывало. — Кто первый?

Гости переглянулись. Негрет посмотрел на мистера Винджа, с удивлением поймав себя на том, что ждёт не дождётся, когда этот странный человек в носках с ромбиками начнёт свой рассказ. Но мистер Виндж сосредоточенно мешал ложкой в чашке и определённо не собирался рассказывать никаких историй. Во всяком случае, пока. Майло посмотрел на доктора Гауэрвайна, но и тот тоже помалкивал.

Наконец миссис Геревард постучала ложкой по ободку кружки.

— Думаю, я могу рассказать историю, — чопорно произнесла она.

Все взоры обратились к ней.

— Род мой древний и почтенный. — Старая леди неспешно помешивала чай. — Возможно, уместно будет рассказать одну из историй, которые отец называл в шутку «подержанными», поскольку в нашей семье их передавали из уст в уста. Хочу рассказать вам историю под названием «Только глупец насмехается над судьбой». Слушайте же.

— Мы и так слушаем, — проворчал доктор Гауэрвайн.

Миссис Геревард собралась было осадить его, но Джорджи её опередила:

— Нет, док, это традиционное начало фольклорных историй. Так рассказчики давали понять слушателям, что они начинают.

— Ага, — сказал Негрет, вспомнив, что некоторые истории из «Записок раконтёра» начинались именно так.

Миссис Геревард сложила руки на груди.

— Если вы готовы слушать.

Доктор Гауэрвайн закатил глаза:

— Простите, что перебил.

— Ничего, — надменно ответила старая леди. — Слушайте же.

Глава пятая

Призрак и пилигрим

Слушайте же! В маленьком городке у залива жил-был юноша. А работал он чуть дальше к северу, в городке побольше. Звали этого юношу Джулиан-пилигрим, и дважды в день он проходил шесть миль по дороге, тянувшейся вдоль побережья. Рядом с океаном высились ребристые дюны, покрытые морской травой, а дальше тянулась дорога, кое-как мощённая по всему пути; маленькие камушки постоянно попадали в разношенные ботинки Джулиана и ранили ноги. Казалось, будто сами камни стыдились такой дороги и пытались сбежать, как только могли.

— Пилигрим? — на этот раз перебила Джорджи. — То есть скиталец?

— Всему своё время, я до этого дойду, — процедила миссис Геревард сквозь зубы.

— Скиталец? — переспросил Негрет. Среди рассказов в книге была история под названием «Пилигрим и крапива», но он до неё ещё не добрался. — А кто такие пилигримы? — Он что-то такое слышал. Вроде бы Мэдди упоминала про них, когда они придумывали ему персонажа, но толком он не помнил.

— В легендах так называют странников. Людей, которые, можно сказать, живут в дороге. Ну, речь обычно про особенные дороги. — Джорджи весело улыбнулась, а миссис Геревард нахмурилась. — Простите.

— Пожалуйста, не портите рассказ, юная леди. Продолжим. Однажды летним вечером Джулиан возвращался домой, и небо было прекрасным как никогда: ясное-преясное и полное звёзд, казавшихся ослепительными брызгами белой краски. Было так светло, что Джулиан потушил фонарь. Удовольствие портил лишь камень, попавший в ботинок и особенно болезненно ранивший ногу.

Он остановился, снял ботинок и пробормотал: «Хотелось бы, чтобы эти камни оставили меня в покое. Чего бы я пожелал, так это стать мэром города и отремонтировать дорогу». Такое можно сказать без всякой задней мысли, не думая об этом всерьёз. Но именно в тот момент с неба падала звезда.

Все знают, ну, хотя бы слышали в детстве, что, если увидишь падающую звезду, можно загадать желание. Но не все помнят, что желание сбудется, только если произнести его вслух, когда звезда уже падает, но прежде, чем она исчезнет, и это почти невозможно. Но его желание — второе желание — слетело с кончика языка как раз тогда, когда звезда начала падать, так что Джулиану удалось, хотя он и не подозревал об этом.

Он вытряхнул гальку из ботинка и как раз завязывал шнурки, как вдруг из-за дюн раздался чей-то голос: «Молодой человек, вы не могли бы повторить?»

Джулиан повернулся и увидел странного, насквозь промокшего человека, пробиравшегося через дюны. «Простите, что?» — спросил юноша, когда незнакомец подошёл поближе. На нём был серебристый фрак с обгоревшими лоскутами ткани на локтях и воротнике. Брюки темнее, цвета олова, но и они были прожжены на коленях. Незнакомец вымок с головы до пят, словно бы только что выбрался из воды.

«Я спросил, не могли бы вы повторить желание, — вновь сказал незнакомец, хлопая себя по ноге серебристой кожаной кепкой, чтобы стряхнуть воду. — Я не совсем расслышал. Ну, признаться честно, я не так уж и внимательно слушал. Никому не удаётся произнести желание вовремя. Но должен сказать, что я благодарен и в любом случае исполнил бы ваше желание. В конце концов, вы же спасли мне жизнь. — Незнакомец протянул руку. — Меня зовут Метеорос. Рискую признаться в том, что ясно и так, но я — падающая звезда. Так что вы загадали?»

Джулиан смотрел, не веря своим глазам, но понял он вот что: незнакомец по имени Метеорос готов исполнить желание, которое он только что загадал. Джулиан посмотрел на ботинок, который успел надеть, а потом на дорогу, протянувшуюся перед ним. «Кажется, я сказал, что хотел бы стать мэром, чтобы отремонтировать дорогу», — осторожно признался он.

Метеорос нахмурился: «Вы хотите стать мэром? Правда? А вы хоть что-то знаете о том, как ремонтируют дороги?» Джулиан задумался: «Ну, если бы я был мэром, полагаю, этим занимался бы тот, кто умеет строить дороги». — «Пожалуй, да, — сказал тот, кто назвал себя падающей звездой, с презрением поглядывая под ноги. — Хотя, честно сказать, эта дорога и так похожа на ту, какие бывают, если ваш мэр оказался на своём посту только потому, что очень этого хотел». Метеорос выбил ещё несколько капель из своей шапки, потом натянул её, отчего голова стала по форме напоминать пулю. «Слушайте. Хотите стать мэром — разумеется, я могу исполнить это желание. Но если вы захотите стать *хорошим* мэром — а такое, похоже, случается редко, — то так должно быть предназначено судьбой. А желание, которое идёт вразрез с судьбой… неправильное желание. Только глупец насмехается над судьбой».

«А я думаю, что только глупец полагается на судьбу, — проворчал Джулиан. — Как судьба может решить за меня?»

Негрет, сидевший на плите у камина, поёрзал на месте, мысль о судьбе вызывала смутное беспокойство. Это было то же тревожное чувство, которое охватило его сегодня утром, когда Мэдди начала расспрашивать, кем он хочет быть. Такие мысли неизбежно вели к размышлениям, какой была бы его жизнь, начнись она чуть иначе. Но если от судьбы не уйдёшь, это неважно. Может, он всё равно оказался бы в «Доме из зелёного стекла» и стал частью семьи Пайнов. Эти размышления вызвали чувство вины. Потому что если бы кто-то другой мог услышать его мысли, то подумал бы, что Майло не хотел здесь оказаться. А это неправда. Просто невозможно не думать об этом…

Он снова стал слушать миссис Геревард.

— Метеорос извинился за свои слова, — продолжила она. — «Это просто моё личное мнение, сложившееся за мириады лет наблюдений. Вы можете мне не верить. Если вы и вправду хотите стать мэром, одно только слово — и будет по-вашему».

Джулиан глубоко задумался. Он сказал это невольно. «Наверное, вы правы, — согласился он. — Честно говоря, я пожелал это только потому, что камень попал мне в ботинок». — «Слушайте, — предложил Метеорос, — а хотите ботинки, которым никакие камни не страшны? Такое мне по плечу. Это просто». — «Но тогда желание будет потрачено впустую». — «Вовсе нет. Ботинки, которым нет сноса, — очень практичная вещь, их просто невозможно получить без волшебства. Этого ли не желать? На самом деле это идеальное желание, которое я выполню просто так, а в следующий раз, когда наши пути пересекутся, вы загадаете своё настоящее желание. В конце концов, вы спасли мне жизнь».

С этими словами Метеорос вытащил из кармана пригоршню серебристой пыли и посыпал на ноги Джулиану. Юноша почувствовал, как подошвы затвердевают, шнурки затягиваются и ботинки садятся как влитые. Затем необычный человек в серебряном фраке наклонился, поднял камешек с дороги и протянул Джулиану.

«Это тот камень, который меня мучил?» — спросил Джулиан. «Больше не будет! — Метеорос положил камень на ладонь Джулиана. — Теперь это напоминание о желании, которое вы уже загадали».

Пожав юноше руку, Метеорос двинулся в обратный путь. Когда он исчез из виду, Джулиан направился к дому, поигрывая камушком в руке. Он думал, какое бы загадал настоящее желание, если бы снова встретился с Метеоросом. «Ну, я не пожелал бы стать мэром, — подумал он и кинул камень через плечо, а потом вслух произнёс: — Наверное, я пожелал бы побольше денег, чтобы замостить эту дорогу». И что бы вы думали? Ненароком брошенный камень упал в старый забытый колодец, подёрнутый ряской. Это был священный колодец, исполняющий желания, как в сказках.

— Зачем вообще желания такому везунчику? — спросила Сирин, выглянув из-за ёлки.

— Тсс! — цыкнул Негрет, а потом покраснел, когда все уставились на него. — Простите.

Миссис Геревард негромко хмыкнула, но продолжала.

— Но, разумеется, Джулиан ничего этого не знал. Он не видел, куда попал его камушек, просто шёл дальше, любовался звёздами, а у него за спиной забурлили тёмные воды волшебного колодца, они падали на поросшие мхом камни и текли сквозь согнувшиеся от ветра кустарники. Вода выплёскивалась наружу, всё прибывала и прибывала, нагоняя Джулиана, который ни о чём не догадывался, пока не коснулась его ботинок. И тут из кустов с западной стороны его окликнул женский голос: «Простите, юноша, но вам придётся ещё раз это повторить».

Джулиан вскочил на камень у дороги, которая превратилась в ручей, оглянулся вокруг и увидел, что обладательница голоса выбралась из колодца и шагнула в его сторону. На женщине было платье синевато-серого цвета, а волосы у неё были такие же серебристые, как фрак у Метеороса, но кожа тёмная, как тёмные воды, — она казалась и серой, и чёрной, и коричневой, и зелёной, в зависимости от того, как падал свет. «Не могли бы вы повторить? — спросила она. — Я не совсем расслышала. Колодец мой очень стар, редко кто может его отыскать, чтобы загадать желание. Признаюсь честно, я не слушала так внимательно, как надо бы. — Она протянула камушек, который юноша выбросил. — Полагаю, это ваше».

Джулиан только что встретил падающую звезду, лишь поэтому ему удалось не испугаться при появлении странной женщины. Он представился, а женщина в необычном платье пожала ему руку: «Меня зовут Криница. Какое у вас желание?»

И снова Джулиан ляпнул то, что пришло в голову, а не то, что на самом деле хотел.

«Я пожелал денег, — признался он, а потом, поскольку это звучало эгоистично, добавил: — Чтобы замостить дорогу».

Криница с укоризной посмотрела на него.

«Не уверена, что предложила бы вам загадывать это желание, — наконец сказала она. — Я его исполню, если вы этого хотите, но вы кажетесь приятным молодым человеком, а такое желание, как я знаю по опыту, никогда ни к чему хорошему не приводит. Неприятности начинаются, когда человек начинает просить денег, деньги никогда не дают того, чего от них ожидают. А ещё — с судьбой не поспоришь. Ничего хорошего не выходит, когда пытаешься обхитрить судьбу. Так поступают только глупцы».

Снова судьба. Джулиан вздохнул: «Не знаю, верю ли я в судьбу, но вы правы, я загадал это желание не потому, что надеялся, что кто-то его исполнит. Просто сорвалось с языка».

«Ну, я не оставлю вас без желания! — заверила его женщина. — Знаете, как давно я не выбиралась из этого колодца! Умоляю, дайте мне какое-нибудь дело. Там так одиноко. А если я выполню желание, то мне позволят не возвращаться в колодец целых десять лет».

Джулиан ни о чём особенно не мечтал, но ему жалко было отправлять Криницу обратно в колодец. «Дайте подумать. Я всего лишь хотел починить дорогу, когда загадывал это желание. Да просто избавиться от этих камней и то хорошо».

Криница задумалась: «Ну что же, я могла бы выполнить ваше желание и пока что убрала бы с дороги камни, а в другой раз вы скажете, чего по-настоящему желаете».

Джулиан поразмыслил немного, почему эти странные создания с такой готовностью дают обещания и почему считают, что их пути-дороги вновь пересекутся. Но Криница уже приблизилась к нему, скользя по воде легко, как водный мотылёк. Она взяла его за руку, положила в ладонь камушек, а потом поцеловала юношу в губы, и когда она заскользила назад, то разбитая мостовая исчезла под водой, больше ни один камень не врезался в подошву. Криница воскликнула: «До новой встречи, Джулиан!», а потом отправилась на север, а за ней тянулись воды старого колодца, словно шлейф причудливого платья.

Прижав ладонь к губам, Джулиан наблюдал, как она скрылась из виду, а потом снова зашагал к дому, ощущая себя так, будто сбился с привычного пути и попал в сон.

Грунтовая дорога была куда лучше разрушенной мостовой, но теперь, когда колодезная вода отступила, после неё осталась изрядная грязь. Новые ботинки Джулиана хоть не пропускали грязь, но ничуть не облегчали путь, поэтому через пару ярдов Джулиан сошёл с дороги, отыскал куст терновника и отрезал толстый прут, чтобы сделать из него трость. Он вернулся на дорогу и продолжил свой путь, бормоча: «Желания, желания, желания». Теперь на чёрный день были отложены целых два желания, и Джулиан предался раздумьям о том, какие желания одобрили бы Метеорос и Криница.

«Только глупец насмехается над судьбой», — сказал Метеорос. А Криница уверяла, что ничего хорошего не выходит, когда пытаешься обхитрить судьбу. Но Джулиан всё ещё не знал, верит ли он в судьбу. Он подумал: «Было бы неплохо загадать желание и узнать, предначертано ли мне что-то судьбой, и если да, то что меня ждёт».

Он в полном молчании прошёл часть пути, а потом снова раздался чей-то голос, причём звучал он, казалось, где-то близко: «Скажите уже чётко и ясно, ради всего святого! Я ничего не могу предпринять, пока вы толком не объясните!»

Испуганный Джулиан бросил трость и резко повернулся кругом, но рядом никого не было. Он посмотрел на берег, мало ли, вдруг он нечаянно загадал желание ещё одной падающей звезде. Похлопал себя по карманам и заглянул в кусты, но камешек всё ещё лежал в кармане, и тёмные воды не грозили затопить дорогу. Юноша снова повернулся и тут увидел какое-то худое существо, которое выбиралось из трясины. У его трости выросли ноги и руки, а ещё появилось узкое лицо, и теперь существо отряхивало грязь с одеяний цвета древесной коры.

«А вы ещё кто такой?» — спросил сбитый с толку Джулиан. О падающих звёздах и колодцах желаний он, по крайней мере, слышал раньше, но ожившая трость, которая исполняет желания... Что ж, это что-то новенькое.

«Я ветвь желаний, — сказал худощавый юноша с видом оскорблённого достоинства. — Ты оживил меня, когда отрезал от тернового куста и загадал рядом со мной желание».

— Ветвь желаний? — фыркнул доктор Гауэрвайн. — Никогда о таком не слышал.

— Не могли бы вы не перебивать меня? — потребовала миссис Геревард.

Доктор Гауэрвайн перевёл взгляд с миссис Геревард на Джорджи, которую, похоже, считал авторитетом в области фольклора.

— Бывает такое? Ветвь желаний?

Джорджи пожала плечами.

— Судя по всему, в этой истории да, док. То есть я хочу сказать, что слышала о деревьях, исполняющих желания, так что звучит это вполне правдоподобно. Да и вообще, это же волшебная история, — многозначительно добавила она.

— «Я Джулиан», — сказал наш герой, — громко продолжила миссис Геревард, сурово глядя на доктора Гауэрвайна. — Худой юноша представился: «А я Тёрн. Рад знакомству. А теперь, Джулиан, не могли бы вы облечь ваше желание в достойные слова. Тогда дело сдвинется с мёртвой точки».

«Я хочу узнать, предначертано ли мне что-то судьбой, и если да, то что».

Негрет слегка подался вперёд. Это всего лишь волшебная история, напомнил он себе. Она ничего не значит. И всё же ему не терпелось услышать ответ, словно речь шла о его собственной судьбе.

— Джулиан приготовился выслушать наставления Тёрна о том, что стоит выбрать желание получше. После встречи с двумя другими существами, исполняющими желания, он уже решил, что вообще не умеет загадывать желания.

Но когда Тёрн заговорил, то сказал так: «Это уже целых два желания. Выберите одно. Если вы и правда хотите это знать, я никогда не понимал всех этих споров вокруг судьбы. Только глупцы полагаются на судьбу».

Джулиан воскликнул: «Я согласен! Но дважды за вечер мне сказали, что я буду глупцом, если чего-то пожелаю наперекор судьбе. Как вообще можно чего-то добиться, если во всём полагаться на судьбу?» — «Думаю, никак. Если судьба существует, то её нельзя поломать из-за одного-единственного желания. Расскажите мне о желаниях, которые вы загадывали раньше».

Джулиан рассказал. Человек-ветвь слушал, время от времени кивал, задал пару вопросов, а потом попросил посмотреть на камушек. Крутя камушек в своих тонких, словно веточки, пальцах, Тёрн тихонько произнёс: «Очень интересно. — Он вернул камень Джулиану. — Мне кажется, что Метеорос и Криница дали вам дельный совет, когда предложили ещё раз обдумать желания, но не из-за веры в неумолимость судьбы, а потому, что вы сами признались, что не очень-то и хотите стать мэром, да и деньги вам не нужны. Вам просто нужна дорога получше. Возможно, они заговорили о судьбе, поскольку считали, что это скорее заставит вас передумать. Создания, которые исполняют желания, не должны оспаривать желания, которые им загадывают, но нельзя же не иметь и собственного мнения».

«У вас есть мнение, что мне стоит пожелать?» — поинтересовался Джулиан.

Тёрн пожал плечами: «Нет, пожалуй. Но я в долгу перед вами за своё освобождение, поэтому, если хотите, буду рад предложить что-нибудь полезное». — «Да, пожалуйста».

Джулиан и человек-ветвь сели рядышком на упавшем заборе, который раньше отгораживал дюны. Тёрн опустил голову и постучал тонкими пальцами по впалым щекам, а потом наконец сказал: «Думаю, сколько ни размышляй о судьбе, ничего не узнаешь. Знание вынуждает вас изменить поведение, и ещё неизвестно, поможет вам это или навредит. Позвольте мне задать вопрос так: чего вы по-настоящему хотите?»

Хороший вопрос. Джулиан толком не задумывался, чего же ему на самом деле хочется. Кроме, разумеется, одного.

«Тёрн, а ты можешь привести в порядок эту дорогу, между тем городом, откуда я иду, и тем, куда держу путь? Чтобы была новая мостовая, не застаивалась вода после дождя и камни не попадали под ноги? Просто хорошая, ровная дорога. Вот этого я и хотел с самого начала».

Тёрн посмотрел на Джулиана, потом на разрушенную дорогу, кивнул и поднялся на ноги: «Я могу даже больше. Дайте мне один ботинок. — Джулиан снял ботинок, который подарил ему Метеорос, и протянул Тёрну, а тот ногтем-шипом вырезал на подошве какой-то знак, после чего добавил, улыбаясь: — Ну вот. Теперь, куда бы вы ни пошли, под ногами у вас везде будут хорошие дороги».

Джулиан надел ботинок и зашнуровал его. Ботинок как будто ничем не отличался от того, что был раньше, но стоило ему ступить на дорогу, как под ногой, словно пятно, растеклась новенькая ровная брусчатка. Джулиан сделал ещё один шаг, и брусчатка так и хлынула дальше, растянулась до границы дюн, там словно бы поняла, что работа окончена, и остановилась. Новая мостовая, которая появлялась под его ногами, так и оставалась на месте. Джулиан, не веря своим глазам, посмотрел на дорогу, а потом на Тёрна.

Человек-тёрн предупредил: «Внимательно выбирайте, куда идёте, и снимайте ботинки, если хотите почувствовать под ногами траву, песок или воду. Но отныне, если захотите проложить хороший путь, вы всегда сможете это сделать. Пока мы здесь, не дадите ли мне свой фонарь и ножик? Тот, которым вы меня освободили».

Джулиан протянул ему нож и фонарь. Тёрн нацарапал на рукоятке ножа и на дне фонаря такой же знак, что и на подошве ботинок.

«Теперь вы всегда сможете проложить путь и всегда сможете осветить путь, если у вас будет кремень. Думаю, камень, который причинил вам столько неудобств, отлично для этого сгодится. — Тут Тёрн спрыгнул на ровную дорогу и пожал Джулиану руку. — Приятных путешествий и до новой встречи!»

С этими словами Тёрн растворился в звёздной ночи. Джулиан пошёл домой, каждым своим шагом мостя новую дорогу.

Миссис Геревард выдержала паузу:

— Если верить моему отцу и его отцу и матери, дедушке и бабушке, а ещё прадедушке, то Джулиан стал первым пилигримом, великим путешественником, а дороги, которые он замостил своими волшебными ботинками, стали самыми священными из всех дорог, и ими пользовались все герои того мира, который в легендах именуют бродячим. Джулиан всегда носил волшебные ботинки, а ещё не забывал нож, фонарь и кремень. Ну… вот и всё. — Миссис Геревард отвесила небольшой поклон.

Мама Майло захлопала в ладоши.

— Чудесная история, миссис Геревард!

Все тут же присоединились к аплодисментам.

За ёлкой, откуда её было никому не видно, Сирин откинулась назад и обхватила себя руками.

— Что ж, ужасно интересно, — призналась она. — Можно сказать, история сотворения мира, Негрет. Я использую этот сюжет в какой-нибудь игре. — Она достала из кармана лист бумаги и ручку и начала что-то неразборчиво записывать.

Негрет нахмурился, соскользнул с плиты у камина и нырнул к ней в пещеру за ёлкой.

— Но это же сказка, — прошептал он.

— А мне всё равно. Мне она нравится.

— Но в истории ничего не говорится о том, почему миссис Геревард здесь оказалась.

Сирин посмотрела на миссис Геревард, прищурившись.

— Разве? А ты спроси её, что случилось с теми волшебными предметами, которые получил в подарок Джулиан-пилигрим. Готова поспорить, ты ошибаешься.

— Спорим! Миссис Геревард, — крикнул Негрет, высовываясь из-за дерева, — а что случилось с подарками Джулиана, с ботинками, камешком и всем остальным?

Пожилая дама неожиданно смутилась.

— Ой, я не знаю, дорогой. Боже мой, чай остыл. Мне нужно подлить горячей воды. — Она неуклюже поднялась на ноги и заторопилась к подносу с чайником, который оставила на столике миссис Каравэй.

Сирин подняла голову от своих записей.

— Видишь? Я же говорила.

— Ты о чём?

— Ну, любой нормальный взрослый сказал бы, что это просто сказка, на самом деле таких предметов не существует. Но она этого не сказала. — Сирин широко улыбнулась. — Дай угадаю: миссис Геревард не думает, что это просто история. Она думает, что между историей и этим домом есть какая-то связь.

— Ясно.

Они наблюдали, как миссис Геревард наполнила чашку кипятком, но почему-то забыла подлить заварки. Негрет выбрался из-за ёлки.

— Ещё кто-нибудь расскажет? — с надеждой спросил он, забираясь в свободное кресло.

Клем заговорила со своего места на коврике у камина:

— А можно мне одну просьбу?

— Конечно!

— Я бы хотела услышать историю про этот дом.

В звенящей тишине не раздавалось ни звука. Неужели Клем ждёт историю от него?

Внутри у него всё сжалось. Почему ему не пришло в голову, что его это тоже касается? В книге герой, который это предложил, рассказал самую первую историю.

Но Клем широко улыбнулась маме Майло: та прислонилась к высоким напольным часам в гостиной.

— Не расскажете нам немного о доме?

Мистер и миссис Пайн переглянулись. Коварный вопрос, учитывая, что контрабанда, которая наводняла Нагспик и без которой невозможно было представить жизнь в районе Пристани, была, строго говоря, вне закона.

— Я рада бы рассказать вам то, что знаю, — начала наконец миссис Пайн. — Документальных свидетельств почти не осталось... — она пожала плечами. — Все знают, что их в Нагспике небогато. Я поселилась здесь, когда мне было столько же лет, сколько Майло. Отец купил дом, вместе со всей обстановкой, у семьи по фамилии Уитчер.

Она замолчала, видимо, как понял Майло, ждала, что кто-то из гостей спросит: «Это ведь настоящее имя Дока Холистоуна?» Но гости промолчали.

— Пожалуй, — продолжила она, — я знаю, какая история вам понравится. История про призраков, которая случилась в этом доме. Никто не возражает?

Все покачали головами и приготовились слушать.

— Хорошо. Это произошло... сейчас вспомню... Майло был совсем крошкой, значит, десять или одиннадцать лет назад. Один из гостей, который останавливался у нас и раньше, спустился к завтраку и рассказал, что видел мертвеца из своего окна.

Майло чуть не выронил кружку.

— Что?!

— Что слышал. — Мама приподняла и опустила брови. — Уверена, вы все знаете о Доке Холистоуне, — продолжила она. — Он вместе с Джентльменом Максвеллом, Эдом Пикерингом и Лиловым Крестом был одним из величайших «гонцов» тех времён — так контрабандисты сами себя называли. Дока Холистоуна якобы поймали и убили, когда я была маленькой. Но я выросла в районе Пристани, так что всё детство слышала о его подвигах. Поговаривали, что его схватили прямо здесь, в этом доме. А ещё ходили слухи, что всё это видел сын Дока. Разумеется, никто и словом не обмолвился об этом моему отцу, когда тот покупал дом; разговоры начались уже после, примерно в то время, когда отец открыл постоялый двор, хотя определённо что-то было нечисто. Холистоун исчез, а его родные и члены команды так быстро залегли на дно, что из дома даже вещи не вывезли. Спустя годы мы с Беном унаследовали гостиницу, а с ней и всех давних гостей. И вот однажды летним вечером, когда Майло был ещё совсем маленьким, один из постояльцев... — Она умолкла и посмотрела на мистера Пайна. — Это был Фенстер, да?

— Да, насколько я помню. Поздновато было для Фенстера. Обычно он приезжал к нам ранней весной.

«Каждый контрабандист появляется в своё время», — подумал Майло. Он знал, о ком они говорят. Фенстер был весенним контрабандистом, поскольку обычно занимался нелегальной торговлей саженцами.

— Правильно. Может, из-за того что дело было летом, мы поселили его не в ту комнату, что обычно, на более прохладной стороне дома.

Взгляд миссис Пайн метнулся к миссис Геревард. Фенстер, должно быть, занимал комнату «3N», и Майло показалось, что мама размышляет, говорить ли старой леди, что события, о которых пойдёт речь, происходили в её номере. «Не делай этого, — подумал Майло. — Миссис Геревард распереживается, как только узнает, что живёт в комнате с привидениями».

— Незнакомая комната в старом скрипучем доме может сбить с толку и даже напугать, —

продолжила миссис Пайн, видимо решив никого не расстраивать. — Майло сможет вам об этом рассказать. Он ночевал во всех комнатах. Ведь в разных комнатах чувствуешь себя по-разному, да, Майло? Разные скрипы и разные страхи.

— Совершенно разные, — признался он. — Не то чтобы они страшные, просто привыкаешь к шумам и сквознякам в одном номере, и они даже начинают казаться уютными и дружелюбными. А потом перебираешься в другой номер, и звуки там уже не кажутся такими уж приятными. Приходится заново привыкать к ним.

— Именно. Поэтому, когда Фенстер первый раз признался, что видел нечто странное, мы решили, что он просто привыкает к новой комнате. Что-то разбудило его, а потом он будто заметил что-то за окном. Нет, он не знал, что именно его разбудило. Наверное, какой-то звук. И нет, он не знал, что видел. Что-то мелькнуло то ли среди деревьев, то ли в небе. Он не просил поменять ему номер, просто рассказал, затем съел три порции блинчиков, и всё вроде бы встало на свои места.

Но на следующее утро всё повторилось. Фенстер спустился и сказал, что опять проснулся посреди ночи и увидел что-то в окне. На этот раз он поднялся с постели, подошёл к окну, чтобы разглядеть получше. И тогда он увидел чью-то фигуру, стоявшую между деревьев и пристально смотревшую на дом.

Парень показался Фенстеру знакомым. Помню, Фенстер долго смотрел на мужа, словно пытался понять, уж не его ли видел. Но в ту ночь Бен не выходил на улицу, как и остальные гости. Никто не покидал дом после полуночи, когда Фенстер, по его предположениям, проснулся. Он снова съел три порции блинов, и всё. Пока не наступило следующее утро, когда Фенстер спустился и сообщил, что знает, кого видел.

Это случилось снова, и на этот раз Фенстер сразу вскочил, подошёл к окну, опять увидел того, кто стоял среди деревьев и смотрел на дом. Что-то заставило Фенстера поднять руку в знак приветствия, и тот тоже поднял руку в ответ. Фенстер узнал этот жест. Это был Док Холистоун.

Все знали, что компания «Дикон и Морвенгард», занимающаяся торговлей по каталогу, всегда... подстрекала город избавиться от контрабандистов. Примерно за год до того, как поймали Дока Холистоуна, «Дикон и Морвенгард» развесили по всему Нагспику плакаты, на которых Док Холистоун был изображён с поднятой рукой. Похоже, Фенстер помнил те плакаты.

Майло не слышал раньше эту историю, но зато не раз видел Фенстера Плама и понимал, что тот узнал Дока отнюдь не по плакату «Разыскивается». Майло точно знал, что Фенстер плавал вместе с Доком Холистоуном, но миссис Пайн вряд ли поведала бы такие подробности незнакомым людям.

— Разумеется, мы возразили, что Док Холистоун умер — лет двадцать с лишним назад. Его совершенно точно не видели в Нагспике с той самой ночи, когда якобы поймали. Я могла бы подумать, что Фенстеру всё приснилось, может, тому виной незнакомые звуки или сквозняки. Но Фенстер настаивал, что видел его своими глазами. Почему он был так уверен?

Оказалось, что Фенстер рассказал не всю историю. На третью ночь, когда он поднял руку, чтобы помахать тому человеку среди деревьев, то вдруг заметил, что всякий раз, когда он просыпается, окно открыто, но он-то его не открывал.

За окном располагался пожарный спуск, и Фенстер вылез наружу, чтобы получше рассмотреть, что происходит. Когда до него дошло, что окно открыто, он оглянулся и обнаружил, что он не один на пожарном спуске. Рядом с ним стоял, облокотившись о перила, маленький мальчик. И тоже махал рукой.

А тот человек махал именно мальчику. Наверное, мальчик, как предположил Фенстер, и открывал окно, чтобы можно было выбраться и посмотреть на Дока Холистоуна. Каждую ночь Фенстера будил стук оконной рамы.

Не знаю, хватило бы мне храбрости на такое, но Фенстер, который ещё толком не проснулся, взял да и по своему простодушию заговорил с мальчиком. Он спросил: «Ты знаешь, кто это?» Не понимаю, почему он начал с того парня за деревьями, а не спросил мальчика, кто он такой и как оказался в комнате Фенстера, из которой выбрался на пожарную лестницу. В конце концов, никаких мальчиков среди постояльцев не было, а если бы и был, то, как вы понимаете, постояльцы здесь были друг с другом знакомы. Как бы то ни было, Фенстер спросил у мальчика, знает ли тот человека за деревьями внизу, и мальчик кивнул. По словам Фенстера, мальчик ответил: «Это мой отец. Мы должны сейчас с ним проститься, поскольку не успели сделать это тогда». Фенстер поинтересовался: «А как зовут твоего отца? Кажется, я его знаю». Мальчик гордо улыбнулся и ответил: «Его зовут Майкл Уитчер, и этот дом раньше принадлежал нам». Мальчик снова помахал человеку за деревьями, тот помахал в ответ, после чего они оба исчезли.

Миссис Пайн снова сделала паузу, и на этот раз гости обо всём догадались.

— То есть Майкл Уитчер — это Док Холистоун? — спросила Клем. — Дом принадлежал Доку Холистоуну?

— Да, — ответила миссис Пайн с улыбкой. — По крайней мере, однажды, по словам Фенстера, призраки Дока Холистоуна и его сына возвращались сюда, чтобы проститься друг с другом. Это единственный раз, когда мы слышали здесь о привидениях.

— Мне эта история понравилась даже больше, чем первая, — сказала Мэдди.

Почти сразу после того, как миссис Пайн окончила свой рассказ, пошёл дождь. Он налетал на окна сверкающими полосами, ловя отблески молнии на снегу, а откуда-то с другой стороны холма доносились раскаты грома, похожие на удары тарана. Внезапная гроза, казалось, стала сигналом, что вечер историй закончен. Первый удар грома потряс гостиную сразу, как гости выслушали историю о призраках, пусть и по-своему занимательную, и все занервничали.

— Майло, я пошла наверх, принесу тебе камеру, — сказала Джорджи и исчезла на лестнице.

— Думаю, стоит сходить за свитером, — заметила миссис Геревард и тоже отправилась наверх.

Ещё одна вспышка. Новый раскат грома. В этот раз люстра из прозрачного стекла над столом моргнула и погасла. Света не было всего мгновение, но и этого хватило. А что, если электричество отключится?

Майло оглядел комнату и понял, что всех остальных посетила та же мысль.

— По крайней мере, дождь растопит снег, — пробормотала миссис Каравэй. — Кому ещё кофе?

— Сомневаюсь, что что-то там растает, — сказал доктор Гауэрвайн, поднимаясь, чтобы покурить на крыльце. Он показал на сосульки, висевшие за окном на карнизах. — Сосульки не тают. Должно быть, дождь ледяной.

Миссис Пайн опустилась на ручку кресла, в котором сидел Майло, и мальчик вспомнил слова отца, что они с мамой переживают из-за того, что не могут проводить с ним больше времени. Он наклонил голову к маме, а та обняла его за плечи.

— Думаю, твоя идея с историями просто великолепна, — сказала она. — Как я справилась?

— Чудесно. Просто потрясающе! Я слышал эту историю раньше?

— Думаю, мы как-то рассказывали её тебе. Хотя я могла не говорить про мальчика-призрака, ведь речь о пожарном спуске за твоим окном. Решила, что ты перепугаешься. — Она взъерошила его волосы. — Но уверена, что это было лишнее. Не сомневаюсь, тебя этим не напугаешь. — Она снова потрепала его волосы и встала. — И вот ещё что, малыш, могу я сделать для тебя что-нибудь особенное в канун Рождества послезавтра? Может, тебе хочется необычный ужин, особый торт, хоть что-нибудь особенное? Не всё может получиться из-за непогоды, но если есть что-то, что спасёт твоё Рождество, то я попробую. То есть мы обязательно сожжём рождественское полено, будем петь рождественские гимны и всё такое, но, может, есть ещё что-то. Подумай и скажи!

— Спасибо, мам. Я подумаю.

— Хорошо, малыш. — Она окинула взглядом комнату. — Кому-нибудь что-нибудь принести из кухни?

— Я хочу ещё кусочек торта, — отозвалась Клем. — Но я сама возьму.

— Да, конечно, — ответила миссис Пайн.

Клем, которая уже поднялась, вдруг резко остановилась. Она присела на плиту у камина рядом с креслом Майло, уткнув локти в колени.

— Отличная идея, скажу я тебе.

— Спасибо. Расскажете завтра историю?

— Попробую что-нибудь придумать. — Она задумчиво посмотрела на лестницу. — А что такое «Лэнсдегаун»?

Ага. Он уже и забыл о странном диалоге между Клем и Джорджи перед тем, как миссис Геревард начала свой рассказ. Он выпрямился.

— Вы про смешное название для камеры?

Рыжеволосая девушка пожала плечами.

— Большинство названий что-то означает, иначе зачем бы людям их давать. А что значит «Лэнсдегаун»?

— А разве вы не знаете, что оно значит? — заметил Майло. — Разве вы не говорили, что, может быть, расскажете историю об этом?

— Я просто подколола Синевласку, — хмыкнула Клем.

Майло посмотрел на неё с сомнением.

— Прозвучало совсем не так.

Клем отмахнулась.

— То есть ты никогда не слышал этого слова раньше?

— Не-а.

— Уверен?

Сперва Джорджи, теперь Клем. Почему они думают, что подсказка в значении этого странного слова.

— Почему бы вам просто не спросить Джорджи?

— Можно и спросить, но я подумала, что ты знаешь что-то, чего не знает она. — Вдобавок к этому странному утверждению Клем заговорщицки подмигнула. — В любом случае, если ты что-то...

— Клем! — Майло подумал, что бы сделал Негрет на его месте, и решил просто задать очевидный вопрос и посмотреть, что из этого получится. — Джорджи задала тот же вопрос: знаю ли я значение слова «Лэнсдегаун». Почему вы обе думаете, что я что-то знаю о странном слове, которого никогда не слышал? Потому что считаете, что это как-то связано с домом?

Ещё один прямой вопрос, брошенный, как перчатка. Клем открыла было рот, а потом замялась.

— Просто, понимаете, — продолжил Негрет самым невинным тоном, — может, я что-то и вспомнил бы, если бы больше знал. Если бы вы рассказали мне то, что сами знаете.

Клем посмотрела на него внимательным взглядом, и тут на лестнице раздались шаги, лёгкие и быстрые, — это возвращалась Джорджи. Клем прислушалась, а потом снова подмигнула.

— Спроси меня в другой раз, — тихонько сказала она, а потом встала и поспешила на кухню, натолкнувшись на миссис Пайн, которая уже несла ей кусочек торта. К тому моменту, когда Джорджи спустилась на первый этаж с камерой, Клем уже уселась за стол в столовой и с довольным видом ела торт.

Она продолжила лакомиться, а Джорджи села рядом с Негретом и показала ему готовый фотоаппарат (светонепроницаемый, как она сказала) из коробки из-под сигар. Негрет то и дело незаметно поглядывал на Клем, но та как будто бы не обращала на них никакого внимания.

— Сейчас слишком темно, чтобы снимать, — сказала Джорджи. — Может, завтра, когда будет посветлее, я отсниму кусок плёнки и посмотрим, что получится. Потом нужно время, чтобы проявить плёнку, но, возможно, вечером я смогу показать снимки.

Негрет повертел камеру в руках. Теперь он не мог выкинуть из головы слово «Лэнсдегаун», но внешне ничего не подсказывало, что это может значить. Просто небольшая деревянная коробка, плотно обёрнутая чёрной лентой.

Если он задаст Джорджи тот же вопрос, что и Клем, она так же ответит? Или по-другому, особенно если Клем не будет поблизости. И тут, как-то сама собой, в голове возникла другая, но не менее интересная мысль. «Я просто подколола Синевласку», — сказала Клем. Прозвучало странно, и теперь Майло понял почему. Подкалывать можно знакомых. Как и давать кому-то прозвище вроде Синевласки. Но Клем и Джорджи как будто не знакомы, по крайней мере, не были знакомы до вчерашнего дня. Если только они по какой-то причине не притворяются, что это не так.

Интересно. Он протянул Джрджи камеру и улыбнулся.

— Негрет, — Сирин выбралась из-за ёлки и подошла к нему. Она показала глазами на лестницу. миссис Геревард спустилась на первый этаж. Она надела свитер и держала сумочку, которая, как смутно помнил Негрет, была у неё в руках, пока пожилая дама кричала на доктора Гауэрвайна, едва они добрались до отеля.

— Сумка! — прошептала Сирин. — Посмотри на сумку.

Пока миссис Геревард развязывала шнурок и доставала из сумки красную пряжу, Негрет рассмотрел, что сумка была цилиндрической формы и с плоским дном, поэтому прочно стояла у ног старой леди. На плотной холщовой ткани с одной стороны шла ажурная вышивка. Майло не обратил внимания на вышивку раньше. Пока миссис Геревард ругалась, сложно было что-то заметить. Но сейчас... Негрет разглядел изображение — это был дом необычной формы с зелёными окнами среди тёмных елей.

Миссис Геревард подняла голову и поймала его взгляд. Её лицо вспыхнуло ярче, чем шевелюра Клем, пожилая дама быстро повернула сумочку, чтобы убрать вышивку с глаз. Но это было уже неважно. На другом боку красовалось ещё одно изображение, и миссис Геревард не догадывалась, что Негрет узнаёт и его. Покосившиеся железные ворота, вышитые серо-коричневой нитью.

Глава шестая

Три кражи

Во время грозы растаял снег на ветвях деревьев, и тут резко похолодало. Доктор Гауэрвайн был прав, непохоже, чтобы дождь помог избавиться от сугробов, толстым слоем укрывших землю. Когда Майло проснулся на следующее утро, накануне сочельника, то увидел за окном единственную перемену: сосульки стали ещё длиннее, а деревья стояли почти голые.

Почти голые, поскольку снова шёл снег.

Майло потянулся, вздохнул и взглянул на часы. Ещё даже восьми не было. Куча времени побездельничать, прежде чем придётся спуститься вниз. Только он взял «Записки», чтобы дочитать историю, которую начал накануне, как в дверь кто-то громко постучал. Майло вылез из постели, надел халат и выглянул в коридор. Там стояла Мэдди, даже не пытавшаяся скрыть радостного возбуждения. Где-то внизу явно поднялся шум. Кто-то в три голоса сердито перекрикивал один другого.

— Тебе лучше спуститься, — прошептала Мэдди. — Похоже, ты не единственный плут в этом доме.

— Мы же и так это знаем, разве нет? — пробормотал он, надевая тапочки верхолаза и хватая рюкзак со стула.

— Ну, мы это подозревали, но теперь кое-что и правда пропало.

Связка ключей Негрета лежала на столе. Он сунул ключи в карман, а потом побежал за Мэдди по коридору и спустился вниз, откуда доносился гвалт.

— Что-то пропало из комнаты Клем?

Она бросила на него мрачный взгляд из-за плеча.

— Нет.

Рождественская пора в «Доме из зелёного стекла». Обычно в это время по-праздничному уютно — гудящее пламя в камине, рождественские гимны, горячий шоколад, жаркое, пироги и пудинги. В этом году дом заполонили орущие взрослые. Майло предположил, что два из трёх голосов принадлежат миссис Геревард и доктору Гауэрвайну, поскольку именно они завели обыкновение кричать в этом доме. Как только Мэдди упомянула о краже, он решил, что третий голос должен принадлежать Клем. В конце концов, они знали наверняка, что в её комнате кое-кто без спросу побывал. Но когда он спустился, то встал как вкопанный, поражённый тем, что ошибся два раза из трёх. Да, там была миссис Геревард, сжимавшая у горла свой лиловый пеньюар, нервно выкрикивающая, с красным лицом. Миссис Пайн и миссис Каравэй пытались успокоить старую леди, но вот ни доктора Гауэрвайна, ни Клем не было видно. Вместо них внизу оказались Джорджи и — Майло нахмурился — мистер Виндж?

Знакомая рука аккуратно отстранила Майло.

— А ну-ка хватит! — крикнул мистер Пайн, как только вступил в это состязание. — Прошу вас, успокойтесь! — Он переводил взгляд с одного рассвирепевшего лица на другое. — По одному. Что произошло? Сначала вы, мэм! — обратился он к миссис Геревард.

Судя по виду старой леди, она бы не сумела сдержаться, заставь он её ждать. Лицо у неё стало малинового оттенка, как цветы молочая, украшавшие коридоры на этажах.

— Меня ограбили! — взвизгнула она.

Отец Майло повернулся к мистеру Винджу.

— У меня кое-что… пропало, — осторожно сообщил тот.

Джорджи со скрещёнными на груди руками дождалась своей очереди.

— И у меня. А вчера было на месте.

— Возможно ли, что эти вещи просто лежат не там, куда их положили? — терпеливо уточнил мистер Пайн.

— Думаю, возможно всё, — с неохотой сказала Джорджи. — Но я точно знаю, куда я положила эту вещь, а сейчас её там нет.

Тут заговорил мистер Виндж:

— Не хочу никого обвинять в воровстве, но моя вещь исчезла.

— Нет никаких сомнений! — простонала миссис Геревард. — Меня ограбили!

— Как думаешь, кто-то из них говорит о карте? — прошептала Сирин. — Может, её владелец до сих пор и не догадывался, что карта пропала?

Негрет пожал плечами.

— А когда вы в последний раз видели… пропавшие вещи? — спросил он у гостей. — И что это, кстати, были за вещи?

Жертвы ограбления с подозрением переглянулись.

— У меня пропал блокнот, — сообщила Джорджи. — Вчера он был. Я делала записи перед сном.

— Мистер Виндж?

— А у меня часы, — ответил пожилой джентльмен. — Карманные часы, которые были при мне вчера, пока мы тут слушали истории.

— Миссис Геревард?

Она сложила руки.

— Сумочка для рукоделия, которую я приносила сюда вчера вечером. Я засиделась за вязанием до начала первого.

— Так, может, вы оставили её тут? — спросила миссис Пайн, оглядывая гостиную.

— Я не оставляла её тут, а взяла с собой! У меня нет привычки раскидывать свои вещи где попало!

«Интересно, — подумал Негрет. — Три исчезнувших предмета, но среди них нет карты, и ничего не пропало из комнаты Клем».

— Хорошо, хорошо! — мистер Пайн потёр лоб и моргнул. — Кто-нибудь сварит кофе? И давайте сохранять выдержку! Уверен, мы во всём разберёмся.

Джорджи рассердилась, с шумом протопала в холл и начала обуваться.

— Я собираюсь на прогулку. Вернусь, когда успокоюсь.

Мистер Виндж не сдвинулся с места, так и остался стоять у лестницы. Сунув руки в карманы, он ждал. Миссис Геревард тоже, похоже, не готова была сохранять спокойствие. Она начала ходить туда-сюда вдоль обеденного стола. Стук её каблуков был просто невыносим. Негрет на цыпочках прошёл на кухню вслед за родителями, пытаясь незаметно достать бутылку молока из холодильника и налить себе стаканчик.

— Ты ведь не думаешь, что кто-то пробрался к ним в комнаты? — тихонько спросила миссис Пайн у своего мужа. — За двенадцать лет, что мы управляем отелем, даже с нашими... обычными гостями... не припомню, чтобы случались кражи.

— Все они, похоже, думают, что пропавшие вещи были у них перед сном, — прошептал мистер Пайн в ответ. — Кто-то залез к ним, пока они спали? Это даже представить трудно. Да и сами пропажи кому нужны? Часы — я ещё могу понять, но блокнот и сумочка для рукоделия? Я считаю, что они просто сунули куда-то свои вещи и теперь не помнят куда и вообще толком не искали. А когда кто-то первым заговорил о краже, все радостно ухватились за эту идею.

— Ну, нужно найти пропавшие вещи, — пробормотала мать Майло. — Потерянные или украденные, но где-то они ведь должны быть. Есть какие-нибудь идеи?

Негрет со стаканом молока вернулся в гостиную и забрался в уголок за ёлкой, где уже ждала Сирин.

— Комнаты такие маленькие, — задумчиво протянул он. — Как вор мог пробраться внутрь и что-то взять, пока гости спали, и не разбудить их?

— Я тут подумала, что, может, Клем это вполне по зубам. — Сирин провела рукой по лбу, сбив Шлем Откровений на сторону. — Если только...

Негрет кивнул:

— Если только все трое не вышли ночью из комнаты. То есть у нас теперь не два потенциальных вора, а целых четыре?

— Похоже на то. Интересно, признается ли кто-то из них, что бродил по дому, пока остальные мирно спали?

Цок-цок-цок. Миссис Геревард громко ступала и выглядела при этом так, будто с трудом сдерживала слёзы. Она расхаживала туда-сюда в домашних туфлях на каблуках в тон пеньюару.

— Странно, что всё это случилось после того, как начали рассказывать истории, — заметил Негрет. —

Я не могу отделаться от мысли, что если миссис Геревард и пыталась найти что-то в доме тайком, то это как-то связано с её историей.

— То есть ты думаешь… что она искала что-то, о чём говорилось в истории? — Сирин нахмурилась. — Но это же, как ты верно подметил, всего лишь история.

— Да, но если это всего лишь история, зачем кому-то красть её сумку?

— А какое отношение сумка имеет к истории, Негрет? Старушка явно богата. Может, сумка стоит денег. Это самый простой ответ.

— Нет. Это как-то связано с историей, я знаю. — Он нахмурился и наблюдал, как миссис Пайн подошла с чашкой чая к гордо вышагивающей леди и усадила её за стол. — На сумке вышит наш дом. Ты же видела. И ворота, совсем как на окнах и на карте.

— Хорошо, но если она что-то ищет, то что? Как дом связан со старой историей? Это ведь просто история! Выдумка! — спорила Сирин.

— Как и Сирин с Негретом, — заметил он в ответ.

— Ты думаешь, что она играет в какую-то игру? А я вот так не считаю.

— Нет, я не думаю, что она играет в игру. Но что-то в этой истории очень для неё важно, и поэтому она тут. И ты же сама сказала, что миссис Гереванд не считает свой рассказ обычной историей.

— Ну хорошо, бесстрашный вождь, с чего начнём?

Негрет посмотрел на старую леди, сиротливо склонившуюся над чашкой.

— Интересно, расскажет ли она нам...

— Не нам, а тебе, — напомнила Сирин-дух, стянув со лба Очи Правды и Предельной Ясности и водрузив их себе на нос. — Я же невидимая, помнишь? Кроме того, баллы за особые умения начисляются тебе. Ты ведь умеешь убеждать. Тебе скорее удастся её разговорить.

— Я не совсем понимаю, как работают эти баллы.

— В настольной игре? Это просто оценка шансов. Чем больше у тебя баллов, тем выше шансы. Бросаешь кубик, чтобы узнать, добьёшься ли ты успеха, прямо здесь и сейчас. — Она широко улыбнулась. — Верь в себя и постарайся изо всех сил!

Негрет вздохнул.

— Ладно.

Он выбрался из-за ёлки и направился в гостиную, но только хотел присесть рядом с миссис Гереванд, как его остановил мамин голос.

— Майло! — позвала она. — Мне не хотелось бы тебя отвлекать, но не мог бы ты помочь миссис Каравэй с завтраком?

Он растерялся на мгновение, а потом послушно пошёл на кухню.

— Спасибо, малыш! — подойдя поближе, сказала мама. — Мы с папой хотим прямо сейчас поговорить с постояльцами, у которых пропали вещи, и попытаться выяснить, в чём дело.

— А что нужно делать? — проворчал Майло.

Миссис Каравэй похлопала его по плечу.

— Не мог бы ты расставить тарелки, разложить салфетки и приборы? Это нам очень поможет, Майло.

Близилось время завтрака. Клем легко сбежала по лестнице, а за ней неспешно спустился доктор Гауэрвайн. Оба поднялись к себе, как только услышали новости, вероятно проверить, все ли вещи на месте, и не возвращались до самого завтрака. Мистер и миссис Пайн сначала поговорили с миссис Геревард в кабинете наверху, а потом с мистером Винджем.

Миссис Каравэй отправила Майло с первой партией блюд. Одну за другой (казалось, им конца не будет) он относил к столу большие, накрытые крышками тарелки с омлетом, сосисками, кукурузной кашей, жареной картошкой, фруктовым салатом и нарезанными помидорами с солью и перцем. Джорджи как раз вернулась с прогулки, разрумянившаяся от холода и припорошенная свежим снежком.

— Опять снегопад начинается, — сообщила она.

Три подставки под тосты, маслёнки, кофейник и чайник кипятка для чая — и стол накрыт. Обитатели «Дома из зелёного стекла» по очереди наполнили тарелки. Очевидно, миссис Каравэй решила, что шведский стол — самое удобное. И всё же все чувствовали себя неловко. Хотя гости и не сидели вместе, как хотелось Негрету накануне вечером, но, казалось, каждый вглядывается в другого, пытаясь разгадать его тайну. Если бы только они с Сирин смогли определить, какие прозвучат подсказки, если вообще прозвучат!

— Ты посиди в гостиной, — прошептала Сирин, — а я положу себе еду самой последней и буду завтракать у барной стойки рядом с кухней, чтобы наблюдать за теми, кто останется в столовой. Поторопись!

— Как странно, — проговорил доктор Гауэрвайн, когда Негрет занял место у камина. — Кто-нибудь смог найти связь между пропавшими вещами?

Три жертвы ограбления посмотрели на него с недоумением — миссис Геревард и Джорджи с дивана, а мистер Виндж со своего привычного кресла. Видимо, доктору не приходило в голову, что раз у него самого ничего не пропало, то подозрение тем самым падает на него.

— Нет, доктор Гауэрвайн, — ответила миссис Геревард ледяным тоном. — А между ними есть связь? Пожалуйста, просветите нас, если знаете что-то, чего мы не знаем.

Доктор Гауэрвайн сглотнул.

— Я просто спросил. Пытался помочь.

Старая леди воткнула нож в ломтик картофеля, вилка так громко звякала о тарелку, что миссис Пайн поморщилась.

— Как мне кажется, украсть старую сумочку для рукоделия мог разве что клептоман.

Клем вышла из столовой с тарелкой в руке.

— Должно быть, вы очень крепко спали.

Миссис Геревард сверкнула глазами в её сторону.

— Или преступник действовал очень и очень тихо, — ответила она.

В голосе явственно прозвучало обвинение, но Клем лишь пожала плечами.

— Само собой. Но даже очень тихий вор не смог бы действовать совсем бесшумно в таких маленьких и скрипучих комнатах. — Она моргнула и бросила взгляд через плечо. — Без обид. Я просто хотела сказать...

Мать Майло отозвалась из столовой:

— Мы понимаем, что вы хотели сказать, Клем. Никаких обид.

«Интересно, — подумал Негрет, — умеют ли Джорджи Мозель и мистер Виндж действовать бесшумно?» Мистер Виндж сосредоточенно поглощал завтрак, не произнося ни слова. У Джорджи, похоже, от расстройства пропал аппетит. Она ковырялась вилкой в полупустой тарелке. Когда кто-то задавал ей вопрос, она отвечала, но миссис Геревард так громко возмущалась, что трудно было и слово вставить.

Джорджи задумчиво посматривала на Клем. Неудивительно, ведь Клем явно должна быть в списке подозреваемых под номером один, даже учитывая то, что Негрет знал о докторе Гауэрвайне. Она умела быть не просто тихой, а почти бесшумной. Кроме того, все слышали, как Клем заявила, что она воровка, пусть и в шутку. Да и не мог Негрет вообразить низкорослого неуклюжего доктора Гауэрвайна в роли бесшумного проныры. Хотя два дня назад Майло и себя не мог представить в роли бесшумного проныры, а теперь стал именно таким и чувствовал себя всё более и более удобно в шкуре верхолаза Негрета. Может, и доктора Гауэрвайна не стоит исключать из списка подозреваемых так быстро?

После завтрака все разбрелись по своим делам. Клем объявила, что хочет немного размяться и побегать по лестнице, после чего исчезла. Доктор Гауэрвайн вышел на защищённое от ветра крыльцо со своей трубкой. Пайны приняли решение подняться наверх с каждым из гостей по очереди, чтобы удостовериться, что пропавшие вещи не лежат где-то на видном месте. Первой, разумеется, была миссис Геревард.

Негрет разрывался. С одной стороны, конечно, интересно было бы пойти с родителями под предлогом, что он помогает. С другой стороны, он чувствовал, что родители предпочли бы, чтобы он не совал свой нос в это дело. И ещё он заметил, что, пока наблюдал за присутствовавшими в гостиной, мистер Виндж тоже, похоже, поднялся наверх, а на первом этаже, кроме миссис Каравэй, убиравшей посуду, и Лиззи, готовившей тесто для выпечки, остались только они с Сирин да Джорджи Мозель.

Негрет дотронулся до ключей в кармане — на удачу, бросил на Сирин многозначительный взгляд, и они оба подошли к камину, у которого сидела Джорджи. Она была погружена в размышления, и Негрету пришлось покашлять, чтобы девушка их заметила.

— Привет, — Джорджи подвинулась, и Сирин уселась рядом, а Негрет примостился на кофейном столике. — Сегодня побольше шума, чем обычно.

— И не говорите, — пробормотала Сирин.

— Да уж, — согласился Негрет. — Я так понимаю, вы не успели сегодня поснимать камерой?

Джорджи слабо улыбнулась.

— Успела. Ещё до того, как обнаружила пропажу блокнота.

— Родители надеются, что блокнот найдётся, что он просто потерялся, а не украден.

— Я знаю, Майло. Надеюсь, они правы.

— Мы тут… — Сирин пнула его по ноге, и Негрет исправился: — Я тут подумал, может, мне попробовать его поискать. Я большой мастер находить вещи.

Джорджи пристально посмотрела на него, и на мгновение Майло испугался, уж не решила ли девушка, что он-то и взял блокнот. В таком случае вернуть украденную вещь легче лёгкого. Майло попытался сохранить безразличное выражение лица.

— Хорошо, — наконец сказала Джорджи. — Что ты хочешь узнать?

Негрет замялся.

— Ну… как он выглядит, наверное.

— Примерно вот такого размера, — Джорджи руками изобразила прямоугольник такого же формата, как книга в мягкой обложке. — Тоненький, вот такой. — Она показала большим и указательным пальцем толщину сантиметра в два. — Вообще-то ты мог его видеть в день приезда, когда разбился фла-кончик с духами, а ты мне помогал собирать вещи.

— В нём есть что-то особенное? — аккуратно по-интересовался Негрет.

— Ну, понятное дело, что для меня это особенная вещь, — ответила Джорджи. — В нём куча всяких записей, я не хотела бы их потерять. Но если ты спросишь, мог ли кому-то другому он показаться осо-бенным... Я скажу, почему бы нет... — пробормотала она. — Это вряд ли теперь имеет значение...

Она немного помолчала.

— О чём речь-то? — потребовала ответа Сирин.

Джорджи смиренно вздохнула.

— Мои заметки касались этого дома, — сказала она. — И ещё одного человека, который, как я ду-мала, возможно, с этим домом связан.

— Ха! — вырвалось у Сирин.

Негрет разинул рот.

— Вы шутите!

— Нет. Более того... — проговорила Джорджи, поднимаясь с места, когда Пайны и миссис Гере-вард, осмотрев комнату старой леди, спустились на первый этаж, — боюсь, я так и не догадалась, какая же между ними связь.

— Джорджи! — окликнула миссис Пайн, — мо-жем попытать удачу в вашем номере?

— Почему бы нет. — Судя по голосу, Джорджи на удачу особенно не надеялась.

Да и Негрет не думал, что им повезёт. Выражение лица миссис Гервард ясно говорило о том, что сумочка для рукоделия чудесным образом не появилась.

— Идите вперёд, — сказала миссис Пайн мужу и Джорджи, а сама направилась в кухню. — Я только налью миссис Гервард свежего чаю. Догоню вас.

— Что ж, — прошептал Негрет, когда все взрослые вышли из гостиной, — это очень интересно. Пропавший блокнот Джорджи тоже связан с домом. Совсем как сумочка миссис Гервард.

— Я всё ещё до конца не уверена, что её история как-то связана и с этой сумочкой, и с домом, — пробормотала Сирин. — Но буду рада передумать. И вот он — твой шанс!

Они подождали, пока не услышали свист чайника на кухне, потом подождали ещё немного, пока шаги миссис Пайн не затихли наверху. Тогда Негрет и Сирин неслышно подошли к миссис Гервард, присевшей у стола в столовой.

Пожилая дама трясущейся рукой размешивала сахар в синей чашке из тонкого фарфора. Мама Майло почти никогда не доставала эти чашки. Они были старинными и хрупкими и некогда принадлежали её бабушке, поэтому обычно миссис Пайн наливала в них чай, по её словам, для поднятия настроения, а если кому и требовалось сейчас поднять настроение, так это миссис Геревард.

Негрет скользнул на скамейку напротив старой леди.

— Миссис Геревард.

Она вздрогнула, чуть было не опрокинув чашку.

— Ой, Майло, это ты!

— Простите, что напугал вас. Я так понимаю, сумочка не нашлась?

Она покачала головой:

— Боюсь, вор её не вернул.

— Ммм… кстати, об этом… — Негрет подался вперёд и жестом пригласил последовать его примеру. Миссис Геревард с сомнением посмотрела на Майло, но через мгновение тоже наклонилась, чтобы они могли перешёптываться. — Мы… то есть я большой мастер отыскивать вещи. Думаю, я мог бы поискать в доме, вдруг я найду вашу сумочку?

— Почему ты так думаешь? — спросила шёпотом миссис Геревард.

— Ну, вор же не дурак прятать украденное в своей комнате, да? Рано или поздно кто-то предложит обыскать комнаты, а значит, лучше всего спрятать вещи где-то в другом месте, а я готов поспорить, что знаю все самые надёжные тайники.

Лицо миссис Геревард озарилось слабой надеждой.

— Майло, я была бы очень благодарна тебе за поиски. Думаю, в этом нет ничего плохого. В конце концов, это ведь твой дом.

— Именно! — Негрет нахмурился. — Пропала... то есть украли сумочку для рукоделия, правильно? Мне интересно, зачем её кому-то брать? Она действительно ценная, старинная или что-нибудь такое?

— Ну... да... думаю, она очень старая. Может, кто-то решил, раз это старая вещь, то стоит денег. — Доводы казались убедительными, но отвечала она как-то уклончиво.

Настал черёд опробовать свои умения. *Всесильные уговоры...* Негрет снова дотронулся до ключей в кармане для храбрости.

— Вчера вечером, когда вы приносили сумочку вниз, я её заметил. Разглядел, что рисунок на ней напоминал наш дом. Можете мне рассказать об этой сумочке? Любые подробности помогут.

— Каким образом рассказ о сумочке поможет тебе найти её, если ты просто собираешься обыскать все тайники?

— Не знаю, — признался Негрет, — но когда что-то ищешь, чем больше знаешь об этой вещи, тем легче её найти.

Миссис Геревард поджала губы, а потом улыбнулась.

— Веский аргумент, юноша. — Она подняла чашку. — И нельзя не принять во внимание тот факт, что у меня лично плохо получается искать. Может, потому, что я совсем немного знаю об этом доме?

Сирин, которая умудрилась заползти под стол и оттуда подслушивать, стукнула Негрета по коленке. Они сдвинулись с мёртвой точки.

Миссис Геревард потягивала чай небольшими глотками. Она погрузилась в размышления. Негрет огляделся. Лиззи на кухне что-то пекла, и от выпечки по всему дому разносились аппетитные ароматы мускатного ореха, гвоздики, корицы и ванили. Лиззи так шумела посудой, что если говорить тихо, то можно было не бояться, что она услышит. Доктор Гауэрвайн всё ещё курил на крыльце. Клем бегала по лестнице. Короче говоря, в их распоряжении был почти весь первый этаж. По крайней мере, пока.

— Я унаследовала эту сумочку, — наконец сказала миссис Геревард очень-очень тихо, — от своей матери, а та — от своей бабушки, а бабушка — от своей бабушки. Моя прапрапрабабушка была дочерью той женщины, для которой и построили этот дом.

Негрет моргнул.

— То есть этот дом когда-то построили для кого-то из вашей семьи?

Она грустно улыбнулась.

— Да, но ни та леди, ни кто-то из её потомков никогда здесь подолгу не жили. В семье произошла трагедия. А сумочку — раньше такую форму называли «кисетом» — сшили для девочки, которая должна была в этом доме жить, — ещё до того, как стало ясно, что этому не суждено сбыться. Но девочка сохранила сумочку и пользовалась ею, а потом, уже намного позже, передала своим потомкам.

— Вы решили остановиться здесь потому, что имеете отношение к этому дому? — Абсолютно понятно. Майло с радостью отправился бы посмотреть на дом, если бы мог таким образом узнать о своей настоящей семье, пусть даже это было сто лет назад.

— И да... и нет. — Миссис Геревард обхватила руками чашку и задумчиво постучала кольцом по синей фарфоровой стенке, а потом вздохнула. — Может, тебе это покажется смешным, но перед тем, как девочка и её родные покинули дом, на пороге появился бродячий торговец, и девочка получила одну из реликвий Джулиана-пилигрима.

— А что такое «реликвия»? — спросил Негрет. Он слышал это слово раньше, но не помнил толком, что оно значит. — Это какая-то религиозная штука?

— Ценная вещь, принадлежащая человеку, которого почитают как святого, — подсказала Сирин из-под стола. — Обычно это атрибут власти.

— Да, иногда, — согласилась миссис Геревард. — Реликвия — это остаток, след чего-то, напоминающий о том, чем этот предмет когда-то был. Вот почему предметы религиозного культа называют реликвиями. Они напоминают о святых и мучениках. Но реликвией может быть что угодно.

Негрет вспомнил тот отрывок в «Записках», где рассказывалось о сироте по имени Нелл, которая на берегу реки вызвала таинственного незнакомца, и тот помог справиться с наводнением: *Есть магические ритуалы, которые называются сиротской магией… Меня могла призвать единственная кость, но чтобы волшебство сработало, её требовалось отделить от остальных. Пока она была соединена с остальными, то обладала скрытой мощью, но когда её разлучили с остальными, её мощь сделалась явной».*

«Может, — подумал Негрет, — когда тот тип говорил о сиротской магии, он говорил о какой-то реликвии?»

— То есть вы не просто думаете, что Джулиан-пилигрим на самом деле существовал и все желания загадывал по-настоящему, но и что один из его чудесных даров может быть спрятан в доме? — Стоило произнести эти слова, как Негрет понял, что в той истории священной была не только кость, но и девочка, которая бросила кость в воду.

«Могу ли и я быть чем-то вроде реликвии? — подумалось ему. — Может, и во мне есть какая-то священная сила?»

— Полагаю, это звучит немного странно, — признала миссис Геревард. Её лицо снова порозовело. — Но… именно так. Наверное, ты считаешь меня просто глупой старухой, но я решила, что взглянуть на реликвию Джулиана — это настоящее приключение. И вот я здесь.

Она замолчала, когда на лестнице появилась Клем. Девушка спустилась до самого низа, а потом бесшумно развернулась и побежала наверх. «Интересно, как ей удаётся оставаться такой бесшумной даже во время бега?» — задумался Негрет.

— Что ещё глупее, — продолжила миссис Геревард, когда Клем снова скрылась из виду, — у меня нет никаких зацепок, кроме истории и сумочки, да и сумочка на самом деле никаких тайн не открывала. Но это единственная вещь, которую я унаследовала от моих предков и которая связывала их с этим домом, а теперь и она исчезла.

К удивлению Негрета, её слова вовсе не показались ему глупыми. Они звучали так, будто, несмотря на их огромную разницу в возрасте, миссис Геревард с её взрывным характером и бесконечными чаепитиями была его родственной душой. Они оба любят приключения и оба хотят найти следы своих родственников. Просто миссис Геревард набрала слишком много отрицательных очков в «игре».

— Нет, мне это не кажется глупым. Так что же вы ищете? Его ботинки?

— Его нож, — сказала миссис Геревард с некоторым облегчением. — Я сама толком не знаю. Мне всегда казалось, что девочка, заполучившая у торговца реликвию, решила бы, что нож — самая практичная покупка. Она выросла на корабле, который бороздил моря во время войны тысяча восемьсот двенадцатого года. Матросы не всегда носят ботинки, зато им постоянно нужен хороший нож. — Она подняла голову с надеждой. — Ты мог видеть здесь что-то такое?

— Да нет вроде. Но я ведь ничего такого и не искал.

Пожилая дама улыбнулась. Она протянула руку и похлопала Негрета по ладони.

— Ты прав. Если удастся найти мою сумочку, я буду бесконечно благодарна. Я ценю даже то, что ты просто попробуешь поискать.

— Не возражаешь, если мы добавим этот пункт к нашей игре? — спросил Негрет, когда они с Сирин поднимались наверх. — Я про поиск пропавших вещей.

— Конечно, нет! — ответила Сирин. — Иногда в игре ты получаешь награды или находишь маленькие клады, которые могут привести к целым сокровищам. В «Странных следах» они называются «лакомыми кусочками». — Негрет и Сирин задержались на площадке второго этажа. — Комнаты мистера Винджа и миссис Геревард — на третьем этаже, а номер Джорджи Мозель — на четвёртом. Что скажешь, если мы в первую очередь осмотрим эти этажи?

— Разумеется. Знаешь, что интересно? — размышлял вслух Негрет. — Девочка, которая как будто бы купила ту реликвию, выросла на корабле. Это даёт нам две зацепки, связанные с морем: девочка, которой принадлежала та сумка для рукоделия, и пропавшая карта.

— Карта тоже выглядела ужасно старой, — добавила Сирин. — Ты думаешь, она примерно того же времени, что и сумочка?

— Ну, миссис Геревард и словом не обмолвилась о карте, но у меня такое чувство, что если бы карта принадлежала ей, она бы сказала нам. Думаю, она ничего от нас не утаила, тебе не кажется?

— Да.

— Итак, ворота на сумочке и ворота на водяном знаке. А ещё ворота на окнах. — Негрет, задумавшись, остановился на площадке и посмотрел на витраж из оттенков зелёного цвета, в рисунок которого были вплетены кованые ворота. — Где-то здесь должны быть такие же ворота. Иначе нет смысла, все эти вещи связаны с нашим домом и воротами.

— Ну, или такие ворота были, — заметила Сирин. — Если дом построен ещё во времена войны тысяча восемьсот двенадцатого года, значит, они могли существовать целых два с половиной столетия, а потом их могли убрать.

Они оба подняли головы, когда из-за угла пролётом выше вывернула Клем.

— Как вы так тихо бегаете? — удивился Негрет. — Можете и меня научить?

Клем остановилась, широко улыбнувшись и почти не сбившись с дыхания, и подскакивала на месте.

— Долгие годы тренировки, мой юный ученик. А что это мы тут делаем? Я видела, как кое-кто спускался с Её Королевским Величеством. И как же удалось от неё отделаться?

— Она не такая плохая, — ответил Негрет. — И мне её жаль. У неё пропала сумочка, что-то типа... как это правильно называется?

— Фамильной ценности? — предположила Клем. — Да уж, неприятно. Ты думаешь, что кто-то её украл?

— Вот вы мне и скажите, — ответил Негрет. — Это ведь вы у нас воровка.

Предполагалось, что это шутка, но ноги Клем вдруг замерли, а лицо стало сосредоточенным.

— Я не уверена, — сказала она совершенно серьёзно. — Если это был не кто-то из них троих... Да, я бы сказала, что это кража, если бы не пропали сразу три вещи.

— Вы считаете, что если пропали сразу три вещи, то это не кража?! А я думал, что как раз наоборот.

Клем наморщила лоб.

— Скорее, дело в том, кого именно ограбили, а не в том, сколько пострадавших. Честно говоря, в основном из-за блокнота Джорджи я думаю, что это не обычная кража.

— Почему? Потому что антикварную сумочку есть смысл красть, но кому может понадобиться простенький потрёпанный блокнот?

Клем таинственно улыбнулась.

— Ну, блокнот Джорджи вовсе не был потрёпанным, но в целом именно так.

— То есть, по-вашему, её блокнот представляет ценность? Но если так, может, его *стоило* украсть?!

— Я уверена, что он представляет ценность и его стоило бы украсть человеку, который знает, для чего он может пригодиться. Но проблема в том, что единственный человек, кроме самой Синевласки, который мог бы воспользоваться пропавшим блокнотом... это я.

Негрет разинул рот. Клем посмотрела на него и улыбнулась ещё шире.

— С радостью признаюсь в этом, — беспечно сообщила она. — Но дело в том, что я его не брала. Поэтому исчезновение блокнота лишено смысла.

Она снова кивнула, побежала вниз и скрылась за поворотом лестницы.

Глава седьмая

Ловкий жулик

Они стояли на третьем этаже под окном, светившимся мягкими приглушёнными оттенками зелёного. Открыта была лишь дверь в конце коридора по правую руку — номер «3W», единственная пустующая комната на этаже.

— С неё и начнём, — предложил Негрет.

— Но туда может войти кто угодно. Не слишком-то надёжно там что-то прятать.

— Может, вор и рассчитывал на то, что комната мало кому покажется подходящим местом для тайника, — возразил Негрет. — И говори потише.

Как и за день до этого наверху, Негрет осмотрел коридор свежим взглядом. Оловянный потолок разделён на секции тёмно-коричневыми балками. Обои старые, хотя на этом этаже на них тиснёный рисунок с нефритовыми завитками в тон самым тёмным краскам витража. Три бра на стене с каждой стороны, а в дальнем конце коридора — полукруглый столик, на котором стоит горшок с белым молочаем.

«Всегда проверяй, нет ли ловушек», — напомнил себе Негрет. Может, настоящих ловушек тут и не будет, но всегда есть верятность, что кто-то заметит их с Сирин и начнёт задавать вопросы. Он остановился и прислушался.

Все обитатели этого этажа по-прежнему внизу, зато Клем на пути наверх. Лучше скрыться из виду, пока она снова не пробежала мимо по лестнице.

Негрет устремился по коридору, а за ним и Сирин. Он не переставал скользить взглядом по стенам, полу, трём закрытым дверям. Мелочи, знакомые Майло до такой степени, что стали невидимыми, могли оказаться ключом к разгадке тайны для прохвоста Негрета. Мысленно он составил список того, что видел по пути к номеру «3W»: в один из плафонов нужно было вставить новую лампочку и, как и на других этажах, старые обои пора было заново подклеить. Здесь тоже в дальнем конце располагался старинный опечатанный кухонный лифт. Негрет задумался о том, не мог ли кто-то спрятать что-нибудь внутри, но закрашенная дверь выглядела как обычно. Никто не заходил в этот кухонный лифт уже очень-очень давно.

Рядом с дверцей лифта стоял столик. Аккуратно раздвинув листья молочая, Негрет увидел, что цветок недавно поливали. Должно быть, миссис Пайн утром уже прошлась по этажам с лейкой. Негрет поморщился от сладковато-пряного запаха, которым обдал его цветок, а потом заглянул под столик, не прикрепил ли вор добычу к внутренней стороне скотчем. Увы.

— Я слышу Клем, — прошептала Сирин.

Негрет кивнул, и они нырнули в пустую комнату.

Слева стояла полка для багажа. В комнате была двуспальная кровать, в изножье которой лежало свёрнутое одеяло в сине-зелёную полоску, а рядом стояли небольшой письменный стол, стул и низкий комод с шестью ящиками. Из окна открывался вид на поросший лесом холм, и сквозь пелену снега — он что, пошёл ещё сильнее? — Негрет различал очертания приземистых старых хозяйственных построек, рассредоточенных на участке вокруг дома.

— Везде порядок? — поинтересовалась Сирин.

— Да, насколько я вижу.

Он заглянул под кровать, но не обнаружил ничего, кроме пары клубков пыли, похлопал по простыням, подушкам и сложенному одеялу. Ничего. В комоде и в столе тоже. Они отодвинули комод от стола, выдвинули ящики целиком и заглянули внутрь комода. Пусто.

Негрет даже подсадил Сирин, чтобы осмотреть светильники поближе. Ни-че-го.

В ванной, похоже, тоже секретов не было. Негрет испытывал лёгкое разочарование, когда аккуратно складывал полотенца после бесплодных попыток найти под ними хоть что-нибудь. Здесь особо и не было места что-то прятать. В туалете нет бачка. Шкафчик для лекарств пуст, единственные бросающиеся в глаза предметы — бутылочка шампуня и мыло на полке.

— Что теперь? — спросила Сирин, прислонившись к раковине с засученными рукавами плаща.

— Я не знаю. — Негрет присел на край ванны и поправил складку на узорчатой бумаге, в которую был завёрнут кусок мыла. — Следующий этаж? Там три пустые комнаты… — Он замолчал на полуслове и посмотрел на кусок мыла, который только что держал в руках. Оно не было использовано. Упаковка должна была быть заклеена наглухо. Майло помогал разносить мыло и шампуни по номерам довольно часто, поэтому знал, что мыло такой марки доставлялось в заклеенной упаковке, но именно эта была открыта.

Он поднял мыло и тут же почувствовал: что-то тут не так. Вес! Негрет перевернул мыло и аккуратно снял обёртку. Кусок мыла вывалился ему в руки, и сердце тут же учащённо забилось. Тоненькая линия тянулась вдоль его бока. Шов.

Негрет нащупал в кармане связку ключей. «Помни, — услышал он голос своего воображаемого отца, опытного старого верхолаза, — не только закрытые двери скрывают сокровища».

Плоский диск на связке с ключами оказался достаточно тонким, чтобы вставить его в шов. Лёгкое нажатие — и кусок мыла в руке раскрылся, словно раковина, на две половины.

Внутри мыло было выдолблено, а в полости лежали золотые карманные часы.

— Ух ты! — восхитилась Сирин. — Ты крут!

«Ловкий жулик, — ликовал Негрет, — может украсть любой предмет, который находится под замком, что открывается ключом или комбинацией ключей, ну или хранится в туалетных принадлежностях в отеле».

— Ух ты! — эхом повторил Негрет.

Вору повезло, что миссис Пайн не жалела мыла нормального размера, вместо крошечных кусочков, как в большинстве отелей, поскольку часы были не маленькие, размером почти с его ладонь, на цепочке, а цепочка заканчивалась перемычкой, которую нужно продевать в петлю. Негрет нажал на кнопочку, и часы открылись. На внутренней стороне крышки была выгравирована надпись:

«*Д. К. В. с уважением и благодарностью за отлично выполненную работу от Д. & М.*».

— «Д. К. В.», наверное, значит «Де Кари Виндж», — сказал Негрет. — Что ж, никаких сомнений. Это часы мистера Винджа.

Они несколько минут глазели на находку.

— И... что мы будем делать? — спросила Сирин. — Нужно вернуть их обратно?

В голове Негрета мысли так и кружились.

— В конце концов — да. Но не сейчас. Если вор узнает, что мы нашли одну из украденных вещей, то перепрячет остальные.

— Хочешь оставить часы здесь? Чтобы он ничего не заподозрил? Ну, или она.

— Нет, поскольку так он сможет в любой момент переложить часы в другое место. — Негрет поднёс мыло к раковине, чуть-чуть приоткрыл кран, смочил края половинок и снова склеил их. Затем аккуратно завернул пустое мыло и положил туда, где обнаружил.

— Но он поймёт, что мы его раскусили, как только возьмёт мыло, — заметила Сирин.

— Да, но готов поспорить, он его трогать не будет. Пока что, во всяком случае. Он скорее заглянет проверить, там ли мыло, где он его оставил, но не захочет, чтобы кто-то увидел, как он шастает по чужим номерам. Это вызовет подозрения.

— Что же мы будем делать с этими часами? Нельзя, чтобы нас с ними поймали. Решат, что мы их взяли.

— Мои родители никогда так бы не подумали, — хмыкнул он, но в словах Сирин была своя правда. Родители, может, и не подумали бы, а вот остальные гости очень даже могут. Нужно спрятать их в каком-нибудь надёжном месте, пока они с Сирин не решат, как вернуть их владельцу.

— Я придумала! — Сирин щёлкнула пальцами. — Нужно отнести часы в Эмпориум. Давай. — Она протянула руку. — Я понесу. На случай, если нас застукают.

Негрет широко улыбнулся.

— Потому что ты невидимая?

— Разумеется, — ответила она, сунув часы в карман Плаща Золотой Неразличимости.

Затем они осторожно прошли обратно по пустому номеру и замерли перед дверью, прислушиваясь. Тишина. Негрет выглянул наружу и убедился, что коридор пуст.

— Пошли!

Двое искателей приключений добрались до чердака без неожиданностей, никого не встретив. Негрет отпер дверь, задержался на входе, проверяя, нет ли ловушек, а потом вдруг застыл как вкопанный.

— Ещё одна паутина? — спросила Сирин, выглядывая из-за его плеча, а потом и сама увидела это. — Ой, мамочки. Ты думаешь о том же самом, что и я?

Большая, хитроумная паучья сеть, за которую он чуть было не зацепился накануне, превратилась в пыльные лохмотья, которые легонько покачивались в холодном воздухе.

— Да, — мрачно кивнул он. — Кто-то побывал в Эмпориуме. — Он быстро сделал шаг назад. — А что, если они всё ещё тут?

Сирин фыркнула.

— Если и так, то они уже знают, что мы здесь, и им будет очень стыдно, когда их застукают. — Она крикнула в открытую дверь: — Эй, вы, слышите, проныры?! Лучше придумать оправдания прямо сейчас!

Разумеется, ответа не последовало.

— Ну, идём или нет? — спросила Сирин.

Негрет судорожно сглотнул.

— Да, идём.

Он осторожно переступил через порог и ощупью нашёл шнур выключателя. Лампочка ожила. Но казалось, что следующий выключатель на этот раз ещё дальше. Сирин подтолкнула его:

— Я прямо за твоей спиной.

— Ладно, ладно. — Он сделал глубокий вдох и заставил себя подойти ко второму шнуру, а потом к третьему. Как ни странно, никто не выскочил из темноты. — Может, это мама или папа, — сказал он, зажигая последнюю лампочку. — Это было бы самое простое объяснение.

— Нет, — буркнула Сирин. — Твои мама с папой всё утро искали вместе с гостями пропавшие вещи. Вряд ли у них нашлось бы время для прогулок на чердак.

— Ну, кто бы это ни был, он уже ушёл.

Сирин достала из кармана часы.

— Давай я поищу, куда бы на время спрятать это сокровище, а ты пока осмотришься, вдруг увидишь, что что-то не на своём месте?

— Ага, вот так прямо я и увижу, — проворчал Негрет.

— Мы совсем недавно здесь были, — возразила Сирин. — И хорошенько осмотрели чердак. Может, тебе повезёт, и ты что-нибудь заметишь.

— Ну да.

Негрет оглянулся и попытался решить, откуда начать искать то, что, по мнению Сирин, он может заметить. Затем вспомнил про карту, которую нарисовал в прошлый раз, и вытащил её из рюкзака. Вот вешалки с одеждой, ящики со старыми игрушками, коробки завёрнутых в тряпки бутылок, громадная стопка пыльной парусины, на которую они с Сирин садились, чтобы изучить трофеи, — всё было так, как они и зарисовал на разлинованной бумаге. Старая дверь прислонена к стене, а коробки с Самоцветами Всевластия наполовину скрыты за механизмом кухонного лифта…

Негрет остановился, повернулся на одной ноге и шагнул в островок света от четвёртой лампочки. Что-то…

Сирин подскочила к нему.

— Что?

— Тсс! — Он уставился на карту, а потом снова поднял голову.

— Куда ты…

— Тихо! — Он поднял руку, призывая к тишине, а Сирин закрыла рот, скрестила руки на груди и сделала шаг назад. — Что-то… но я не понимаю, что именно.

— Супер. — Сирин подошла к стопке парусины, вскарабкалась на неё и села, обняв колени.

И тут Негрет понял, что изменилось.

— Вот! — воскликнул он. — Слезай!

Он согнал Сирин с места и начал обыскивать слои ткани. Вчера парусина была свёрнута так, что когда они сидели сверху, то обоим хватало места, вдобавок Негрет ещё и свой рюкзак поставил между ними. А теперь место было лишь для одного!

Парусина была тяжёлая и ужасно пыльная, но с помощью Сирин Негрету удалось развернуть огромные складки, пока стопка не превратилась в грязное парусиновое озеро. А посреди волн этого озера плавал комок непонятной формы, засунутый между последними двумя слоями ткани. Негрет полз между этими слоями, кашляя и снимая паутину с носа, пока не добрался до комка, а потом ещё выкарабкивался задом наперёд в полумрак Эмпориума с находкой в руке.

— Поверить не могу! — ахнула Сирин, когда он вылез.

— Я тоже!

Они оба уставились на сумочку для рукоделия, на которой было вышито изображение «Дома из зелёного стекла» в окружении синевато-зелёных сосен. Негрет перевернул сумочку — там были ворота. Совершенно точно те же самые ворота, что на водяном знаке и на витражах, вот только с одним маленьким отличием. У ворот на сумочке была одна деталь, которая отсутствовала у других изображений, — небольшой узелок бронзово-золотистых ниток, подвешенный с одной стороны. Фонарь.

— Я хочу вернуть сумочку миссис Геревард, — заявил Негрет. — Не хочу заставлять её ждать.

— Тогда нужно найти и блокнот Джорджи. И подозреваю, раз первые две пропажи нашлись в разных местах, то блокнот, скорее всего, в каком-то ещё третьем месте.

— Ага. — Негрет пнул край парусиновой кучи. — Помоги мне сложить обратно в стопку.

— А где ты хочешь спрятать сумочку, пока мы не нашли блокнот? — спросила Сирин.

— У меня появилась отличная идея.

Они, изрядно попыхтев, вернули парусину на место и отряхнули руки. Негрет взял сумочку.

— Кстати, куда ты положила часы?

— Закопала в одну из коробок с Самоцветами Всевластия.

— Доставай! Я придумал место получше.

Идея пришла в голову Негрету, пока они с Сирин пытались сложить тяжёлую парусину обратно в аккуратную стопку, и это напомнило о другом занятии, которое ему предстояло рано или поздно сделать, что бы ни происходило в доме. Так он придумал отличный, просто идеальный тайник.

— Нам нужно для начала кое-что забрать с нашего этажа.

А ещё предстояло найти блокнот, который мог быть где угодно.

Когда они покинули Эмпориум, то Негрет, запирая дверь, начал мысленно составлять список мест, которые стоило обыскать дальше.

Пустые комнаты на четвёртом и пятом этажах, подвал, кроме того, стоит заглянуть под все ковры в доме...

Но не успел он шагнуть вниз по лестнице, как Сирин схватила его за руку и одними губами прошептала: «Стой!»

В коридоре этажом ниже кто-то перешёптывался. Негрет и Сирин на цыпочках подкрались туда, где лестница делала поворот, и затаились, подслушивая.

— Не глупи, — шептал голос Джорджи, — я знаю, что это не ты, иначе, не сомневаюсь, я бы даже не узнала, что блокнот вообще пропадал, поскольку ты вернула бы его раньше, чем я успела бы заметить исчезновение.

— Сущая правда. — Это была Клем.

— Мне нужна твоя помощь. — Судя по голосу, Джорджи не хотелось обращаться к Клем с просьбой, ей это было неприятно. — Нужно вернуть мой блокнот.

— Почему, чёрт возьми, ты не спрятала его получше?

— Потому что я думала, что единственный человек, от которого я прячу блокнот, — это ты, гений, ведь от тебя ничего особенно не спрячешь, да ещё в таком замкнутом пространстве, — теперь в голосе Джорджи звучала злость. — Кроме того, ты бы его не забрала.

Клем хихикнула.

— Ну, спасибо, что ли.

— Если ты поможешь мне его найти, — со вздохом сказала Джорджи, — я поделюсь с тобой тем, что записано.

Повисла пауза.

— Нет, тебе придётся рассказать о том, чего в блокноте нет.

Джорджи рассмеялась, но смех вышел невесёлым. Это была капитуляция.

— Разумеется. Стоило бы догадаться, что ты уже изучила мой блокнот.

— Ну? Знаешь ты ещё что-то помимо того, что в блокноте, Синевласка?

— Разумеется!

Негрет, присевший на лестнице, наморщил нос. Здесь появился запах, которого раньше не было, резкий и в то же время сладкий.

— Хорошо… И что же это? — Раздался щелчок пальцами. — Знаю. Твоя маленькая придумка с камерой. — Пауза. — Точно. Я хочу именно это. Пообещай, что ты покажешь мне фотографию, которую сделаешь, когда проявишь. Но только настоящую, а не всякую ерунду, которую собираешься показать парнишке.

— Это всего лишь… шутка! Мальчик вроде бы заинтересовался. Вот и всё. Это не имеет отношения к Оуэну.

Оуэн?

— Враки, Синевласка! Ты никогда ничего не делаешь в шутку. Я хочу увидеть снимок. И без фокусов.

Снова пауза, а потом опять какой-то звук. То ли фырканье, то ли вздох.

— Хорошо.

— И раз уж мы так мило беседуем, не ты ли, случаем, побывала в моей комнате? — требовательно спросила Клем.

Негрет ткнул локтем Сирин: она знает?

— Разумеется, нет. Я не настолько глупа. Я правильно оцениваю свои возможности.

— Я решила, что это ты, поскольку в комнате ничего не тронули, насколько я могу судить. Кто бы это ни был, он как раз таки правильно оценивал свои возможности.

— Но это не я, Клем. Слушай, так мы заключаем сделку или нет?

— Да. Я дам знать, когда появятся новости. Скажи, ты что, купалась в духах?

— Мальчик разбил пузырёк у меня в сумке. Это единственный свитер, который у меня с собой. Его нужно отдавать в химчистку, так что миссис Пайн не может просто постирать, а сегодня ужасно холодно. Итак, по рукам?

Духи. Духи Джорджи из разбитой бутылочки, вот чем пахло на лестнице.

— Боже мой, я тебе одолжу один из моих свитеров! Подожди тут.

Пока Клем бегала к себе в комнату, чтобы принести Джорджи не столь ароматный свитер, в голове Негрета мысли так и закрутились. Сирин одними губами спросила: «Что?» Негрет покачал головой. Это как-то связано с духами...

Клем вернулась, Джорджи поблагодарила её, а Клем сказала, дескать, жулик с жуликом свитером поделится. Странно, но совсем не так интересно, как навязчивая мысль о духах, занимавшая в тот момент Негрета. Когда гостьи двинулись вниз по лестнице, кусочки головоломки внезапно сложились.

Он схватил Сирин за жёлтый рукав.

— Пошли! Я знаю, где блокнот!

Негрет потрусил вниз по ступенькам, а Сирин буквально наступала ему на пятки, даже не пытаясь в этот раз вести себя тихо. В конце концов, это не имело значения. Сумочка для рукоделия и часы в рюкзаке, так что вору уже нечего перепрятывать, даже если он (или она) их заметит.

— Извините! — весело сказал Негрет, пробегая мимо Джорджи, которая как раз добралась до своего этажа.

— Ты не хочешь ей сказать? — прошептала Сирин, пока они спускались на третий этаж.

— Не сейчас, — прошептал в ответ Негрет.

— Может, хоть мне скажешь?

— Не скажу, а покажу.

Он остановился на площадке третьего этажа, а потом бросился в конец коридора, схватил белый молочай в зелёном керамическом горшке и прокрался обратно, чтобы преодолеть ещё один пролёт так быстро, как только мог. Затем они с Сирин поспешили в комнату Майло.

— Возьми мусорное ведро, — велел он, как только дверь плотно закрылась за ними. Затем, держа горшок над ведром, Негрет аккуратно потянул цветок за стебель и вытащил его. Влажная почва пару мгновений сохраняла форму горшка, а потом осыпалась с корней в мусорное ведро, а вместе с землёй туда упало и ещё что-то, завёрнутое в пластиковый пакет.

Сирин взяла пакет и осторожно открыла его. Когда она вытащила маленький, залитый духами блокнот с кучей вложенных в него листков бумаги, по комнате растёкся пряно-сладкий аромат, который Негрет учуял от молочая, а потом на лестнице около чердака.

— Стоило вспомнить об этом пораньше. — Негрет гордо улыбнулся. — Молочай же на самом деле не пахнет!

Они сели на кровать, разложив на одеяле три найденных предмета: сладко пахнувший блокнот Джорджи, золотые часы мистера Винджа и вышитую сумочку для рукоделия миссис Геревард.

— И что теперь? — спросила Сирин. — Можно просто вернуть всё обратно?

— Не уверен. — Негрет взял блокнот и попытался задержать дыхание, пока говорил, чтобы не вдыхать ещё больше духов. — Я по-прежнему боюсь, что, если мы так поступим, решат, что вещи взяли мы. Если бы мы нашли что-то одно, другое дело. Но все три? Думаю, придётся немного схитрить.

Он приподнял обложку блокнота.

— Плохо, если я взгляну?

— Взглянешь?

— Полистаю блокнот — посмотреть, что там такое, раз все так хотят его украсть.

Сирин просияла.

— Ты шутишь? Если ты не заглянешь внутрь, то я сама это сделаю! Особенно после того, что Джорджи и Клем наговорили наверху.

— Просто... — Негрет замялся. — Это всё равно что читать чужой дневник или что-то вроде того.

— Ну-ка дай! — Сирин выхватила блокнот у него из рук и открыла, потом нахмурилась, перелистнула пару страниц и нахмурилась ещё сильнее. — Чёрт!

— Что такое?

Она раздражённо хмыкнула и бросила ему блокнот. Негрет неуклюже поймал его и открыл на первой странице. Вся она была испещрена строчками непонятных слов. Он перевернул другую страницу, потом третью. Сплошные стрелки, квадратики, что-то перечёркнуто, обведено в кружок или подчёркнуто, но ни одного слова ни на единой странице не было написано по-английски.

— Что это, чёрт побери, за язык?!

— Я не думаю, что это вообще язык, Негрет, — подруга-дух одарила его многозначительным взглядом. — Помнишь, она сказала, что прятала бы блокнот от кого угодно, но не от Клем, поэтому не особо волновалась. Она понимала, что блокнот могут найти, но не хотела, чтобы кто-то понял записи. Готова поклясться, что это шифр.

— Целый блокнот зашифрован? — Негрет уронил блокнот на постель и уставился на Сирин. — Господи, что со всеми этими людьми?

— Я не знаю. Может, пора подытожить всё, что мы узнали о них? Есть на чём писать?

— Блокнот на пружинке, который мы прихватили из Эмпориума, в рюкзаке. На полу у стола. Там же должна быть и ручка.

Сирин соскользнула с кровати, порылась в рюкзаке и вернулась с блокнотом и ручкой.

— Давай идти в том порядке, в котором они появлялись здесь, — предложила она, расписывая старую шариковую ручку. — Первым был мистер Виндж? — Она написала имя в верхней части страницы. — Что нам известно?

— Носит странные носки, — сказал Негрет. — Много читает, но я не заметил, что именно. — Он снова открыл крышку часов. — Внеси и эту надпись:

«Д. К. В. с уважением и благодарностью за отлично выполненную работу от Д. & М.».

— Что ещё? — Сирин постучала ручкой по подбородку.

Негрет откинулся на изголовье кровати и посмотрел на потолок. — Больше ничего в голову не приходит.

— Вернёмся к нему позже. — Сирин перелистнула страницу. — Кто дальше?

— Джорджи Мозель. Клем называет её Синевлаской. Они определённо друг друга знали до приезда сюда. Не похожи на подружек, но довольно мило общаются. — Тут Негрет кое-что припомнил: — Джорджи сказала одну интересную вещь. Когда Клем заявила, что хочет увидеть снимок, сделанный камерой из сигарной коробки, то Джорджи ответила, что это не имеет отношения к Оуэну. Кто такой Оуэн? Может, они знакомы, поскольку обе знают этого Оэуна?

— Кстати, о камерах, — заметила Сирин, — Джорджи умеет делать камеры из обычных вещей, а Клем считает, что она сделает какой-то особый снимок и ещё один, чтобы показать тебе фальшивку.

— А ещё у неё целый блокнот зашифрованных записей. — Негрет снова взял блокнот. — Не хочешь переписать из него что-нибудь?

— Пожалуй. — Сирин скопировала несколько строк. — Что ещё?

— Она дала мне почитать книгу «Записки раконтёра». — Он припомнил события первого дня. — Сказала, что мне понравится начало.

— А что там?

— Начинается всё с того, что компания людей застряла на постоялом дворе, и один из гостей предлагает рассказывать истории. И тут... — Он замолчал и нахмурился. — Вот оттуда я и позаимствовал идею вчера вечером, но...

Сирин пристально посмотрела на него.

— Но что?

Теперь ему в голову пришла ещё одна мысль, которая казалась довольно неправдоподобной.

— Тебе не кажется, что Джорджи именно на это и надеялась, когда давала мне книгу? Что я попытаюсь уговорить всех рассказывать истории?

— Очень на то похоже, — кивнула Сирин. — Но я не знаю, настолько ли это странно, как всё остальное, что тут происходит. Ещё что-то?

Негрет покачал головой, а затем щёлкнул пальцами.

— Сегодня утром, когда мы болтали с ней на лестнице, она сказала...

— Точно! — просияла Сирин. — Когда ты спросил, что было в блокноте, она ответила, что делала пометки об этом доме...

— ...и о ком-то, кто связан с этим домом, — кивнул Негрет. — Речь про того Оуэна?

— Готова поспорить, да. Можешь спросить родителей, знают ли они какого-нибудь Оуэна?

— Конечно. — Негрет потёр лоб. — Ладно, пошли дальше. Следующие на очереди доктор Уилбер Гауэрвайн и миссис Эглантина Геревард. — Он улыбнулся, вспомнив, как эти двое втиснулись вместе в вагончик «Уилфорберского вихря». — Они приехали одновременно.

— Знаешь, — заметила Сирин, — если Джорджи права и Клем не крала эти три вещи, тогда действительно остаётся только доктор Гауэрвайн. И мы знаем, что он проник в комнату Клем.

— Я об этом думал, — признался Негрет, — но Клем сказала, что ничего не тронули, а значит, он, по-видимому, заходил туда не для того, чтобы что-то украсть. Была какая-то другая причина.

— Какая?

— Понятия не имею, — честно признался Негрет. — По правде сказать, даже непонятно, что о нём можно написать. Такое впечатление, что я знаю о нём меньше, чем об остальных.

— А он доктор чего?

— Не знаю.

— А ещё он часто выходит на крыльцо.

— Ну, он курит трубку. Думаю, это нам известно.

— Да, но я хотела сказать вот что: каким бы ни был предлог, он много времени проводит на крыльце один, — терпеливо сказала Сирин. — Наверное, стоит присмотреться. — Она перевернула страницу. — Миссис Геревард.

Вот тут информации побольше. Они записали всё, что вспомнили из истории, рассказанной пожилой леди накануне вечером, и то, что она поведала им утром.

— Её предки были мореплавателями. Может, она как-то связана с картой? — Негрет взял сумочку для рукоделия, посмотрел на вышивку, а затем пригляделся к маленькому фонарику рядом с воротами. — Ворота должны быть ключом к разгадке, — пробормотал он. — Они везде.

Сирин повернула сумочку другой стороной, той, где был вышит дом, а потом обратно.

— Непонятно, находятся ли ворота где-то здесь поблизости, или это просто картинка.

— Да, трудно сказать. — И тут Негрет заметил кое-что, чего не разглядел раньше, на вышивке с изображением дома. На двери был вышит узор из маленьких ровных стежков, которые выглядели как символы. Негрет сунул в руки Сирин сумку, а сам достал связку ключей из кармана и изучил маленький чеканный диск на кожаном кольце. С одной стороны диска было вытеснено изображение короны с крапинками голубой эмали, а с другой — четыре китайских иероглифа, которые в точности соответствовали вышитым значкам на двери.

— Что это значит? — взмолился Негрет. — С ума можно сойти!

— Миссис Геревард может знать, что это за символы, — сказала Сирин, похлопав его по плечу. — Мы просто спросим её, когда отдадим сумочку. Давай, сосредоточься! — Она взяла у него брелок и перерисовала значки на страницу блокнота, посвящённую миссис Геревард. — Кто дальше?

Негрет вздохнул.

— Клем. Клеменс О. Кэндлер. Быстрая, бесшумная. Пошутила, что она воровка. А ещё намекала, что Джорджи тоже воровка. — Он щёлкнул пальцами, припомнив ещё кое-что, что сказала Клем. — Я слишком сосредоточился на духа́х и чуть не упустил из виду. Когда она отдавала Джорджи свой свитер, то сказала, что жулик с жуликом всегда поделится. А я читал в «Странных следах» раздел «Ловкий жулик»! Это...

— ...умение украсть почти всё что угодно, — закончила за него Сирин, задумчиво кивая.

— Именно!

— Ну, это может означать, что они обе просто играли в «Странные следы», — заметила Сирин.

Негрет покачал головой.

— Но Клем призналась, что у неё были причины стащить блокнот, о чём Джорджи уже знала.

— Но даже Джорджи считала, что это не Клем.

— Ну, Джорджи заверила Клем, что не подозревает её. А может, это было всего лишь... как это называется... она нарочно ввела её в заблуждение? А это, как говорится в разделе «Прохвосты с Большой дороги», ещё один ключевой навык.

— Она вроде как давала Клем шанс вернуть блокнот и притвориться, что это не она его взяла? — Сирин снова задумчиво покивала. — Может, и так. Но разве ты не поверил Клем, когда она сказала, что не брала блокнот?

Негрет поверил Клем, но не был уверен, что это что-то значит.

— Может, она так же искусно врёт, как и шныряет повсюду. Не думаю, можно ли так просто сбрасывать её со счетов.

— Справедливо. А что ещё мы о ней знаем?

Казалось, не так уж много. Они решили составить список других подсказок и вопросов, и вот что получилось:

- Навигационная карта, найденная на улице, нарисована на бумаге с водяным знаком в виде ворот.
- Карта украдена, а вместо неё положена фальшивка (бумага с таким же водяным знаком).
- Обрывок такой же бумаги нашёлся в Эмпориуме (фирма «Лаксмит»).
- Рисунок ворот есть на окнах.
- А ещё на сумочке для рукоделия миссис Г.
- Китайские иероглифы на сумочке миссис Г. совпадают с иероглифами на брелоке Негрета.
- Кто выронил карту?
- Это тот же человек, что украл все остальные вещи?
- Доктор Гауэрвайн — вор или же был в комнате Клем по какой-то иной причине?

Они уставились на список, пробежались ещё раз по своим записям, всё обсудили и поспорили, но никаких новых выводов так и не сделали. Оба согласились, что нужно будет спросить у миссис Геревард про символы на двери, как только они смогут вернуть украденные вещи их законным владельцам, не навлекая на себя подозрений.

Негрет не сомневался: это, по крайней мере, ему удастся сделать. Идея, где спрятать часы и сумочку, появившаяся до того, как был обнаружен блокнот, превратилась в замечательный план, как вернуть все пропавшие предметы.

Он отправился в кабинет на втором этаже, где миссис Пайн заворачивала подарки, пока не нагрянула вся эта орава гостей, взял два рулона упаковочной бумаги, держатель для клейкой ленты, пару ножниц и три одинаковые коробки и вернулся со всем добром к себе в комнату.

— Отличная идея! — воскликнула Сирин, когда они поместили находки в коробки, проложив их бумагой, чтобы те не болтались внутри, а потом завернули в обёрточную бумагу, незаметно подписав буквами «ч», «б» и «с» в том углу, где на рисунке маршировала целая толпа маленьких барабанщиков.

После этого, чтобы не вызывать подозрений, они взялись за второй рулон упаковочной бумаги и завернули подарки, которые Майло приготовил для родителей. Он как раз завязывал бантик на последнем из подарков, когда в дверь постучали. Майло запихнул блокнот на пружинке под ближайшую коробку и крикнул:

— Входите!

Миссис Пайн заглянула в комнату и улыбнулась, увидев гору наспех завёрнутых подарков.

— Опять потерял счёт времени?

Майло и Мэдди обменялись виноватыми улыбками.

— Да, — честно признался Майло.

А Мэдди взглянула на часы на столике у кровати.

— Мы пропустили обед?

Миссис Пайн махнула рукой.

— Я решила, что пора уже спасать кое-кого от голодной смерти. Миссис Каравэй приготовила макароны с сыром, сэндвичи с ветчиной, и мы отложили кое-что для голодающих. Майло, спускайся, пока всё не остыло.

— Сейчас, мамочка!

Он подождал, пока дверь за миссис Пайн закрылась, затем сложил упакованные подарки в рюкзак.

— Идёшь?

Мэдди покачала головой и снова взяла в руки блокнот.

— Хочу немного подумать. Не возражаешь, если я посижу здесь в тишине и поизучаю подсказки?

Сложный вопрос. Не возражал ли он, чтобы Мэдди осталась одна в его комнате? Вообще-то он, разумеется, возражал, ведь это его личное пространство. Стоило спросить иначе: возражал ли он настолько, чтобы ответить отказом? Девочка терпеливо ждала, пока Майло размышлял.

— Ну, или я могу отправиться в другое место, если хочешь.

И тут он вспомнил об игре и принял решение. Они соратники в этом приключении. Если он не сможет доверять Мэдди, то останется один.

— Нет, можешь побыть здесь, — наконец произнёс Майло. — Но могла бы ты постараться ничего тут не передвигать? Вещи лежат так, как мне нравится.

Она кивнула:

— Обещаю.

— Хорошо. — Майло открыл дверь, шагнул в коридор и сделал глубокий вдох. Да, сложно, но не настолько, как он ожидал. — Увидимся!

Глава восьмая

Лакомые кусочки

С нег перестал, зато снова пошёл дождь, и там, где он падал, тут же появлялся лёд. К вечеру небо впервые за несколько дней прояснилось, и под лунным светом всё вокруг казалось посеребрённым. Затем подули ветра, и этот сверкающий мир застонал, заскрипел, затрещал, отчего в ночи эхом раздавались звуки, похожие на выстрелы.

В «Доме из зелёного стекла» все выглядели куда более беспокойными, чем накануне. И дело было не только в кражах. Майло понял, что родители волнуются, как бы не отключилось электричество, когда то тут, то там, в самых непривычных местах, стали появляться подсвечники. В доме имелся собственный генератор, а ещё большие запасы дров, но генератор не запускался автоматически, а значит, если электричества не будет, то какое-то, пусть и недолгое время придётся провести без света. Вместе с рождественскими украшениями подсвечники смотрелись так естественно, что гости, наверное, и не заметили их, но только не Майло: ему сразу же бросились в глаза высокие свечи.

Как и три коробочки с тайными пометками, свидетельствовавшими, что именно в них и спрятаны пропавшие, а позже найденные вещи. Теперь эти коробки скрылись под грудой других подарков, которые миссис Пайн выложила чуть позже, но Майло казалось, будто они переливаются сигнальными огнями и буквально кричат: «УКРАДЕННЫЕ ВЕЩИ ЗДЕСЬ! ОТКРОЙТЕ НАС!»

Ещё один ужин, и снова шведский стол. Гости опять разбрелись кто куда. Мэдди вновь отправила Майло понаблюдать, что происходит в гостиной. В этот раз он устроился со своей тарелкой на любимом диванчике. Придвинувшись к подлокотнику, он мог выглядывать из-за спинки и наблюдать. А заодно слышать всё, что говорили в столовой.

Атмосфера за ужином была тягостной: гости выглядели мрачными, повисло неловкое молчание. Лишь миссис Геревард затронула тему краж.

— Наши номера обыскали. Причём абсолютно без толку! — вырвалось у неё, когда ужин подходил к концу.

Слова слетели с губ так, словно пожилая леди долго боролась с собой и вот не сдержалась. Она прошествовала в гостиную и помахала вилкой, указывая то на доктора Гауэрвайна, то на Клем.

— А как же их комнаты?

Доктор Гауэрвайн брызгал слюной от возмущения:

— Вы же не смеете предположить, что...

— Один из вас это сделал! — Миссис Геревард перешла на визг. — Только вас не ограбили! Это кто-то из вас!

Клем перестала жевать, бросила вилку на кофейный столик, сложила руки и посмотрела на старую даму с ледяным спокойствием.

— Вы понятия не имеете, о чём говорите. Если бы разбирались хоть самую малость, то понимали бы, что это ничего не значит.

Мэдди заглянула за спинку дивана и уставилась на Майло.

— Как думаешь, что она имеет в виду?

Майло пожал плечами. Ему было куда интереснее услышать ответ миссис Геревард.

— А если она намекает, что и мы тоже под подозрением? — хмыкнула Мэдди. — Это может быть и один из нас, обитателей дома.

Может быть, конечно, но Майло считал, что Клем говорила не об этом. Ему казалось, что Клем намекает, будто вор может оказаться одним из тех троих, кто стал жертвой ограбления.

А ведь это интересная мысль. Что, если вор всего лишь притворяется ограбленным, чтобы отвести от себя подозрения?!

Или воровка. Клем так пристально смотрела на миссис Геревард, будто не сомневалась, что во всём виновата старая леди.

— Ладно, ладно, — миссис Пайн быстро встала между ними и всплеснула руками. — Кому-нибудь приготовить кофе?

Миссис Геревард проигнорировала вопрос.

— Милочка, — обратилась она к Клем, — я не сомневаюсь, вы намекаете…

— Я ни на что не намекаю. Я просто говорю, что вы не знаете, о чём речь, и, кстати, мне нравится слышать обвинения в свой адрес не больше вашего. — Клем сложила салфетку, взяла тарелку и поднялась с места. — Я помогу вам с кофе, миссис Пайн?

Миссис Геревард хотела ответить, но Клем её опередила.

— Можете обыскать мою комнату, когда захотите, — бросила она через плечо. — Да хоть прямо сейчас, если это доставит вам удовольствие.

Миссис Пайн подняла руки:

— Давайте все успокоимся!

— Я совершенно спокойна, ведь мисс Кэндлер предложила то, что и впрямь нужно сделать. — Судя по голосу, спокойствием и не пахло, а лицо миссис Геревард вновь зарделось. Она повернулась к доктору Гауэрвайну, который тоже поднялся с места и проходил мимо, направляясь на кухню. — А что же вы, доктор?

— Это смешно, — пробормотал он.

Старая леди поняла, что сейчас останется в гостиной в одиночестве.

— Это «да» или «нет»?

— Давайте все успокоимся! — громко повторила миссис Пайн из кухни.

В гостиной никого не осталось: кто-то ушёл на кухню, кто-то в столовую. Майло высунулся из-за спинки дивана.

Доктор Гауэрвайн смерил миссис Геревард пристальным взглядом, откашлялся и обратился к отцу Майло:

— Мистер Пайн, если вам кажется, что это разрядит обстановку, то можете обыскать мою комнату и мои вещи.

— Благодарю вас, — кисло сказал в ответ отец Майло.

Мэдди нахмурилась:

— Думаю, нужно отдать обратно украденные вещи, пока не поздно. — Девочка легонько подтолкнула его. — Я обо всём позабочусь. Ты иди с ними, а потом просто скажи, мол, это не моё.

— Что? — прошептал Майло.

— Поверь мне. «Это не моё». Всё, что тебе нужно сказать.

— Ну ладно.

Майло встал с диванчика и, никем не замеченный, перебрался в столовую. Он задержал дыхание, когда по отелю разнёсся нестройный хор колокольчиков. Должно быть, Мэдди, спрятавшись, тряханула ёлку, на которой, по семейной традиции, Майло развесил всю коллекцию серебряных колокольчиков миссис Пайн.

— Это что ещё такое, ради всего святого? — воскликнула миссис Каравэй.

— Понятия не имею! — ответила миссис Пайн. Они с отцом Майло вскочили и бросились в гостиную. — Что тут происходит?

За ними последовали все остальные, а Майло шёл последним. Подойдя поближе, он обнаружил, что все внимательно рассматривают те самые три коробки с находками. И коробки сложены аккуратной стопкой посередине коврика из лоскутков.

Мэдди похлопала его по плечу, и Майло резко развернулся, хотел было спросить, как она умудрилась так быстро исчезнуть из гостиной, но Мэдди приложила палец к губам: «Тсс!»

Если не считать этого «тсс», в доме царила мёртвая тишина. Мистер и миссис Пайн во все глаза смотрели друг на друга.

— Бен? — произнесла миссис Пайн почти неслышно.

— Я понятия не имею, что это. — Мистер Пайн присел на корточки и нерешительно взял ближайшую к нему коробочку, оглядел и обратился к жене: — Не узнаю. А ты?

— Нет, это не мои подарки. Майло, милый, а ты узнаёшь коробки?

Как и велела Мэдди, Майло покачал головой и ответил:

— Нет, это не моё.

— Готова поклясться, я видела, как ты приносил точно такие же. Да и запаковано... как ты умеешь.

Майло протиснулся сквозь постояльцев, чтобы взглянуть на коробки. Он притворился, будто пристально их изучает, потом подошёл к ёлке и вытащил из кучи подарков те, что упаковал для родителей.

— Вот мои. Два тебе и два папе.

Родители переглянулись.

— Ну, я считаю, их нужно открыть, — сказал мистер Пайн. — А вы как думаете?

Миссис Пайн выпрямилась и повернулась лицом к гостям:

— Кто-нибудь узнаёт эти коробки?

Мэдди стояла, невинно спрятав ладошки в рукавах Плаща Золотой Неразличимости, и молчала.

— Ну ладно.

Мама Майло взяла первую коробку и разорвала упаковку, затем открыла крышку, вынула бумагу изнутри и широко раскрыла глаза:

— Боже правый!

— Быть этого не может! — Мистер Пайн сунул руку в коробку и достал золотые часы.

Мистер Виндж оцепенел.

— Господи! Как, ради всего... — Он метнулся ближе и схватил часы. — Поверить не могу!

Теперь вперёд рванули миссис Геревард и Джорджи. Отец Майло взял две другие коробочки и протянул им. Миссис Геревард с ходу начала разрывать обёрточную бумагу. Майло увидел, как Джорджи вопросительно глянула на Клем, а та еле заметно пожала плечами и покачала головой.

Джорджи не начала ещё разворачивать упаковку, как миссис Геревард уже сунула ей открытую коробку, а сама схватила нетронутую и сорвала обёртку. Джорджи покрутила вторую коробку и уронила её. Из коробки выпала бумага, а потом на пол выскользнул блокнот в пятнах духов.

— Ох! — Миссис Геревард отбросила коробку и победоносно подняла вышитую сумочку, после чего прижала её к груди и рухнула на диван. Слёзы ручьём потекли по густо напудренным щекам. — Я думала, что потеряла её навеки.

Джорджи перевела взгляд с блокнота на родителей Майло, а потом на самого мальчика.

— И мы не знаем, откуда они взялись? Уж не результат ли это твоего расследования, Майло?

— Расследования? — Миссис Пайн внимательно посмотрела на сына. — Какого ещё расследования?

Мэдди жестом показала «держи рот на замке» и покачала головой. Майло замялся. Негрет мог бы убедительно наврать с три короба, но Майло понял, что ему не хочется испытывать качества Выдумщика на родителях. Он сделал глубокий вдох.

— Я искал пропавшие вещи, мам. И нашёл их. Но потом испугался, что кто-то может решить, будто я их взял... поэтому я их упаковал в коробки, чтобы вернуть владельцам, но не отдавать самому. — Он посмотрел на Джорджи, потом на миссис Геревард, а потом на мистера Винджа. — Но я их не брал. Клянусь.

Миссис Пайн обняла Майло.

— Я знаю, что ты не брал их, малыш. Разумеется, мы тебе верим!

— Ты... нашёл их? — спросил мистер Виндж, уставившись на часы. — Но как?..

— Думаю, нам всем хотелось бы знать, — поддакнула Клем. — Как и где?

Майло посмотрел на свою подругу, а Мэдди закатила глаза и уронила голову в ладони.

— Можешь рассказать? — спросила миссис Пайн.

— Конечно, — ответил Майло. — Только сначала выпью немного горячего шоколада?

— Разумеется! — Мама сжала его плечо и пошла на кухню. — Кто-нибудь хочет кофе и пирог? Угощайтесь!

— Плохая идея, — проворчала Мэдди, встав рядом с Майло и скрестив на груди руки. — Надо было придерживаться плана. Ну, как хочешь, — быстро добавила она, когда Майло попытался протестовать. — Просто не втягивай меня в это, а то вся наша кампания — коту под хвост. — Она достала из кармана Очи Правды и Предельной Ясности. — Я понаблюдаю за ними, пока вы разговариваете. Может, услышу какую-то подсказку. — И зашагала прочь, бормоча, какие страсти могут произойти, если участники начнут самовольничать и делать глупости, подвергая всю команду риску.

Майло пропустил её слова мимо ушей, поскольку задумался, будет ли легче всё объяснить гостям в роли плута Негрета. Майло даже зазнобило при мысли, что его будет слушать столько людей. Значит, надо стать Негретом.

Миссис Пайн вернулась с кружкой шоколада и села рядом с сыном на плите у камина.

— Рассказать правду — очень смелый поступок, малыш. Я надеюсь, ты понимаешь, что мы тебя не подозреваем. Мы с папой тебе полностью верим.

Ветер на улице завывал всё сильнее и сильнее. Майло прижался к маминому плечу и молчал, наблюдая, как гости рассаживаются в гостиной с десертами. Джорджи подмигнула, когда садилась. Миссис Геревард проплыла мимо с чашкой свежего чая и, к удивлению мальчика, мягко сжала его плечо крючковатыми пальцами. «Может, они тоже верят, что я не брал их вещи», — промелькнуло у него в голове.

Мистер Виндж занял привычное место в кресле. Он убрал часы во внутренний карман и теперь с беспокойством взирал на Негрета поверх чашки кофе.

«А вот он очень даже может думать по-другому».

Клем села рядом с миссис Геревард. Её лицо было, как обычно, весёлым. Доктор Гауэрвайн топтался у выхода на крыльцо и выглядел встревоженным.

Когда все расселись, миссис Пайн обняла Негрета.

— Готов?

Он кивнул.

— Да.

Негрет не стал рассказывать про их с Сирин разговоры с миссис Геревард и Джорджи, а начал с того, как решил вести поиски с пустой комнаты, рассказал, как нашёл часы в выдолбленном куске мыла, а подсказкой стала незаклеенная упаковка. Он догадался, что что-то не так, сразу, как поднял мыло, а потом склеил две половинки и решил найти для часов другое место.

— Одного не могу понять, — запротестовал мистер Виндж, — почему ты просто не сказал мне о находке? Почему не отдал мне часы сразу же?

— Я решил, если вор узнает, что я нашёл одну из вещей, он может перепрятать другие, — ответил Негрет. — Вот почему я отнёс часы на чердак.

Рассказывая о том, как обнаружил сумочку, Негрет признался, что обратил внимание, что парусина сложена по-другому, и заглянул поглубже. Это было не совсем правдой, и он скрестил пальцы в кармане в надежде, что никто не станет спрашивать, как ребёнок в одиночку смог переворошить огромную кипу парусины. Никто не задал этот вопрос.

— Тут я услышал, как Клем и Джорджи разговаривают на лестнице. Ну, то есть я не слышал, о чём вы говорите, — поспешно добавил он, — но понял, что это вы. Я учуял духи Джорджи, те самые, что пролил в день её приезда. Так и нашёл блокнот. — Он закончил свой рассказ про цветок молочая, который, как его осенило, усугубив чувство вины, умирает сейчас в мусорном ведре, где он его оставил. — Вот и всё…

На мгновение в комнате воцарилась тишина.

— Я потрясён, Майло, — наконец сказал мистер Пайн. — Удивительная наблюдательность. Спасибо!

Джорджи кивнула и начала аплодировать, к ней присоединились Клем и миссис Геревард.

— Давай-ка я подолью тебе шоколада, — предложила Джорджи.

Майло улыбнулся. Он и забыл о том, что Сирин собиралась наблюдать за присутствующими и искать подсказки, не замечал напряжённые лица родителей, которые понимали, что вор всё ещё среди них. Он сидел с кружкой и наслаждался тем, что впервые за весь день подозрения рассеялись и обстановка стала дружественной.

Но ненадолго. Во-первых, вор никуда не делся. Во-вторых, Негрет вспомнил про список подсказок и вопросов, который они составили с Сирин. Теперь, когда украденные вещи вернулись к владельцам, может быть, пора вычеркнуть один из них.

Джорджи и мистер Виндж ушли с находками наверх, но миссис Геревард всё ещё сидела на диване, с любовью поглаживая стежки на сумочке. Негрет присел рядом.

— Миссис Геревард? Можно я задам вам один вопрос про вашу сумочку?

Она улыбнулась.

— Это самое меньшее, что я могу сделать. Что ты хотел узнать?

Сумочка была повёрнута той стороной, где были вышиты ворота и золотистый фонарь.

— На рисунке с другой стороны я заметил какие-то знаки, похожие на китайские иероглифы.

Миссис Геревард перевернула сумочку.

— Вот эти.

— Да?

— Можно спросить, что они значат? Если вы знаете.

Она замялась на миг, а потом снова улыбнулась и обвела взглядом комнату. Доктор Гауэрвайн вышел на крыльцо покурить, остальные разбрелись кто куда. Миссис Гауэрвайн понизила голос.

— Это настоящее название дома, Майло. Этого дома. Не знаю, как правильно произносить его, но в нашей семье... — Старая леди снова огляделась, чтобы удостовериться, что они одни. — В нашей семье всегда произносили это слово как «Лэнсдегаун».

Майло разинул рот:

— Так называется камера Джорджи!

Миссис Геревард кивнула с лёгкой улыбкой.

— Именно. Интересно, как бы вызнать у неё, откуда она взяла это имя. Не думаю, что она тебе объяснила.

Майло покачал головой.

— Такое впечатление, будто она надеялась, что я и так знаю. Вспомню, если хорошенько подумаю, и тогда скажу ей.

— Интересно, — пробормотала миссис Геревард. — Я была бы благодарна тебе, Майло, если бы ты пока не пересказывал Джорджи то, что только что услышал от меня.

— А вы ей расскажете?

Старая леди нахмурилась.

— Пока не знаю. Дай мне немного поразмыслить.

И тут в ночной тишине раздался громкий треск. Ветер уже не один час играл заиндевевшими ветками, но в этот раз звук был другим. Оглушительным.

— Что это? — вздрогнула миссис Геревард. — Господь всемогущий, дом сейчас рухнет?!

— Не могли бы вы не возмущаться так громко?! — прорычал доктор Гауэрвайн, заходя в холл.

Миссис Пайн выскочила с кухни и успокоила:

— Это не дом!

Тем временем отец Майло торопливо натягивал пальто и ботинки. Да, дом тут ни при чём, но откуда-то раздался же этот звук! Он поймал взгляд Майло и широко улыбнулся.

— Пойду взгляну. Такое чувство, что упала большая ветка. Хочу посмотреть, что там такое… Хочешь со мной?

— А можно и мне? — Джорджи Мозель подскочила и бросилась за пальто. — Обожаю зимние вечера.

Мистер Пайн сомневался.

— Не знаю, Джорджи. Там такая холодина!

— Ничего, мистер Пайн. Я нормально отношусь к холоду. — Она надела пальто и застегнула до самого верха. — Ведите!

Ясно, что отец не хотел, чтобы Джорджи увязалась за ними, но не стал возражать, а просто пожал плечами, и они втроём вышли на улицу.

Майло не успел сделать и пару шагов, как чуть было не свалился на спину. Крыльцо превратилось в каток.

— Ну-ка не падать! — Мистер Пайн поймал сына за руку, но тут сам чуть было не потерял равновесие.

— Вы уверены, что справитесь? — засмеялась Джорджи. — А ещё обо мне беспокоились!

Держась за перила и осторожно передвигаясь мелкими шажочками, они умудрились всё-таки спуститься, не поскользнувшись и не упав. Когда Майло ступил на снег, корка под ногами хрустнула, как сахарная глазурь, когда надкусываешь печенье. Нога увязла в снегу так, что зелёный резиновый сапог торчал всего на пару сантиметров. Крыльцо больше не защищало от ветра, и теперь его порывы обжигали щёки, а скрип деревьев напоминал надрывный плач.

— Майло, проверьте с Джорджи беседку, пожалуйста, — попросил мистер Пайн. — Аккуратнее на льду! И держитесь подальше от лестницы. А я проверю сарай и хозяйственные постройки на склоне холма.

Джорджи задумчиво наблюдала, как отец Майло зашагал по снегу вдоль дома. Потом она как будто вспомнила о Майло и улыбнулась ему.

— Похоже, остались только мы с тобой, приятель.

Майло понял: то ли Джорджи не в восторге от того, что осталась с ним, то ли они думают об одном и том же — а что *на самом деле* отправился проверить мистер Пайн?

«Разумеется, — размышлял Майло, пока они протаптывали себе дорогу к роще, — Джорджи не положено знать, что сарай построен из камня, так что ему ничего не будет от упавшей ветки, даже самой огромной. А остальные постройки...»

Ох! Майло на ходу понял вдруг, что это был за шум и куда отправился отец.

Джорджи в два прыжка подскочила к Майло.

— Что? — спросила она.

— Что? — повторил он, пытаясь напустить на себя самый невинный вид, когда снова зашагал к роще.

И тут он увидел кое-что, из-за чего опять споткнулся и напрочь забыл об отце. Какой-то человек среди деревьев сошёл с верхней ступеньки лестницы на площадку, с громким вздохом бросил сумку и рухнул на землю. Джорджи издала сдавленный крик, потом замолчала, пока они с Майло пробирались туда, где сидел, согнувшись, незнакомец. Джорджи упала на колени.

— Ты откуда? — спросила она, запыхавшись. — С тобой всё нормально?

— Вон там есть скамейка, мистер, — сказал Майло.

— Я не могу пошевелиться, — со стоном выдохнул незнакомец.

Майло и Джорджи переглянулись, а потом взяли молодого человека под руки и помогли ему встать. Джорджи подставила плечо под его руку.

— Я помогу ему дойти до дома. Можешь взять сумку, Майло?

— Конечно!

Парень повис на плече у девушки, и она наполовину несла его, наполовину волокла к гостинице. Майло взял сумку и пошёл за ними.

Он помог Джорджи затащить незнакомца по скользкой лестнице. «Бедняга, — подумал Майло, — как он только одолел эту уйму заледеневших ступенек?» Затем они с горем пополам отворили дверь. Майло, пока шли к дому, посмотрел на колокол, удивившись, почему гость не позвонил, чтобы спустили фуникулёр. Но колокол замёрз, превратившись в глыбу изо льда и металла. Они провели нового постояльца в дом и усадили на скамейку в холле.

— Кто-нибудь принесите одеяла! — крикнула Джорджи.

— Сейчас!

— Ма-а-ам! — добавил Майло тоном, не терпящим отлагательств.

Миссис Пайн тут же поспешила к ним, а следом за ней и миссис Каравэй. Миссис Пайн так и замерла, уставившись на молодого человека, дрожавшего от холода и потери сил, а потом быстро помогла Джорджи снять с него пальто.

— Всё будет хорошо, — тихонько приговаривала Джорджи. — С тобой всё будет в порядке! Теперь ты в безопасности.

— Кто это? — мистер Виндж наклонился, чтобы рассмотреть получше.

— Я не знаю, — признался Майло. — Он шёл от берега пешком. Колокол не работает.

— Клем! Кофе! — крикнула миссис Пайн.

— М-меня зовут О-о-уэн, — прошептал незнакомец. — Спасибо.

Второй раз за вечер Майло открыл рот от удивления. Он посмотрел на Джорджи, а та поймала его взгляд и покраснела так, что на мороз это нельзя было списать. Да, наверняка тот самый загадочный Оуэн, которого знали они с Клем.

— Я принесу одеяла! — с этими словами миссис Каравэй удалилась.

Незнакомец был молод, примерно одних лет с Клем и Джорджи. Темноволосый и смуглый, как выяснилось, когда к лицу снова прилила кровь. Судя по разрезу глаз, в нём текла азиатская кровь. «Он похож на меня, — понял Майло с испугом. —

Ну, или, по крайней мере, он больше похож на меня, чем кто-либо в этом доме».

— Вот, несу вам кофе. Что тут за шу… — Клем появилась в холле, увидела, что происходит, и резко осеклась. Чашка выпала у девушки из рук и стукнулась о голову мистера Винджа, который присел на корточки рядом с новым гостем. Горячий кофе расплескался, а кружка разбилась об пол.

Мистер Виндж с воплем отпрыгнул, схватившись за голову, и натолкнулся на миссис Каравэй, сбежавшую по лестнице со стопкой одеял. Двое взрослых и четыре одеяла разлетелись в разные стороны. Миссис Пайн прикрыла глаза рукой, потом собралась с духом и протянула руку мистеру Винджу, чтобы помочь подняться.

— Простите, мистер Виндж. Пойдёмте со мной. Приложим лёд.

Клем стояла как вкопанная, глядя сверху вниз на молодого человека. Её лицо стало белым как мел, а глаза расширились. Впервые после появления в гостинице девушку, казалось, покинула привычная беспечность.

Майло проследил за её взглядом. Клем смотрела на незнакомца, Оуэна, а тот выдавил слабую улыбку.

— Я же говорил, что найду тебя, Оттили.

Джорджи, которая наблюдала за этой сценой, стоя совсем близко, как и Майло, произнесла тихо, но с горечью лишь одно слово:

— Нет.

Больше её никто, похоже, не услышал.

Клем медленно кивнула.

— Ты победил, Оуэн.

Джорджи рассмеялась необычным смехом. Таким необычным, что Майло сначала даже решил, что она заплакала, настолько смех напоминал всхлип. Но Джорджи заговорила со странной улыбкой:

— Он называет тебя Оттили? Оттили?!

— Это моё второе имя, — тихо произнесла Клем.

Два блестящих ручейка побежали по щекам Джорджи.

— А я-то думала, что Клеменс — смешное имя. — Она вытерла лицо рукавом, резко встала и, спотыкаясь, стала подниматься по лестнице.

Собравшиеся проводили её взглядом, а потом снова обратили взоры к замёрзшему молодому человеку. Клем укутала его в несколько одеял, затем они с миссис Каравэй помогли ему подняться и проводили до дивана.

— Вы знаете этого парня? — спросила миссис Пайн, выходя из кухни, а за её спиной показался мистер Виндж, приложивший к виску кухонное полотенце со льдом.

— Да, — кивнула Клем. Она взяла у Лиззи дымящуюся чашку и вложила в холодные руки Оуэна. — Давай. — Она помогла ему поднять чашку, чтобы сделать глоток.

«Это не имеет отношения к Оуэну». И вот, словно бы из ниоткуда, вдруг появляется некий Оуэн, который знает второе имя Клем. Джорджи, конечно, скрывала до последнего, но ясно как божий день, что и она его тоже знает.

Тем временем мистер Пайн всё ещё пропадал на улице, пытаясь понять, что это был за шум. Майло разрывался. С одной стороны, Оуэн, кем бы он ни был, это важный ключ к... чему-то. С другой стороны, пока вокруг него суетились все эти дамы, он вряд ли что-нибудь выяснит.

Майло, который не разувался и не раздевался, выскользнул за дверь и направился по следам отца. Сразу за каменным сараем следы резко сворачивали в лес. Они терялись в темноте, но это уже неважно. Майло и так знал, куда пошёл отец.

В лесу были рассыпаны старые красные хозяйственные постройки, оставшиеся с незапамятных времён, когда земли, на которых стоял «Дом из зелёного стекла», принадлежали монастырю на вершине холма. Прошлым летом Майло превратил одну из построек в крепость. В другой прятался источник, бивший из каменистой почвы. Третью Пайны использовали как склад и забили доверху древесными отходами, камнями и металлоломом. От самого старого здания остались лишь три стены да разрушенный дымоход, и по большей части его скреплял виноградник, обвивавший постройку. Но было ещё одно строение, внутри там скрывался вход в заброшенную подземную железную дорогу.

Провалившийся железнодорожный эксперимент в Нагспике сокращённо назывался ПТС: Подземная транспортная система. Давным-давно (по крайней мере, до рождения Майло) здесь была станция под названием «Священный холм». Хотя подземную железную дорогу закрыли, никто не озаботился судьбой старых станций, тут и там разбросанных по городу. По словам отца, большинство жителей вообще их не замечали. Мистер Пайн сказал, что станции построили так, чтобы они сливались с окружающим пейзажем, но Майло казалось, что если все они напоминают «Священный холм», то строители на самом деле пытались спрятать их. Если не знаешь, что искать, то никогда и не заметишь.

Нагспикские контрабандисты рассказывали всякие небылицы о «секретной железной дороге».

Она упоминалась в легендах о нескольких самых известных «гонцах», а некоторые отчаянные ребята, которые останавливались в «Доме из зелёного стекла», даже утверждали, что железную дорогу и не закрывали.

Правда, большинство из них понятия не имели, что это совершенная правда. По старой ветке всё ещё курсировал один-единственный поезд, в котором работал один-единственный вагоновожатый. Майло, его родители и семейство Каравэй входили в число немногих посвящённых, поскольку вагоновожатый время от времени останавливался на постоялом дворе и целиком доверял Пайнам.

Майло шагал через рощу по склону холма, пока не добрался до присыпанной снегом красной каменной станции «Священный холм». Рядом стояли два человека и смотрели на тёмную плиту деревянной двери на железных болтах, лежавшую под углом поперёк сугроба. Третий вынырнул из темноты и протянул руку двум другим, они помогли ему вскарабкаться по двери и выбраться наружу.

— Прости, приятель, — сказал третий человек, одетый в громоздкую пуховую куртку поверх серого комбинезона. Он сдвинул круглые защитные очки в кожаной оправе на лоб. — Замóк замёрз напрочь.

По сильному акценту и очкам Майло тут же опознал вагоновожатого ПТС, Брэндона Леви.

— Не волнуйся. — А это уже отец Майло.

Они втроём подняли упавшую дверь и поставили на место.

— Я рад, что вы тут не застряли.

Высокий вагоновожатый повернулся, отряхивая снег с очков.

— О, Бен, а мы тут не одни! — Он помахал рукой. — Добрый вечер, Майло!

Майло помахал в ответ.

— Привет, Брэндон. Не волнуйся, пап. Джорджи вернулась домой. У нас там новый гость.

— Новый гость? — Отец прошёлся по хрустящему снегу и посмотрел через деревья на дом. — Когда он появился?

— Он поднимался по лестнице, когда мы с Джорджи дошли до беседки. Зовут Оуэн. Кажется, он знаком с Клем Кэндлер, но называет её как-то иначе. Оттери или что-то в этом духе. Странное имя.

— Ну и ну! — Мистер Пайн повернулся к Брэндону и третьему парню.

Майло узнал и его. Это был Фенстер Плам, неряшливый коротышка, промышлявший саженцами растений, который каждый год весной останавливался в «Доме из зелёного стекла». Тот самый

Фенстер, который плавал с Доком Холистоуном и однажды увидел его призрак.

— Думаю, — сказал отец, — вам стоит приготовить какую-то историю на случай, если кто-то спросит, что вы тут делаете. У нас там собралась довольно странная компания. По крайней мере один вор, и хотя мне никто из них не кажется похожим на сотрудника таможенной службы, но точно сказать не могу.

— Не волнуйся. Я скажу им правду, просто промолчу про подземную дорогу, — беспечно отмахнулся Брэндон. — Любой желающий может проверить бойцовские клубы на Морбид-стрит, там за меня поручится целая толпа народу. Я участвовал в поединке в прошлом месяце. — Он подмигнул Майло. — Выиграл ударом ноги в голову соперника. Прямо в точку!

Майло с мистером Пайном посмотрели на Фенстера.

— Что? — слабым голосом спросил контрабандист. — Я что-нибудь придумаю.

— Придумай прямо сейчас, — нахмурился Брэндон. — Только попробуй рассказать о чём-то, что знаешь. Врун из тебя никудышный.

— Вовсе нет, — запротестовал Фенстер, но это была столь очевидная ложь, что даже Майло закатил глаза. — Я знаю всё о цветах, луковицах и всякой всячине. Могу прикинуться садовником.

— Неплохо, — одобрил Брэндон. — Можешь сказать, что работал в монастыре и снежная буря застала тебя по дороге домой.

— Это скучно, — проворчал Фенстер. — Я хотел сказать, раз уж нужно притвориться кем-то, почему бы…

— Это прекрасно придумано! — перебил его Брэндон. — Ты вряд ли вляпаешься в неприятности, если притворишься садовником, а всё остальное неважно.

Но вместо того чтобы отправиться прямиком в отель, мистер Пайн повёл своих спутников в обход через рощу, где они вышли на небольшую белую полосу, тянувшуюся между деревьев, — это была грунтовая дорога, покрытая снегом и льдом. Там под ворчание Фенстера, который плёлся позади всех, они повернули обратно к «Дому из зелёного стекла».

— Они будто пришли по дороге, а не из леса? — догадался Майло.

— В том-то и дело. — Брэндон щёлкнул его по носу. — Чем меньше рассказываешь о подземной дороге незнакомцам, тем лучше. — Он снова пристально посмотрел на Фенстера. — Не забывай, ладно?

— Я не идиот, — пробормотал Фенстер.

Они зашли за поворот. Там на небольшой парковке стояли два огромных сугроба — грузовик

Пайнов и легковушка миссис Каравэй, а огни «Дома из зелёного стекла» уютно светили сквозь старинные стёкла. Когда они вчетвером двинулись через лужайку, ветер со свистом пронёсся по холму, отчего всё вокруг задребезжало и заскрипело ещё пуще прежнего. Среди вечнозелёных сосен раздался какой-то грохот, и спустя минуту прямо на глазах у Майло свет в «Доме из зелёного стекла» погас.

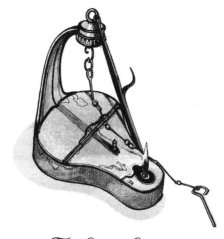

Глава девятая
Рассказ об Оттере и Зорком Джордже

О й, мамочки! — воскликнул Майло, уставившись на дом, который вдруг превратился в тёмное пятно.

— Ого! — присвистнул мистер Пайн. — Я, конечно, предполагал, что такое может случиться, но всё же... Брэндон, не поможешь мне с генератором? А ты, Фенстер, иди с Майло и помоги Норе. Наверное, кто-то из гостей уже визжит от ужаса.

Минимум двое. Миссис Геревард и доктор Гауэрвайн наверняка возмущаются во весь голос. Майло не дождался Фенстера и побежал домой как можно быстрее.

Он услышал крики раньше, чем успел добраться до крыльца, и вовремя вспомнил, что не стоит перепрыгивать через две ступеньки, поскольку они превратились в ледяную горку. Мальчик открыл дверь, и на него обрушился весь этот кошмар.

— Это я! — крикнул Майло изо всех сил.

Прислушавшись, он понял, что голосила и правда знакомая парочка, а миссис Каравэй и Лиззи пытались как могли их успокоить. Все четверо стояли посреди гостиной, где единственным источником света остался камин, отчего лица чудовищно искажались. Мистера Винджа не было видно. Джорджи, видимо, всё ещё не спустилась, да и Клем с Оуэном, похоже, ушли наверх.

Миссис Пайн в свете свечи появилась у плеча Майло, и она была в ярости.

— Как только все угомонятся, я ещё задам тебе хорошую взбучку за то, что ты исчез на ночь глядя в такой холод, — процедила она. — Но, видимо, с этим придётся подождать. — Она сунула в руку Майло длинную зажигалку для гриля. — Иди зажги свечи и... — Миссис Пайн вгляделась через его плечо. — Это Фенстер?

Фенстер приподнял шляпу.

— Да, мэм. Но инкогнито. — Он подмигнул миссис Пайн. — Под видом скромного монастырского садовника.

Миссис Пайн заморгала и тяжело вздохнула.

— Чуть позже посвятишь меня в детали. Майло, а где отец?

— Запускает генератор. — Майло жестом подозвал маму поближе и понизил голос. — С ним Брэндон Леви.

— Тоже инкогнито, — добавил Фенстер, переходя на шёпот.

— Свечи! — скомандовала миссис Пайн сквозь зубы. — Немедленно! Может, тогда эти двое перестанут думать, что наступил конец света просто потому, что мир погрузился во тьму. Я собираюсь спуститься в подвал за фонарями. Фенстер, не мог бы ты мне помочь? Пожалуй, мне стоит признаться, что я рассказала гостям о тебе, — добавила она, когда они с Фенстером исчезли за дверью, что вела из кухни в подвал.

Майло прошёл вдоль стола, на котором его мать так искусно расставила накануне свечи. Он щёлкал зажигалкой и подносил огонёк по очереди к каждой из свечей. Внезапно по ту сторону стола в пламени свечей появилось лицо Мэдди. Майло аж подпрыгнул. У него невольно вырвался крик.

— Ты где была? — требовательно спросил он.

— А ты где был? — парировала девочка. — Я-то никуда не уходила. Мне показалось, что лучше всего оставаться на месте, пока все не успокоятся. — Мэдди кивнула в сторону гостиной, где шум становился всё громче. Миссис Геревард и доктор Гауэрвайн заметили проходившего мимо Фенстера и теперь громко требовали объяснений, кто он такой. — Что с ними?

Ещё три свечи стояли на кухонном столе. Майло взял их и принёс в гостиную, протиснулся в центр кружка, откуда доносились возмущённые голоса, и щёлкнул зажигалкой. Гости в испуге замолчали. Майло протянул две незажжённые свечи Лиззи Каравэй, а третью зажёг и дал миссис Геревард, которая взяла свечу как будто средство обороны.

— Поставьте на столик у дивана, — велел Майло, указав пальцем.

Миссис Геревард хотела что-то сказать, но Майло опередил её:

— Вон туда.

Старая леди скривилась, но сделала то, что ей велели. Майло взял вторую свечу из рук Лиззи, которая ошарашенно наблюдала за происходящим. Он зажёг свечу и вручил её доктору Гауэрвайну.

— А эту надо поставить на столик у входной двери. Вон туда, пожалуйста.

Доктор тоже нахмурился, но послушался без лишних споров. Лиззи отдала Майло последнюю свечу, которую он протянул вернувшейся миссис Геревард, пока она снова не начала кричать.

— Спасибо, — сказал Майло, не обращая внимания на её явное неудовольствие.

Миссис Геревард посмотрела на него с удивлением.

— Ну… не за что…

— Почему бы вам не присесть и не передохнуть? — предложил он. — Возьмите с собой свечу. А вы, доктор Гауэрвайн, если хотите сделать что-то и правда полезное, принесите дрова для Лиззи.

Доктор как раз шёл по пятам за миссис Каравэй на кухню, чтобы снова напуститься на неё с криком, но застыл на месте, пристально посмотрел на Майло, повернулся на пятках и направился за своим пальто. Майло улыбнулся. «Это ещё не пришлось прибегнуть к Всесильным Уговорам, — подумал он. — Я просто взял и сделал это».

Мама вернулась с четырьмя керосиновыми фонарями, висевшими у неё на руке, а Фенстер притащил целую гору одеял и ещё несколько фонарей, к этому моменту на первом этаже воцарился покой. Миссис Геревард тихо вязала на диване при свете свечи, доктор Гауэрвайн и Лиззи складывали в стопку дрова у камина, а Майло и Мэдди о чём-то шептались в углу за ёлкой.

— Ого! — удивилась миссис Пайн. — Не ожидала такого!

Джорджи спустилась по лестнице в освещённую свечами столовую.

— О! Не только мой этаж остался без света.

— Электричества нет во всём доме, но всё в порядке, — ответила мама Майло. — Как чувствует себя тот юноша?

Джорджи пожала плечами и пошла на кухню. Вид у неё был несчастный.

— Я не знаю. Я оставила их наедине. — Она замолчала, а потом оживилась и с любопытством взглянула на Фенстера. — Мне кажется, мы не знакомы.

Он коротко поклонился, из-за чего чуть было не упал вместе с горой одеял, принесённых на случай холода. В итоге два толстых одеяла приземлились-таки на пол, едва не погребя под собой мистера Винджа, который тоже спустился на первый этаж.

— Я Фенстер Плам, мадам. И сэр, — добавил он, кивнув мистеру Винджу. — Садовник. Работаю в монастыре на вершине холма. Ненастье застало меня по пути домой. А живу я в Бараках, довольно далеко, учитывая непогоду. Вот так я тут и оказался. Ничего необычного.

Пока Джорджи слушала, её глаза становились всё шире, но она то и дело кивала, как будто нет ничего странного в том, что садовник работает в холод и снег, что кто-то отправился в долгое путешествие ненастной ночью, да и вообще в том, что Фенстер пустился в эти витиеватые объяснения. Майло не сомневался, что Джорджи ни на секунду не поверила его россказням.

Миссис Пайн многозначительно посмотрела на Фенстера.

— Действительно, ничего необычного.

— Уж не тот ли это Фенстер из вашей истории, миссис Пайн? — поинтересовался мистер Виндж, подбирая упавшие одеяла.

— Да! — воскликнул Фенстер прежде, чем миссис Пайн успела ответить. — Я знаю, что Нора рассказала вам про тот случай!

— Хорошо бы услышать вашу версию, — отозвался мистер Виндж, складывая упавшие одеяла поверх стопки Фенстера. — Мы тут как раз рассказывали истории.

— Да пожалуйста! На самом деле я могу прямо сейчас рассказать, по-быстренькому. Случилось это в конце весны...

— Не сейчас, Фенстер! У меня руки отваливаются, — перебила его миссис Пайн.

Ситуацию спасла миссис Геревард, которая вдруг появилась на пороге кухни с мотком зелёной пряжи вокруг костлявой руки.

— Кстати, миссис Пайн, не хочу смутить вас своим вопросом, но что именно вы собираетесь делать, чтобы мы сегодня не замёрзли в собственных постелях?

— Ну, генератор скоро заработает, — ответила мама Майло, судя по голосу, испытавшая облегчение, что сменили тему. — Но я разнесу по комнатам фонари, а ещё у нас целая куча одеял и грелок, на всякий случай. Да, дом старый, по нему гуляют сквозняки, но он выстроен не из соломы. Он сможет удерживать тепло довольно долго, мы не успеем замёрзнуть.

Миссис Геревард была настроена скептически, но миссис Пайн подтолкнула Фенстера к лестнице, и они направились наверх. Джорджи пошла на кухню и налила себе кофе.

— У меня, кстати, есть кое-что, — сказала она. — Я имела в виду историю. — Она принесла чашку в гостиную и уселась в кресло напротив мистера Винджа. — Сегодня я расскажу историю. Вы позволите?

— Разумеется, — кивнул Майло. — Почему бы и нет?

Джорджи уставилась в чашку, затем подняла голову.

— Майло, вчера твоя мама сказала, что найдётся виски, если вдруг кто-то захочет погорячее. Как думаешь, можно плеснуть немного в кофе?

— Конечно!

Майло сбегал к мини-бару и принёс бутылку, а девушка с синими волосами вылила в чашку довольно щедрую порцию, размешала виски в кофе, сделала глоток и поморщилась.

— Слушайте, — сказала она наконец.

За день до этого у миссис Геревард зачин прозвучал словно приказ, а у Джорджи получилось похоже на вздох.

— Жили-были два жулика, два прославленных вора. Один был взломщиком, и звали его Оттером. Он славился необычайной ловкостью и умением. А второй вор по имени Джордж носил прозвище Зоркий, поскольку когда выбирал цель, то подмечал и узнавал всё, что можно. Ни единая мелочь не оставалась без внимания и не пропадала даром.

Эти двое, разумеется, знали друг о друге, но их пути-дорожки никогда не пересекались. Однако по какой-то прихоти судьбы случилось так, что Оттер и Зоркий влюбились в одну и ту же девушку.

Эта девушка... невозможно объяснить, почему человек влюбляется, поэтому неизвестно, что разожгло их чувство. Довольно милая, но дело не в этом. Она была прекрасной собеседницей, так и сыпала интересными мыслями и идеями, и отчасти в этом и заключалась её привлекательность. Она... — Джорджи пожала плечами. — Она была не из тех людей, кто потребует от другого измениться и стать таким, как тебе хочется. Хотя в глубине души каждый из воров и надеялся, что если случится чудо и она ответит взаимностью, то он готов будет сменить занятие.

А Майло, сидя у камина, так и застонал про себя. Так интересно всё начиналось — жулики! — неужели это просто скучная история о любви?!

— Как бы то ни было, — продолжила Джорджи, — но оба, и Оттер, и Зоркий, влюбились в девушку без памяти. Поскольку оба были воры, они тут же задумались, как бы украсть сердце девушки в своё единоличное пользование.

«Слава богу, — подумал Майло, — снова про кражу».

— Ну, трудно представить, чтобы два искусных вора наметили одну жертву и не узнали об этом, так что вскоре Оттер и Зоркий, которые много слышали друг о друге, но никогда не встречались, обнаружили, что борются за один и тот же приз.

Ах, если бы добраться до сердца девушки было так же просто, как до какой-нибудь драгоценности, которую можно отнять у одного человека и отдать другому, то удача была бы всецело на стороне Оттера, у Зоркого не осталось бы ни малейшего шанса. Оттер был настоящим знатоком по ювелирным делам, ему не было равных в кражах: он мастерски проникал сквозь любые двери, обчищал и ускользал без следа.

Но девушка — совсем другое дело, и оба это понимали, а значит, преимущество появлялось у Зоркого. Он умел терпеливо собирать по крупицам информацию и изучал «объект» настолько досконально, что просто не оставалось никаких секретов. Если бы можно было преподнести девушке один-единственный подарок, который заставил бы её отдать сердце кому-то из них двоих, то Зоркий лучше справился бы с этой задачей. Но Зоркий понимал, что Оттер наблюдал бы за ним и, стоило ему потерять бдительность, попытался бы украсть всё, что Зоркому удалось обнаружить, прежде чем он преподнесёт это девушке. А если это можно выманить хитростью, то придётся с утроенной силой оберегать находку от Оттера.

Ну, чтобы не затягивать историю, скажу, что Зоркий обнаружил то, что искал, в глубинах городского архива. Дело в том, что девушку удочерили в раннем возрасте... (На этом месте Майло слегка выпрямился.) Но из-за того, что городской архив находился в ужасном состоянии, она ничего не могла узнать о своих родителях.

— О своих биологических родителях, — автоматически поправил Майло. — Люди, которые её удочерили, не перестали быть её родителями.

Джорджи взглянула на Майло с виноватым видом.

— Да, прости, Майло. Она не смогла ничего узнать, хотя всегда хотела. Но Джордж, хоть ему и не удалось установить, кем они были, разузнал одну подробность из её прошлого, а именно её второе имя — Лэнсдегаун.

Майло так и замер. Миссис Геревард тоже. Они переглянулись. Майло поднял брови. Миссис Геревард кивнула, а потом прижала палец к губам.

Джорджи не заметила их безмолвного диалога.

— Джордж обнаружил также, что это имя, древнее и забытое, принадлежало ещё и старинному дому, и решил выяснить, что оно значит. Он не записывал всё, что удалось выяснить, поскольку понимал, что каждую ночь Оттер проникает тайком в его жилище в поисках любых сведений. Единственным вещественным свидетельством была карта, реликвия, связанная с домом ещё в те времена, когда дом носил название Лэнсдегаун, и Джордж рассчитывал с помощью карты раскрыть секрет дома. Чтобы обезопасить находку, он нарисовал вторую карту, поддельную, но очень похожую на настоящую, а потом принялся прилежно изучать эту поддельную карту. Зоркий тщательно прятал её, будто это вещь, которой цены нет. И, как он и ожидал, в одно прекрасное утро он проснулся и обнаружил, что карта бесследно исчезла. Понимая, что у него очень мало времени, пока Оттер не раскрыл секрет подделки, Зоркий оставил дом и пустился в путь.

Но только добравшись до того самого старинного дома, Джордж понял, что допустил ошибку и оставил-таки Оттеру одну зацепку. Хотел как лучше, а получилось только хуже. Когда он подделывал карту, то для пущей убедительности использовал ту же бумагу, на которой была нарисована настоящая. Бумага-то очень старинная и редкая, её пришлось специально разыскивать.

Ничего не могло укрыться от взора Джорджа, по крайней мере надолго. Вскоре он нашёл такую старинную бумагу на заброшенном складе. Он тогда не знал — а вот Оттер обнаружил сразу, как только в его руках оказалась фальшивая карта, — что бумагу с водяным знаком изготовили специально для владельцев этого дома давным-давно. Понимаете, когда Оттер ничего не разузнал из поддельной карты, он попытался выяснить всё, что можно, о водяном знаке и, несмотря на попытки Джорджа сбить соперника со следа, именно фальшивая карта привела Оттера прямиком в Лэнсдегаун.

Два вора прибыли с разницей всего в несколько часов, а потом началась настоящая гонка, кто узнает секрет дома первым. Воры притворились, что не знакомы, когда их представили друг другу, и ничем себя не выдали. Но всё это время исподтишка наблюдали друг за другом.

Разумеется, речь шла о Джорджи и Клем. Синевласка и Рыжик. Ну и что, что Джорджи вела свой рассказ о ворах-мужчинах. Майло покивал, думая: «Я так и знал, они только делают вид, что незнакомы».

— А потом случилось кое-что невероятное... — Джорджи сделала паузу, чтобы отхлебнуть кофе с виски. — А именно: в доме появилась сама девушка... — Джорджи умолкла, поперхнувшись, сделала ещё глоток и поморщилась. — Потому что знала, что Оттер здесь.

— А как она догадалась? — спросил Майло. — Я думал, она и знать не знает про дом. Как она догадалась, что воры ищут его?

— Никак. Она приехала не потому, что воры ищут её потерянное прошлое, а просто потому, что они здесь, если быть точной — потому что здесь Оттер. Повторюсь, не из-за того, что Оттер ради неё старался, а просто потому, что он тут. — Она уставилась на Майло невидящим взглядом. — Понимаешь?

Майло покачал головой. Джорджи вздохнула.

— За то время, — произнесла она, переходя на шёпот, — пока Оттер и Зоркий боролись за своё чувство, их избранница тоже влюбилась. Разумеется, только в одного из них. И выбрал он отнюдь не Джорджи.

— Вы сказали «он», — заметил Майло и только тут понял, что сказала Джорджи. На этот раз прозвучало не «Джордж», а «Джорджи». *Выбрал он отнюдь не Джорджи.*

Чашка с кофе дрожала в руках девушки, и миссис Геревард аккуратно забрала её.

— Это про вас с Клем? — спросил Майло, притворившись, будто только что догадался. — Вы и есть воры из истории, и вам обеим нравился тот новый парень, Оуэн?

— Нравился? — Джорджи положила руки на колени и коротко рассмеялась. — Да, Майло. — Она судорожно вздохнула, расцепила пальцы и потянулась к кружке, которую держала старая леди. — И он выбрал Клем.

На миг повисла тишина, а потом все так и подпрыгнули на месте, когда в комнате раздался громкий раскатистый звук. Это высморкалась миссис Геревард.

— Простите, — пробормотала она, моргая. — Продолжайте.

Она что, *плакала*?

Майло и удивиться толком не успел, как из-за ёлки высунулась Мэдди и сердито ткнула его кулаком в плечо.

— Не отвлекайся! — прошептала она. — Нам нужны зацепки, Негрет!

Он потёр плечо и продолжил с тем же недоумённым видом.

— Когда вы сказали мне, что в пропавшем блокноте были сведения о доме и о каком-то человеке, который, возможно, с ним связан, речь шла об Оуэне? — спросил Негрет. Джорджи кивнула. — Но вы сказали, что Зоркий... ну, то есть вы... не делали никаких заметок, боясь, что их похитят.

— Не делала, начала записывать лишь по дороге сюда, когда думала, что я в безопасности.

— А почему вы сейчас нам это рассказываете? — спросил он. — После всех этих загадок и недомолвок…

— Видишь ли, Майло, он выбрал Клем, причём не потому, что она пыталась похитить его сердце. Она и сделать-то ничего не успела. Думаю, Клем ещё и не поняла, что всё получилось само собой. Он выбрал Клем, и теперь неважно, кто узнает секрет Лэнсдегауна. — Джорджи сделала несколько больших глотков кофе. — Я сдаюсь. Это никому на пользу не пойдёт. Он едва не замёрз насмерть, пытаясь найти Клем. Может, и лучше, если тайну раскроет она.

Джорджи посмотрела в свою опустевшую кружку, протянула её Негрету, затем оперлась руками о колени и нетвёрдо поднялась на ноги, отвесила неуклюжий поклон всем собравшимся — Негрету, Сирин, миссис Геревард, мистеру Винджу, доктору Гауэрвайну, Лиззи, Фенстеру и миссис Пайн, которая разносила фонари по комнатам и только что вернулась.

— Конец, — тихо промолвила Джорджи Мозель и с этими словами исчезла на лестнице.

— Как жаль её, — сказала миссис Геревард после долгого молчания. — Бедная птичка. Бедная маленькая птичка с синими пёрышками.

Фенстер кивнул.

— Мне не нравится видеть, как кто-то грустит. Нужно приготовить для неё пирог или что-нибудь такое. — Все взгляды обратились к нему. — А вам так не кажется? — спросил он. — Всем становится лучше, когда пекут пирог. Ладно! Я могу и сам, наверное, его приготовить.

— Вы умеете готовить? — спросили хором Сирин и миссис Геревард.

— Ну не то чтобы я мог зарабатывать этим себе на жизнь, — ответил Фенстер, слегка краснея. — Но могу отмерить муку и что там ещё надо. Готов поклясться, здесь найдётся поваренная книга. У вас есть поваренная книга, Нора?

Миссис Пайн кивнула с лёгкой улыбкой.

— Ещё бы, Фенстер.

Старая леди фыркнула, а потом её лицо смягчилось.

— Могу я вам помочь, мистер Фенстер? Мы испечём для неё пирог утром. Можно даже попробовать украсить его синей глазурью.

— Думаю, у нас получится, мэм! У меня найдётся синяя ручка. Прямо с утра и начнём? — Он козырнул. — Пойду-ка посмотрю, что там с генератором.

Миссис Геревард вежливо улыбалась, пока Фенстер не вышел за дверь.

— Майло, дорогой, тебе не показалось, что мистер Фенстер собирается подкрасить глазурь синими чернилами?

Майло поморщился.

— Может быть.

Он посмотрел на сумочку, которую миссис Гереуард не выпускала из рук с тех пор, как та нашлась.

— Миссис Гереуард? Как вы думаете, стоит поговорить с Джорджи о Лэнсдегауне и рассказать то, что вам известно о доме?

Старая леди замялась.

— Я не уверена. Такое впечатление, что она не хочет больше ничего знать, Майло. Это может причинить ей боль.

— Вы могли бы рассказать Оуэну, — предложил он. — Должно быть, он потомок первых владельцев дома, раз это его второе имя. — Майло услышал, как зазвенел его голос, и постарался не выдать своего отчаяния. Он сунул руку в карман и сжал ключи, думая о воображаемом старом прохвосте, которого успел полюбить. Как несправедливо знать что-то о прошлом Оуэна и скрыть это от него. Неважно, что молодой человек ему совершенно не знаком. Оуэн может узнать о своём прошлом, и если бы Майло было что рассказать, он бы это сделал.

— Я подумаю. — Миссис Геревард пару минут разглядывала символы на сумочке с той стороны, где были вышиты двери дома, а потом перевернула её, словно бы сообщая, что разговор окончен.

Майло кивнул и встал. Затем снова взглянул на сумочку.

— А ворота? Где-то здесь были такие ворота?

Она нахмурилась.

— Если честно, про ворота я ничего не знаю.

Он нашёл Мэдди на своём любимом диванчике с высокой спинкой. Она сидела прислонившись к одному из подлокотников и смотрела на тень от подсвечника на обеденном столе, а потом перевела взгляд на Майло, который присел рядом.

— А что это за новый парень? Не Оуэн, а другой.

— Фенстер Плам. Наш… постоянный гость. Дай слово, что не сдашь его.

— Мне кажется, я его откуда-то знаю, — пробормотала Мэдди. Голос её звучал взволнованно.

— Ты могла встречать его в районе Пристани. Он тут появляется уже много лет.

— Это ведь про него твоя мама рассказывала историю? Тот самый Фенстер, который видел привидения Дока Холистоуна и его ребёнка?

— Эй, Майло! — Миссис Пайн наклонилась над ними. — Всё нормально?

— Да, всё хорошо.

— Замечательно. Я хочу выскочить на минутку, посмотреть, как там папа с Брэндоном и Фенстером. Что-то они долго. Ничего?

— Конечно.

— Если что, зови меня или просто постучись в дверь миссис Каравэй. Она пошла спать, но в случае чего — буди!

— Хорошо, мам!

— Ты говорил про Фенстера, — напомнила Мэдди, когда они снова остались наедине.

— Ага, — Майло понизил голос. — Да, Фенстер — тот самый парень из маминой истории. Она сказала, что он узнал Дока Холистоуна по плакатам «Разыскивается», но на самом деле Фенстер с ним плавал. Жаль, что нельзя попросить его рассказать какую-нибудь историю. Он это умеет!

— Хмм... — Мэдди снова пристально смотрела на мерцающий огонёк на столе, а потом сняла очки и развернулась к нему. — Вернёмся к делу, Негрет, — заявила она, не сводя с мальчика глаз. —

Надо разобраться с новыми зацепками. Во-первых, мне кажется, что Джорджи описывала именно твою карту, так что её, наверное, стащила Клем.

Он широко улыбнулся, а потом покачал головой.

— Нет. Если Клем такой мастер, как говорит Джорджи, то она не допустила бы ошибку. Тот вор положил мои вещи не так, как я их оставил.

— А кто тогда, по-твоему?

— Я думаю, это Джорджи... — медленно проговорил Негрет. — Думаю, Джорджи оставила карту, чтобы я нашёл, ещё тогда...

— Но ты ведь говорил, что её кто-то выронил?

— Да, потому что тогда мне так казалось. Но не теперь. — Он задумался, припоминая историю Джорджи и то, как она описывала Зоркого. — Думаю, она оставила карту для меня. Специально уронила, чтобы я нашёл.

— Но зачем?

— А затем... она, наверное, думала... ну или надеялась, что я пойму. Может, ждала, что я сразу же узнаю, что эта за карта, пойду по ней и приведу Джорджи к... — А вот тут неизвестность, понял он. — Короче, к чему-то, что связано с Лэнсдегауном.

— А что, если бы карту нашла Клем? — спросила девочка-дух. — Или если бы ты упомянул при ней про эту карту?

— Клем ещё не было. Но готов поспорить, именно поэтому Джорджи забрала её обратно. Как только объявилась Клем, Джорджи поняла, что нельзя оставлять у меня такую важную улику.

— Тсс! — Сирин ткнула его локтем, а через секунду на лестнице появилась Джорджи, которая, устало передвигая ноги, прошла в гостиную, взяла свою чашку, на кухне налила ещё кофе и пошла обратно к лестнице.

Миссис Геревард громко откашлялась и многозначительно переводила взгляд с мистера Винджа на доктора Гауэрвайна, который вернулся с улицы, где курил, и теперь сидел на плите перед камином, забравшись туда с ногами.

Мистер Виндж не обратил на это никакого внимания, а доктор Гауэрвайн заговорил:

— Эй, мисс Мозель? Раз вы уже начали, что, если я расскажу ещё одну историю?

Джорджи остановилась. Глаза у неё были красные.

— Не уверена, что хочу засиживаться. — Она рассеянно провела рукой по волосам. — Думаю, я завра уеду. Нужно собрать вещи.

— Ох, послушайте вместе с нами! — громко уговаривала миссис Геревард синеволосую девушку. — Отвлечётесь немного, милая.

Джорджи вздохнула и позволила усадить себя в кресло рядом с ёлкой, подогнула под себя ноги, устроилась поудобнее и на миг стала казаться куда моложе, чем раньше. Негрет не мог избавиться от чувства жалости, Джорджи выглядела такой несчастной! Но всё же он был рад, что вечер историй ещё не закончился. Он повернулся, сел, опершись локтями на спинку диванчика, и приготовился слушать. Доктор Гауэрвайн откашлялся.

— Я всего лишь скромный профессор и не большой мастер рассказывать истории, — начал он, — так что надеюсь, вы проявите терпение. — Он задумчиво посмотрел на окно в форме арки, венчавшее входную дверь. Огонёк свечи отражался в кусочках витража. — Но по долгу службы я иногда сталкиваюсь с какими-то занимательными случаями и собираюсь рассказать вам одну такую историю. Мне кажется, она подходит к месту, где все мы собрались. История как раз связана с витражами. Так вот, жил да был мастер, который изготавливал окна, — начал он, немного помолчав. — Настоящий художник, но не особенно приятный в общении человек. По крайней мере, не всегда. Он знал обо всём, что происходило вокруг. Чужие секреты были для него своеобразным подспорьем в делах, я говорю о секретах, которыми часто владеют жители Нагспика. Или же производство витражей было подспорьем. Как бы то ни было, он занимался тем и другим и вполне преуспевал.

Он работал в мастерской в квартале Печатников, создавал прекрасные картины из стекла и металла, а порой прибирал к рукам какой-нибудь кусочек тайны, который кто-то хотел спрятать, раскрыть или выменять на что-то другое, недоступное и загадочное.

Доктор Гауэрвайн снова замолчал, когда открылась входная дверь и вошла миссис Пайн, впустив поток ледяного воздуха.

— Прошу прощения, — сказала она, освобождаясь от верхней одежды. — Они всё ещё работают. Придётся ещё немного посидеть при свечах.

— А доктор Гауэрвайн рассказывает историю, — объявила миссис Геревард.

— Ох! Простите, что перебила. — Она подула на замёрзшие руки и ушла на кухню.

— Те, кто не знал про его тайные дела, приходили к нему за витражами, — продолжил доктор Гауэрвайн. — Служители церкви, архитекторы, строители библиотек, как-то раз даже мэр города заглянул, когда начали восстанавливать городской архив после пожара. Он попросил известного стекольщика изготовить витраж, который не испортится, если вдруг в архиве опять случится пожар, а наоборот, оплавится с изумительной красотой. Задача была очень интересной, и стекольщик принял вызов. Он вообще был чудак, со своими собственными секретами. А звали его Лоуэлл Скеллансен.

Негрет проследил за взглядом доктора Гауэрвайна, который рассматривал блики на стекле над входной дверью. А что, если профессор сочинил эту историю, чтобы открыть, будто тот знаменитый мастер и создал окна в «Доме из зелёного стекла» и именно это привело его сюда? Видимо, не один он это заподозрил.

— Позвольте предположить, — усмехнулась миссис Геревард, взмахнув рукой так, что зазвенели браслеты, — что все эти витражи сделал Скеллансен? Но дом слишком стар для этого.

Доктор Гауэрвайн смерил её холодным взглядом.

— Я знаю, — буркнул он, и на минуту появилось ощущение, что перемирие, которое они заключили во имя душевного спокойствия Джорджи, вот-вот будет нарушено. Но доктор лишь сердито нахмурил брови.

— Да. Дом старый. И некоторые из этих окон тоже очень старые. Но если я не ошибаюсь — а я, позвольте напомнить, эксперт по этому вопросу, поэтому сомневаюсь, что допустил ошибку, — многие из витражей сделаны немного позднее. Кроме тех, что на лестнице, большинство витражей поставили, когда дом перестраивался, тогда же оборудовали запасные выходы и боковое крыльцо.

Доктор Гауэрвайн поправил очки и посмотрел в окно на защищённое от ветра крыльцо.

— Окна, без сомнения, прекрасны. Но разница между самым прекрасным витражом и работами Скеллансена... это целая пропасть. Всё равно что сравнивать дикие яблоки и спелые апельсины. Маленькие сморщенные яблочки и огромные сладкие калифорнийские апельсины. И ещё, за единственным исключением, все витражи, судя по всему, созданы не позже начала двадцатого века. А Скеллансен творил уже при моей жизни.

— Вы сказали «за единственным исключением», — напомнил Негрет. — Про какой витраж вы говорите? Мог его изготовить этот Скеллансен?

— Ах да. Окно с эмалированным стеклом. Думаю, его изготовили примерно в тридцатых. Тоже рановато для Скеллансена.

— А что такое эмалированное стекло?

— Это стекло, на поверхность которого наносится краска, — объяснил доктор Гауэрвайн. — Совсем другая техника, не такая, когда сразу берут цветное стекло. — Тут он заёрзал на месте, и Негрет догадался почему. Профессор говорил об окне в номере «5W».

Это комната Клем. Вот почему он туда заходил, но ничего не тронул. Он просто хотел поближе рассмотреть тот витраж. К счастью для него, Клем этого не услышала, и миссис Пайн тоже не поймала его на слове.

Он откашлялся.

— Так что, миссис Геревард, я совершенно уверен, что эти витражи изготовил не Скеллансен. Но вернёмся к нашему герою. История, которую я хочу рассказать, началась, как и многое в Нагспике, с контрабанды. Некий контрабандист состоял в команде прославленного Дока Холистоуна, и ему нужно было передать одну секретную новость. Он отправился к стекольщику, который имел дело с чужими тайнами.

Негрет встретился глазами с Сирин. Прославленный Док Холистоун, который некогда владел этим домом. Случайного совпадения быть не могло.

— Для тех, кто не знает, — продолжил доктор Гауэрвайн, — Док Холистоун погиб тридцать четыре года назад во время неудачного побега, подробности которого и по сей день толком не раскрыты.

Сирин нахмурилась. Негрету стало интересно, что же в этих словах заставило девочку насторожиться. Историю Дока Холистоуна знают все.

— Вроде как в том деле были замешаны агенты компании «Дикон и Морвенгард», а также нагспикской таможни, которая, можно сказать, была отделением «Дикон и Морвенгард», так что неудивительно. Это объясняет, почему контрабандист примчался в мастерскую Скеллансена в полной панике, опасаясь за свою жизнь. Он знал правду, которую нужно было открыть миру. Но сам он этого сделать не мог. Он не хотел, чтобы «Дикон и Морвенгард» пустили своих людей за ним по следу. Не мог бы Скеллансен найти кого-то, может какую-то газету, где захотели бы написать, что на самом деле случилось с Доком Холистоуном?

Что ж, Скеллансен выслушал историю, и у него родилась одна задумка. Он расскажет правду сам. Сделает витраж, на котором изобразит, что случилось с Доком Холистоуном, когда тот попал в руки агентов «Дикон и Морвенгард», причём поместит витраж там, где его точно увидят. Скеллансен как раз согласился изготовить по поручению мэра витраж для городского архива, поэтому решил запечатлеть на нём историю контрабандиста. Готовилось торжественное открытие, и даже если «Дикон и Морвенгард» пришлют кого-то из своих пособников, чтобы уничтожить витраж на следующий же день, тысячи людей увидят его хотя бы раз. Витраж снимут фотографы, о нём напишут журналисты всего города. Идеальный план. Скеллансен стал делать наброски в ту же минуту, как контрабандист вышел из мастерской.

Разумеется, витраж был не единственным делом, над которым трудился в то время стекольщик, не в первый раз он совмещал две стороны своей жизни. Он был искусным художником, и если вы умеете «читать» его витражи, то в них откроются целые миры, полные тайн и загадок, запечатлённые в стекле и металле.

Между тем в городе один из тех, кто передавал через Скеллансена свои секреты, решил покончить с мастером. Но человек, который постоянно рискует, храня и передавая чужие тайны, обязательно обезопасит себя и найдёт того, кто предупредит, что пора на время затаиться. Когда убийца с ножом в зубах прокрался в мастерскую Скеллансена, того уже и след простыл, а вместе с ним исчезли и все его работы, включая последний заказ на четыре витража. Мастерскую не просто бросили, из неё всё вынесли. Не осталось ни одного фрагмента витража, а про Скеллансена с тех пор никто и слыхом не слыхивал. Он пропал.

— И? — нетерпеливо спросила миссис Геревард.

Доктор Гауэрвайн посмотрел на неё, перевёл взгляд на окно над входной дверью, а потом опять на старую леди.

— И он всё ещё не объявился. Вместе с теми четырьмя витражами, один из которых, а может, и все таят секреты, и даже одного достаточно, чтобы кому-то захотелось покончить со Скеллансеном. А в одном из витражей зашифрована тайна смерти Дока Холистоуна.

— И он спасался бегством со всеми своими работами, притом что в спину дышал наёмный убийца? — скептично хмыкнула миссис Геревард. — Невероятно!

— Ну, из мастерской всё вынесли подчистую. Это точно. Но ему ведь не нужно было вывозить витражи целиком, — резонно заметил доктор Гауэрвайн. — Большинство — я про исследователей творчества Скеллансена — считает, что он бежал с этюдами и чертежами, которые использовались для разметки, резки и выкладки стекла в готовый витраж, или, точнее, с «видимусами»*, как называли модель витража в натуральную величину. Мастер изготавливал их для того, чтобы показать заказчику. Если у Скеллансена остались этюды или видимус какого-то из витражей, он мог бы воспроизвести его снова.

---

* Изготовление витража художником начиналось с эскиза, который назывался «видимус» (от лат. vidimus — «как мы видим»). Видимусы представляли на утверждение заказчикам, а потом на их основе создавался макет будущего витража в натуральную величину.

Доктор потянулся за своей чашкой. Все в комнате ждали продолжения.

— И? — снова не выдержала миссис Геревард.

— И что? — переспросил доктор Гауэрвайн. — Я не знаю, куда исчез Скеллансен. Я вызвался рассказать историю, потому что вы предложили развеселить юную мисс, а сюжет навеяли местные витражи. Никто не говорил, что это должна быть история, где в конце концов всё распутывается, как в какой-нибудь глупой сказке. Это правда, а у правдивых историй нет конца, ведь события развиваются дальше.

Миссис Геревард рассердилась при упоминании «глупой сказки», а Джорджи фыркнула.

— Я не просила меня веселить, — проворчала девушка, но всё же улыбнулась.

Негрет взглянул на Сирин. Та всё ещё сидела, как будто вытянувшись по струнке, и, прищурившись, смотрела на доктора Гауэрвайна. Потом вздохнула и спряталась за высокой спинкой.

— Ужасно интересно, — прошептала она. — Что думаешь?

Негрет наклонился к ней и прошептал:

— Мне кажется, он уже рассказывал раньше эту историю. Что-то тут не так… Может, и правда, что ни один из витражей не изготовлен Скеллансеном, но история и витражи как-то связаны, поэтому он тут и оказался. И поэтому заходил в комнату Клем. — Он напомнил то место в рассказе доктора, когда он говорил про стекло с эмалью. — Но это не значит, что он не вор. Он определённо что-то искал.

— Согласна. Но как мы выясним, что именно? Ты думаешь про те стекляшки в Эмпориуме?

— Да. Но ещё мне не дают покоя слова доктора о том, что Скеллансену вовсе не обязательно было убегать с настоящими витражами, если у него были этюды или эти... как их? На букву «в»...

— Видимусы.

— И ещё, если скрывать витражи в доме, где их и так полным-полно, это ведь означает прятать на самом видном месте, правильно? Может, Скеллансен не мог спрятать здесь свои витражи, ведь они такие замечательные, что отличались бы от остальных. Но инструменты... этюды... вполне могли затеряться.

Сирин явно была поражена.

— Ух ты, Негрет. Отличная мысль!

— Может статься, конечно, что доктор Гауэрвайн повернут на витражах и приехал сюда, потому что у нас тут их целая куча. Возможно, он рассказывал правду и история про Скеллансена просто пришлась к слову. Но от Дока Холистоуна никуда не деться.

— Ага. Интересно, да? — Снова на лице девочки появилось то странное выражение. — Он не говорил, что дом раньше принадлежал Холистоуну, но, как думаешь, он знал об этом? В смысле до того, как приехал сюда и услышал историю твоей мамы.

— Это легко выяснить, — сказал Негрет, высунулся из-за спинки дивана и громко позвал: — Доктор Гауэрвайн!

Профессор повернулся к Майло.

— Да, Майло?

— Можно вопрос про Дока Холистоуна?

— Да? — насторожился он.

Негрет напустил на себя самый невинный вид.

— А вы знали, что дом принадлежал раньше Доку Холистоуну? Я имею в виду — до вчерашнего дня, когда мама рассказала свою историю?

Доктор Гауэрвайн состроил гримасу, которая, наверное, должна была выражать непонимание, удивление и полную бесхитростность. Увы, ничего не вышло. Скорее, получилось лицо человека, который вот-вот соврёт.

— Боже мой! Я был поражён до глубины души! Прямо-таки ошарашен!

— Какое совпадение, — ответил Негрет.

— Да, — закивал профессор. — Удивительное совпадение!

Негрет снова присел за спинкой.

— Не помню, чтобы он тогда выглядел удивлённым, — тихо проговорил он.

— Да, он не просто уже знал, — прошептала Сирин, — но ещё и соврал. А зачем? Это ведь не секрет!

— Не-а, — прошептал в ответ Негрет, — но готов
поспорить, что если ты ищешь то, из-за чего другой человек пустился в бега, подвергая свою жизнь
опасности, наверное, и сам будешь опасаться. Пусть
даже события произошли давным-давно.

— То есть ты считаешь, он заподозрил… что видимус спрятан где-то здесь, на постоялом дворе?

— Да, дорогая моя Сирин, именно так я и считаю. Доктор Гауэрвайн думает, что секрет гибели
Дока Холистоуна спрятан где-то здесь. — На секунду он сбросил маску своего персонажа и рассмеялся, глядя на одно из двух больших окон, которые
обрамляли холл. — Это так странно!

— Почему? — Сирин широко улыбнулась в ответ.

— Ну… мы ведь говорим о моём доме. Тебе это
не кажется странным? — Он пожал плечами. — Да,
когда-то давным-давно здесь жил и Док Холистоун,
но ещё позавчера я сидел тут и делал домашку по
математике.

А на улице снег налип маленькими сугробчиками
в углах оконных стёкол. Это было самое заурядное
нагспикское стекло: толстое, щербатое, по цвету —
как мякоть огурца, из-за чего всё за ним становилось

светло-зелёным. В доме не было электричества, поэтому лунный свет снаружи казался ещё ярче, чем раньше. Бледно-зелёный снег устилал землю до самой рощи.

Глядя в сторону беседки, Негрет вспомнил неизвестного в тёмном пальто, разыскивающего что-то на рельсах два дня назад. Он тогда подумал, что это гость, который выронил карту, но если он прав в своих подозрениях по поводу Джорджи, то, значит, здесь ошибался.

Теперь казалось вполне вероятным, что у кого-то была причина следить за домом.

Свечи догорали и плавились. Те, кто ещё не ушёл спать, стали расходиться. Первой ушла Джорджи, пробормотав «спокойной ночи», затем миссис Геревард, Лиззи и Мэдди. Доктор Гауэрвайн в последний раз совершил вылазку на крыльцо, чтобы покурить на воздухе. Остались только миссис Пайн, мистер Виндж и Майло, который перебрался поближе к камину, чтобы прочесть ещё пару глав «Записок» при свете огня. Мама положила на кирпичную кладку несколько сложенных одеял, и с помощью нехитрых приёмов Майло превратил одеяла в уютное сиденье, а рюкзак, найденный в Эмпориуме, служил отличной подставкой для ног.

Миссис Пайн сняла каминную решётку и подложила пару поленьев.

— Что-то вас совсем не слышно.

Майло вскинул голову, думая, что мама говорит о них с Мэдди, но она улыбалась мистеру Винджу. Пожилой мужчина поёрзал и скрестил лодыжки (зелёные и синие ромбики, вокруг которых нечто, напоминавшее вереницу прыгающих лягушек).

— Думаю, — усмехнулся он, — любой покажется тихоней рядом с иными из гостей.

— Истинная правда! — Миссис Пайн поставила решётку на место и отряхнула колени. — Можно поинтересоваться, что вы читаете?

Он показал книгу:

— «История реки Скидрэк и окрестностей».

— По долгу службы или ради удовольствия? — заинтересовалась миссис Пайн. — Знаете, я ведь ни разу не спросила, чем вы занимаетесь. Просто дел невпроворот, а вы такой непритязательный гость. Всё, конечно, познаётся в сравнении, — добавила она с улыбкой.

Майло притворился, что читает, но сам навострил уши. Мистер Виндж не спешил отвечать. Казалось, он обдумывал свои слова, прежде чем произнёс:

— Я на пенсии.

Но миссис Пайн не отступала:

— Должно быть, это прекрасно. Могу я предложить вам кофе или ещё что-нибудь, мистер Виндж?

— Нет, нет. — Он поднялся, хрустя суставами, и поклонился. — Пожалуй, пора и мне на боковую.

— А тебе, малыш? — спросила мама. — Похоже, мы с тобой одни не спим. — Она выглянула в окно. — По крайней мере, в доме.

— Не хочется пока. — Он проследил за взглядом матери в сверкающую темноту. — Ты думаешь, с ними там всё нормально? Может, сходить проверить?

Миссис Пайн улыбнулась, но прежде, чем она успела ответить, три закутанные фигуры вывернули из-за угла и побрели по ледяной корке через лужайку.

— Вот так так! — пробормотала она. — Это значит, что света сегодня не будет.

— Угу.

Дверь открылась, впуская в дом ещё один водоворот ледяного ветра, и на пороге затопали мистер Пайн, Брэндон и Фенстер. Выглядели они расстроенными.

Миссис Пайн поспешила забрать у них куртки.

— Майло, принеси одеяла.

Он собрал одеяла и отдал, все трое не могли унять дрожь.

— Спасибо, Майло, — поблагодарил мистер Пайн.

Они завернулись в одеяла, а потом вместе двинулись к столу, пока миссис Пайн сбегала на кухню и появилась с дымящимися кружками.

— Не получилось, да? — Они посмотрели на неё с одинаковым раздражением. — Понятно.

— Всё намного хуже, — проворчал Брэндон. — Сам ей расскажешь, Бен?

— Расскажешь что? — с опаской переспросила миссис Пайн. — Не молчи, пожалуйста.

Мистер Пайн покачал головой.

— Дорогая, ты не поверишь, но мы на девяносто девять процентов уверены, что кто-то намеренно вывел генератор из строя.

— Кто-то намеренно… — Миссис Пайн опустилась без сил на скамейку рядом с ним. — Ты шутишь!

— Да нет. Эту аварию подстроили! — мрачно заявил Брэндон. — Кто-то засунул деревянную колодку в нутро несчастного генератора.

Старинные напольные часы начали отбивать полночь. Отец Майло поднял чашку:

— С наступающим Рождеством!

Родители, Фенстер и Брэндон просидели ещё довольно долго, обсуждая, как починить генератор и что сделать, чтобы дом — ну, или, по крайней мере, гости не замёрзли, а еда не испортилась. Майло вернулся на диван и снова взялся за книгу.

Он дочитал до середины историю про Дьявола и мусорщика, но мысли разбегались. Слишком много всего случилось. Негрет и Сирин вернули похищенные вещи, а ещё выяснили, что привело Джорджи, Клем и миссис Геревард в этот дом. Это, конечно, здорово. Но Джорджи, которая была с ним так добра, теперь ужасно подавлена, ничего хорошего. А ещё история доктора Гауэрвайна, которая, как подозревал Негрет, тоже объясняла, почему доктор Гауэрвайн приехал в «Дом из зелёного стекла».

Как может выглядеть этот видимус? Если доктор Гауэрвайн ищет именно видимус, мог он украсть ненароком чужие вещи? Джорджи сказала Негрету, что в блокноте были сведения о ком-то, кто связан с домом, а Клем заявила, что она единственная, кого ещё может интересовать блокнот. Но что, если Клем ошиблась? Что, если доктор Гауэрвайн каким-то образом выяснил, что блокнот имеет отношение к дому, и забрал тайком, чтобы полистать на досуге. Может, нечто подобное получилось и с сумочкой миссис Геревард?

Единственное, что не вписывается в эту версию, — это часы мистера Винджа, которые никак не связаны с домом. Но старинные часы могли представлять ценность, поэтому та кража была... старой доброй кражей.

«Дом из зелёного стекла» времён 1812 года... То есть Лэнсдегаун, поправил себя Майло... Доктор Холистоун почти сорок лет назад... ворота...

— Майло!

Он вздрогнул и проснулся. Мистер Пайн сидел рядом и устало улыбался.

— Может, пора в кроватку, малыш? А нам придётся задержаться, перенести еду, дрова и всё, что понадобится. — Майло сонно покивал и собрал вещи. — А где ты это нашёл? — мистер Пайн кивнул в сторону рюкзака.

— На чердаке.

— Здорово. Это, кажется, старый скаутский рюкзак моего отца. Готов поспорить, он был бы счастлив, что ты его нашёл. — Он взъерошил волосы Майло. — Ты не совсем ещё уснул? Сможешь отнести наверх свечу и задуть её прежде, чем закроешь глаза?

— Да... Ой, погоди. — Майло нащупал в рюкзаке старый металлический фонарь. — А можешь зажечь этот фонарь? Я его тоже нашёл на чердаке.

Отец взял фонарь и осмотрел его.

— Ух ты! Какой необычный старинный фонарь. Нора! — крикнул он через плечо. — У нас есть керосин?

— Да, вроде в кабинете есть бутылка. Я её купила для того смешного фонаря в виде поросёнка.

— Ничего он не смешной, — проворчал мистер Пайн. — Пошли, Майло! Посмотрим, что там.

В кабинете Майло уселся в мягкое кресло и лениво вертел фонарь в руках, пока отец заглядывал в шкафы и ящики стола при свете толстой свечи. Вдруг мальчик резко выпрямился и проснулся.

— Нашёл! — сообщил мистер Пайн, болтая пластиковой бутылкой с бесцветной жидкостью. — Стояла на полочке, где спиртное. Да уж, логично, а главное, безопасно, ничего не скажешь. Твоя мама порой… — Он с любопытством уставился на сына. — Что означает этот вид?

Майло пропустил вопрос мимо ушей.

— Можешь поднести свечку поближе, пап?

На днище фонаря виднелись какие-то завитки. Майло не придал этому значения, когда нашёл фонарь в Эмпориуме, но теперь, спустя эти два дня, когда столько всего случилось и подсказки появлялись одна за другой, каждая мелочь казалась важной. Майло не мог отогнать мысль, что завитки не похожи просто на случайные отметины, скорее… на знаки, которые нацарапали специально, и даже… Он полизал большой палец и потёр днище. Да, определённо они что-то значили. Майло крутил фонарь и так и сяк.

Всё стало явным в отблеске свечи, и теперь, как и с воротами, он просто не мог уже этого не видеть. Завитки складывались перед глазами в язычок пламени, похожий на слезинку, и тут же в памяти вспыхнули слова из истории, которую миссис Геревард рассказывала накануне вечером.

Джулиан протянул... фонарь, который погасил ранее. Тёрн нацарапал... на нижней части фонаря такой же знак... «Теперь вы всегда сможете проложить путь и всегда сможете осветить путь, если у вас будет кремень».

Майло снова залез в рюкзак и вытащил оттуда маленькую пороховницу и кремень, найденные рядом с фонарём на чердаке. Мистер Пайн наблюдал за ним с удивлением:

— Посвятишь меня в свой секрет?

— Пап, — медленно проговорил Майло. — Помнишь ту историю, что вчера рассказывала миссис Геревард? Ну, про пилигрима.

— Конечно же. — Он снова взглянул на фонарь. — О! Я понял! В той истории ведь тоже говорилось про фонарь.

— Да. — Майло задумался на минуту. — Знаешь, она ведь утверждает, что наш дом построили её предки.

— Да ладно?!

— Правда. Она сказала мне это, когда я расспрашивал про пропавшую сумочку. Поэтому миссис Геревард и приехала в «Дом из зелёного стекла». Она сказала, что в их семье есть легенда, будто у кого-то из её предков хранилась реликвия из той истории.

— И что ты подумал? — мистер Пайн улыбнулся. — А, Майло? Что это и есть фонарь из её истории?

— Я подумал, — растягивая слова, произнёс Майло, — пусть даже этот фонарь не волшебный, может быть, он напомнит ей о том самом фонаре. На этом фонаре… тоже что-то нацарапано, как в истории. А ещё я нашёл это… — Он протянул пороховницу. — Может быть, её порадует, если мы подарим ей это. Ну, если ты не возражаешь.

Мистер Пайн обнял сына.

— Это самая лучшая идея за весь день. Только надо спросить, согласна ли мама. Я никогда не видел раньше эти вещи, думаю, и она тоже, поэтому наверняка не будет против. Но на всякий случай поговорю с ней, ладно? Утром скажу, что она ответит.

— Договорились. — Майло перевернул фонарь. — Давай попробуем его зажечь, а?

— Конечно.

Мистер Пайн отвинтил крышку от бутылки с керосином, плеснул немного в фонарь, подтянул фитиль, чтобы он не провалился целиком. Они подождали пару минут, пока фитиль пропитается керосином. Потом Майло поднял фонарь за цепочку, а мистер Пайн чиркнул спичкой. Фитиль загорелся немедленно, пламя превратилось из красно-золотистого в тёмно-синее.

— Ого! — воскликнул мистер Пайн. — Посмотри-ка, какой синий цвет! Я такого не видел, когда зажигал фонарь-поросёнка.

Майло проснулся. Вряд ли прошло много времени, поскольку синий огонёк так и подрагивал на столе, а папа сказал, что фонарь будет гореть, только пока он сходит ещё за одеялами.

Дом был полон шумов, в том числе привычных: стук оконных рам и навесов от ветра, который завывал среди деревьев и поигрывал заледеневшими ветками. Взрослые бродили и переговаривались на первом этаже. Он различал голоса родителей, а ещё Брэндона, поскольку тот говорил с акцентом, но не мог расслышать, о чём они говорили.

Однако звук, который его разбудил, донёсся не снизу, а сверху, и не из комнаты. Майло уже немало времени провёл под одной крышей с гостями и знал, как звучат шаги наверху.

Мальчик выбрался из постели и посмотрел, сколько времени. Лицо осветил синий свет фонаря. Два часа ночи. Наверное, мистер Пайн не следил за временем. Он бы ни за что не оставил сына спать с зажжённым фонарём.

Майло сунул ноги в тапочки верхолаза и тут же ощутил, что Негрет готов выскользнуть из комнаты и отправиться на расследование. Он с тоской взглянул на латунный фонарь, однако бродить посреди ночи с открытым огнём по тёмному дому означало навлечь беду. Он вытащил из ящика стола фонарик и пощёлкал выключателем. Луч был резким и холодным по сравнению с мягким кобальтовым свечением старинного фонаря.

Он достал из рюкзака круглое потемневшее зеркальце, которое нашёл в Эмпориуме, а из тумбочки взял связку ключей старого прохвоста, рассовал всё по карманам пижамы, а потом с неохотой затушил синий огонёк, открыл дверь и тихонько вышел.

Второй этаж не полностью погрузился во тьму, кто-то поставил фонарь на кухонный стол и ещё один на подставку у лестницы. Оба фонаря горели еле-еле, вокруг них разливались маленькие лужицы света, но этого было достаточно, чтобы не натыкаться на предметы.

Негрет остановился у лестницы и прислушался. Внизу всё ещё переговаривались. Майло на цыпочках двинулся наверх, не забывая о скрипучих ступеньках. Он решил, что тот звук раздался этажом выше, раз оказался таким громким, чтобы его разбудить. Но теперь ничего не слышно.

Вот опять.

Звук был другой, но Негрет узнал его. Именно с таким звуком поворачивались старые дверные ручки в доме. Негрет одолел последние ступеньки так быстро, как только отважился, и встал у поворота лестницы с зеркальцем в руке. В отражении виден был пустой коридор, еле-еле освещённый фонарём на батарейках, который положили на столик, где раньше стоял молочай. Фонарь включили на самую маленькую мощность, но и этого хватило, чтобы Негрет убедился, что в коридоре пусто. Все двери закрыты, кроме незанятого номера, в котором Негрет нашёл часы.

Мальчик на цыпочках прокрался к пустой комнате, по дороге придумывая, что скажет, если вдруг кого-то там обнаружит. Гостям не запрещалось ходить по дому и заглядывать в чужие комнаты, если там никто не живёт. Однако, если вспомнить о пропажах и сломанном генераторе, ясно, что каждый, кто бродит по чужим комнатам, задумал недоброе.

«Ну, не то чтобы каждый, — решил Негрет. — Я же ничего такого не задумал».

Он вошёл в дверь и включил фонарик. Холодный луч пронзил темноту, отбросив круг света на окно. Всё было так, как они с Сирин оставили накануне. Негрет направил фонарик в сторону ванной. Никого. Он на цыпочках прошёлся по комнате, потом приблизился к ванной. Сердце глухо колотилось в груди, когда Негрет посветил через открытую дверь. Фуф. Никого. Сердце совсем зашлось, когда он отдёрнул занавеску.

Никого. Пусто.

А вот снова тот звук!

В коридоре повернулась дверная ручка. Негрет вернул занавеску на место и тихонько вышел из ванной. Тем временем повернулась другая ручка, и в этот раз звук немного отличался. Он просчитался и в темноте стукнулся лодыжкой об изножье кровати, схватился за больное место и последние метры до коридора ковылял, спотыкаясь. Когда он добрался до двери и посветил в коридор, там уже никого не было.

Но теперь Негрет не сомневался, что происходит. Кто-то вышел из одного номера и зашёл в другой. Негрет выключил фонарик и на цыпочках двинулся обратно к лестнице. «3E», мистер Виндж; «3N», миссис Гереward; «3S», доктор Гауэрвайн. Кто-то не спит и ходит по этажу: или только что пробрался в чужую комнату, или только что вернулся оттуда, но закрытые двери не давали никаких подсказок.

На лестнице Негрет замялся. Не выключая фонарик, он присел на корточки и ждал, прислушиваясь, не раздастся ли предательски хриплое дыхание доктора Гауэрвайна, тихая, но не бесшумная поступь Джорджи, не зашуршит ли подол пеньюара миссис Геревард или, может, хрустнет кость у мистера Винджа.

Если же это Клем, то лучше не моргать, иначе он ничего не услышит.

Негрет ждал, и ждал, и ждал.

Никто не выходил. А Негрет всё ждал. Тут он почувствовал, как его клонит в сон, понял, что сейчас уснёт прямо на лестнице, и решил оставить свой пост. Он поднялся, но чуть было не упал, поскольку ноги затекли. Путешествие вниз получилось не таким бесшумным, как наверх.

Вернувшись к себе в комнату, он снова зажёг фонарь и смотрел, как танцует синий огонёк. Означал ли этот шум, что с утра кто-то ещё обнаружит пропажу? Предпримет ли вор новую попытку, даже после того, как его планы вчера расстроились? Или он просто-напросто прихватил то же самое, что и раньше? Но сумочка и блокнот хотя бы связаны с домом, а как же часы? Почему он вообще украл эти вещи? Что сказал бы на это прославленный плут, отец Негрета?

Увы, мальчик уснул, так и не ответив ни на один из этих вопросов.

Глава десятая

Сочельник

Утром в сочельник заметно похолодало. Майло спал под тремя одеялами. Он перекатился на другой бок и сквозь пелену в глазах посмотрел на часы. Семь утра. Фонарь на столе погас. Должно быть, кто-то из родителей заходил с одеялами и потушил его, а значит, ему достанется не только за самовольную отлучку из дома, но и за то, что уснул с непогашенным огнём.

На столе лежал его электрический фонарик. События прошлой ночи тут же встали перед глазами. Кто-то, кроме Майло, бродил по дому в темноте.

Снаружи небо было синим, но когда Майло выбрался из постели и подошёл к окну, то увидел, что с запада ползёт серо-стальная полоса. Снова надвигался снегопад.

Майло залез под кровать и отыскал блокнот на пружинке, в котором они с Мэдди делали заметки накануне. Он сел по-турецки на пол, открыл блокнот на странице с именем доктора Гауэрвайна и наверху дописал: «*Ищет видимус витража. Возможно, как-то связан с пропажей сумочки и блокнота. Возможно, заходил в комнату Клем, чтобы посмотреть на стекло с эмалью*». Он перелистнул страничку со списком подсказок и добавил: «*Кто-то бродил по дому вечером накануне сочельника. Снова вор?*» Потом посмотрел на фонарь и дописал: «*Может быть, фонарь из Эмпориума и есть та самая реликвия? На днище нацарапан маленький огонёк. Фонарь, вышитый на воротах на сумочке миссис Г.?*»

Тут в дверь постучали. Майло поднялся и сунул блокнот под подушку.

В коридоре стояла Мэдди с маленькой прямоугольной коробочкой, завёрнутой в золотистую фольгу.

— Поздравляю, поздравляю! — она протянула Майло свёрток. — Это лежало под дверью.

Майло расплылся в улыбке.

— Мама с папой всегда оставляют для меня подарок, чтобы я нашёл утром в сочельник.

Он забрал подарок и положил на кровать. Они с Мэдди сели, но прежде, чем развязать ленточку, Майло рассказал Мэдди, что произошло вчера вечером, начиная с того, как он обнаружил язычок пламени на фонаре, и заканчивая тем, что кто-то таинственный блуждал на третьем этаже.

— Так что мы сидим? — воскликнула девочка, потянув Майло за руку. — Бежим вниз, узнаем, что пропало! Быстрее! Прямо сейчас!

— Ладно, ладно! — Майло схватил тапочки верхолаза и рюкзак, замешкался на секунду, чтобы убрать фонарик в рюкзак, а ключи — в карман, и с подарком под мышкой поспешил к двери.

— Ты не хочешь переодеться? — спросила Мэдди, с сомнением оглядывая его с ног до головы.

— Не-а. В Рождество у нас в семье разрешается весь день ходить в пижамах. Гостям придётся с этим как-то мириться.

На первом этаже было на удивление тихо, учитывая, что в доме, скорее всего, снова что-то украли. Ну, не полная тишина, но никто не кричал: «Держите вора!» Во всяком случае, пока что.

Миссис Каравэй и Лиззи сидели за столом друг напротив друга. Лиззи можно было узнать лишь по белокурым волосам, поскольку она уткнулась лицом в руки, а плечи её подрагивали. Майло думал, что она плачет, пока не увидел лицо миссис Каравэй. Та явно старалась изо всех сил сдержать смех.

Она встретилась глазами с Майло. Видимо, он выглядел таким обескураженным, что она подмигнула и еле заметно качнула головой в сторону кухни. На кухне творилось форменное безобразие: Фенстер Плам и миссис Геревард совместными усилиями пытались испечь пирог.

— Но ведь… электричество… — удивился Майло.

Миссис Каравэй покачала головой.

— Плита и духовка работают на газу. Всё в порядке!

Миссис Геревард и Фенстер оба вырядились в фартуки хозяйки дома. Миссис Геревард выбрала фартук в розовый и белый горошек с тесёмкой на шее и завязочками на талии. Фенстер предпочёл передник, который завязывался на поясе и походил на юбку — фиолетовый, с кружевной каймой и миленькими цветочками, вышитыми на кармане.

— Фенстер, дорогой, — с показным терпением увещевала миссис Геревард. — Поверьте мне, необходимо точно взвешивать все нужные ингредиенты. Перестаньте сыпать горстями всё подряд.

— Судя по виду, не хватает корицы! — весело ответил Фенстер. — Я только щепотку добавлю.

— Мой дорогой, щепотка — это то, что можно защипнуть двумя или тремя пальцами.

— Так это же всего ничего!

— Именно! Кроме того, это у вас не корица, а перец. Пожалуйста, немедленно поставьте на место.

— Может, и перец пригодится, — пробурчал Фенстер.

— Нет! Вспомните рецепт.

В гостиной послышался глухой голос Брэндона:

— Угомоните их кто-нибудь, пожалуйста!

Голос раздавался из-под груды одеял на диване.

— Ты что, спал прямо тут? — спросил Майло, обращаясь к куче одеял.

— Да. Не смог заставить себя лезть наверх. Эй, Майло? — Наружу высунулся один заспанный глаз. — Ты не мог бы пробраться в зону военных действий и отвоевать там чашечку кофе и немного молока? Молоко, я надеюсь, осталось? Миссис Как-её-там, наверное, знает, где его найти, ведь брала же она молоко для своего… хм… пирога.

— Попытаюсь. — Майло положил рюкзак, тапочки и подарок на пол у дивана и отправился на кухню.

— Доброе утро, Майло! — обрадовался Фенстер. — А мы готовим пирог для мисс Джорджи!

— Остаётся только проверить, будет ли «это» похоже на пирог! — процедила сквозь зубы миссис Геревард. Она протянула руку над кухонным столом и буквально вырвала у Фенстера жестяную банку и поставила на полку, откуда он её только что вытащил. — Благодарю!

Майло обошёл стол, где кулинары заканчивали свои приготовления, и увидел металлический кофейник, гревшийся на маленькой переносной горелке. В ряд у стены стояли кухонные шкафы.

— Миссис Геревард, вы не знаете, где молоко?

— Мне кажется, в синем шкафу, Майло.

Брэндон вынырнул из-под одеял и подбрасывал дрова в камин, когда Майло вернулся с кружкой кофе.

— Премного благодарсп.

— Вы вчера долго ещё работали, да?

— Да, но твои мама с папой задержались ещё дольше, чем мы с Фенстером. Понятия не имею, во сколько они вернулись. — Он пошевелил угли и усмехнулся. — Я слышал, тебе не приходится скучать на каникулах.

— Чем дальше, тем интереснее. — Майло понизил голос. — Вчера я подслушал, как кто-то бродил в темноте по дому, пока вы были внизу. Я думал, опять что-то украли, но вроде нет.

Брэндон пожал плечами:

— Кто знает? Ещё не все встали. Куча времени, чтобы день пошёл наперекосяк. — Внезапно раздался резкий металлический звон, это миска упала на пол, Фенстер выругался, а миссис Геревард страдальчески вздохнула. — Начинается... — Брэндон сделал большой глоток кофе. — Не в службу, а в дружбу, Майло: когда папа проснётся, скажи ему, что я ушёл, чтобы начать пораньше.

— Чинить генератор?

— Ага. Надеюсь, при свете дня легче будет разобраться, что к чему. А если Фенстер подожжёт дом, в генераторной будке безопаснее. — Он похлопал Майло по плечу и пошёл в холл, чтобы одеться потеплее.

— Похоже, не стоит ждать новостей, пока остальные не встанут. — Мэдди тихонько сидела под ёлкой. — Ты, кстати, забыл про подарок!

— Ой! — Он отыскал подарок и уселся у ёлки. Бедная ёлочка! Праздник почти не был испорчен из-за того, что отключили электричество. Потрескивали дрова в камине, горели свечи, а на маленькой горелке все, кто хочет, могли подогреть горячий шоколад. Вот только ёлка выглядела печальной и одинокой без лампочек.

Но Майло уже разворачивал блестящую золотистую упаковку, ведь подарки в любой день

недели скрасят любую печаль. Он развязал ленточку и аккуратно повесил её на одну из нижних ве-
ток ёлки, повертел коробочку в руках и обнаружил
под фольгой конвертик. Внутри оказалась открытка
с лошадкой-качалкой, исписанная неровным почер-
ком мистера Пайна:

*С Рождеством, Майло! Мы тебя очень любим
и очень гордимся тем, как ты справился со всеми
трудностями, что так неожиданно обрушились на нас
в этом году. Мы гордимся твоей замечательной идеей
с фонарём. Может, ты используешь коробку снова,
когда будешь упаковывать подарок для миссис Г. Я не
сразу нашёл эту вещицу для тебя — и подумать не мог,
что тебе будет это интересно. Играй с удовольствием!*

С любовью, папа

Майло снял золотистую бумагу и ногтем отлепил
скотч со стенки коробочки. Внутри, на блестящей
обёрточной бумаге, лежал синий бархатный мешочек со шнурком. Майло вытащил мешочек, ослабил
завязку и вытряхнул содержимое на ладонь. Ему
в руку выпала небольшая металлическая фигурка.

Мэдди наклонилась посмотреть: — Ух ты! У тебя
замечательный папа!

— А что это? — спросил Майло.

Фигурка была выкрашена в разные цвета, но краска потемнела от времени: коричневый китель и тёмно-коричневые брюки с лампасами такого же синего оттенка, как и мешочек. Металлический человечек застыл, словно бы приседая, и Майло тут же показалось, что он прячется, а в розовато-коричневых руках он держал два странных коротких меча.

— Готова поспорить, это персонаж, за которого твой папа играл в «Странных следах», — заявила Мэдди. — Он же сказал, что был фехтовальщиком-сигнальщиком и пользовался мечами-бабочками вроде этих. — Она осторожно дотронулась до оружия. — Может, он даже разрисовал этого парня сам?

— Кто-то играет с такими штуками? — спросил Майло. Мэдди ему ничего не рассказывала про фигурки.

Она кивнула.

— В настольных играх. Многим нравится. Помогает представить, где находятся игроки, враги, препятствия и всё такое.

— Ого!

Майло рассмотрел лицо человечка. Ничего общего с его папой, но сразу видно, что это плут. Он почувствовал мгновенный укол совести, ведь он придумал себе отца-плута в игре, вместо того чтобы представить в этой роли своего настоящего папу.

Надо бы просто притвориться, что это папа, подумал Майло. И с чувством вины, которое причиняло острую боль, вспомнил про брелок с китайскими иероглифами и воображаемого отца. Негрет отличается от Майло, сказал он себе. Немного успокоив совесть, он сунул фигурку обратно в бархатный мешочек и убрал во внутренний карман рюкзака.

— Я хочу упаковать фонарь для миссис Геревард. Сейчас вернусь!

Он взял золотистую бумагу и побежал на кухню. Стараясь держаться подальше от безумных кулинаров, поискал, во что налить керосин. Спустя пару минут Майло уже сидел в кабинете на втором этаже и аккуратно переливал керосин в пустую бутылочку из-под ванильной эссенции. Он положил фонарь, пороховницу и бутылочку в коробку, обернул в ту же золотистую бумагу и отнёс вниз.

В кухне оба облачённых в фартуки пекаря разливали готовое тесто в три формы. Тем временем Лиззи с матерью наблюдали за происходящим из столовой и, похоже, изо всех сил боролись с желанием взяться за дело самим. В конце концов Фенстеру всё же удалось поставить формы в духовку, а миссис Геревард нажала кнопку на таймере.

Послышались редкие хлопки: это захлопали Лиззи и миссис Каравэй. Майло присоединился, широко улыбаясь; его примеру последовала и Мэдди. Миссис Геревард сердито посмотрела на них, словно бы сомневаясь, не смеются ли над ней, а Фенстер просиял и отвесил поклон. Как ни странно, миссис Геревард тоже виновато улыбнулась, а потом поклонилась.

И тут на сцене появились родители Майло.

— Что за шум? — спросила сонная миссис Пайн.

— Да мы тут пережили нашествие Фенстера на кухню — не без помощи миссис Геревард! — сообщила миссис Каравэй. — Можно теперь я займу место у плиты и приготовлю завтрак?

Фенстер покачал головой.

— Моя матушка, упокой Господь её душу, ни за что не простила бы меня, позволь я вам вернуться на кухню. После себя надо оставлять полный порядок!

— Совершенно согласна, — поддакнула миссис Геревард. — Я помою посуду, мистер Фенстер, а вы будете вытирать.

Миссис Каравэй опустилась на скамейку.

— Почти удалось, — проворчала она. — Почти.

Майло рассмеялся и отнёс подарок в гостиную под ёлку. Отец подошёл и присел с ним рядом.

— А ты нашёл свой подарок, Майло?

— Да! Это ведь твой персонаж в «Странных следах»? Тот самый фехтовальщик?

— Конечно.

Миссис Пайн вскоре присоединилась к ним, захватив с кухни три кружки, протянула одну мужу, вторую — Майло, а затем устроилась прямо на полу у ёлки и с улыбкой слушала, пока мистер Пайн предавался воспоминаниями об играх, в которые играл в детстве, включая ту, где «мастером» был кок на корабле его отца.

От камина приятно тянуло дымком, ёлка чудесно пахла хвоей, даже пироги (пока что) источали соблазнительный аромат. Майло потягивал горячий шоколад и ощущал блаженный покой. Да, в доме полно всяких чудаков, но хотя бы сейчас, в сочельник, он может побыть вместе с родителями. Даже Мэдди, похоже, догадалась, что ей лучше пока посидеть одной. Пару раз он видел, как она высовывалась из-за спинки дивана, улыбалась, а потом снова исчезала из виду.

Правда, длились эти безмятежные минуты недолго. Мистер Пайн хлопнул по коленям и встал.

— Пойду-ка я помогу Брэндону.

— Возьми с собой термос, — велела миссис Пайн. Она поцеловала Майло в лоб и тоже поднялась. — Одетта, готова приготовить завтрак?

Миссис Каравэй посмотрела на кухню.

— Думаю, да. Похоже, наши помощники как раз справились с посудой.

Через пару минут оба пекаря появились с победоносным видом. Старая леди держала в руке чашку с чаем, успев снять фартук в горошек. Фенстер в холле натягивал куртку. Он, кажется, забыл, что на нём всё ещё передник с рюшечками.

Миссис Геревард села на диван, откинулась назад, прикрыла глаза и вздохнула. Майло заметил, что Мэдди снова выглянула из-за спинки. Их глаза встретились, и Мэдди неслышно подошла к нему. Майло взял подарок.

— Миссис Геревард!

Она открыла глаза и довольно улыбнулась.

— Да, Майло?

Мальчик протянул ей коробку.

— Я нашёл это пару дней назад на чердаке и решил, что вам может понравиться, а мама с папой одобрили идею.

— Боже мой, правда? — Она нерешительно взяла коробку. — Я не знаю, что и сказать.

— Открывайте же! — Майло подпрыгивал на месте от нетерпения.

Миссис Геревард ужасно долго возилась с упаковкой. Мама Майло такая же — считает, что наступит конец света, если разорвать бумагу. Майло едва сдержался, чтобы не поторапливать старую леди. Наконец она подняла крышку и увидела фонарь.

— Боже мой... — Она подняла фонарь за цепочку. — Ты... нашёл его?

— Переверните, — предложил Майло. — Посмотрите на днище! Там...

Миссис Геревард увидела языки пламени и прерывисто вздохнула.

— Боже!

— Помните свою историю? Человек-тёрн нацарапал знак на ботинках Джулиана, на ноже и фонаре.

— Да, — тихо ответила миссис Геревард. — Я отлично это помню.

— Так вот, я подумал... у вас на сумочке вышит фонарь. Может, ваши предки оставили вам не нож, а фонарь? Фонарь на корабле мог бы пригодиться, да?

— Определённо!

— Может, это и не настоящий фонарь Джулиана, но я решил, что вам понравится. — Он достал бутылочку и пороховницу. — Фитиль на месте, а ещё я налил немного керосина. Мы с папой вчера опробовали. Горит голубым пламенем!

— Голубое пламя, — пробормотала миссис Геревард. — Мне кажется, я об этом даже не упоминала.

— А что, в истории было про голубое пламя?

Она кивнула.

— В историях про пилигримов неземное пламя всегда голубого цвета. — Она недоверчиво покачала головой. — Разумеется, это невероятно… глупо даже думать, что подобные вещи могут отыскаться в реальном мире… но, Майло, я допускаю эту мысль: «А вдруг?» — Она слегка качнула цепочку, и фонарь медленно начал вращаться. — Нет ничего невозможного, правда?

— Конечно, правда. — Майло с жаром закивал. — Нет ничего невозможного!

— Ты уверен, что родители не станут возражать?

Майло достал открытку от отца и с торжеством протянул ей. Миссис Геревард поправила очки и прочла поздравление.

— В таком случае для меня большая честь принять ваш подарок, и я очень рада. Вы так добры. Думаю, я поставлю его в своём номере. Чтобы не потерять.

На мгновение она неловко положила Майло руку на плечо, а потом собрала всё в коробку и отправилась наверх. На ароматы, разносившиеся с кухни, спустились по очереди все остальные: Джорджи, всё так же потупив взор, мистер Виндж, щеголявший жёлтыми носками с узором из фиолетовых зигзагов, доктор Гауэрвайн, который выглядел как обычно, и, наконец, Клем и Оуэн. Похоже, сон сотворил чудо с новоприбывшим гостем.

— Майло? — окликнула его миссис Пайн. — Не хочешь сбегать к нашим ремонтникам, пусть сделают передышку.

Майло куда интереснее было бы остаться и узнать, произошла ли ночью очередная кража, но, похоже, никто не собирался сообщить ничего такого. Гости пребывали в неплохом расположении духа, кроме разве что Джорджи. Майло оделся потеплее и вышел на улицу.

Серые облака расползлись почти по всему небу, но солнце пробивалось сквозь них и отражалось в ледяной глади так ярко, что Майло захотелось надеть солнечные очки. Он поднял воротник, спрятал подбородок от холода и зашагал вдоль дома по тропинке, вытоптанной отцом, Брэндоном и Фенстером.

Генератор перенесли в кирпичную будку позади дома. Майло постучал в дверь на случай, если ремонтные работы скрывали нечто опасное, во что лучше не соваться. Дверь открылась, и из будки высунулся Брэндон.

— Да, Майло.

— Мама спрашивает, не хотите ли вы сделать перерыв на завтрак.

Брэндон улыбнулся и бросил через плечо:

— Ребята, как думаете, не пора ли отдохнуть и перекусить?

— Думаю, да. — Судя по голосу, мистер Пайн был горд собой. — Фенстер, попробуй-ка!

Через минуту раздалось оглушительное шипение, и Майло так и попятился от двери. Он оступился и упал навзничь, провалившись через ледяной наст в мягкий снег. Пока он поднимался, шипение превратилось в ритмичное покашливание, а потом в низкий рокот. Все трое вышли из будки с довольным видом. Отец Майло вытирал руки тряпкой.

— Пойдёмте, джентльмены! — позвал он, взмахнув тряпкой. — Потребуем награды.

— Это что за шум? — спросил Майло. — Генератор починили?

Мистер Пайн подмигнул:

— Не будем торопиться, сейчас посмотрим.

Их возвращение было встречено овациями: обитатели «Дома из зелёного стекла» аплодировали стоя. Электричество снова работало, горело всё, начиная с прекрасной люстры из белого стекла над обеденным столом и заканчивая рождественской ёлкой, переливающейся тёплым светом в углу гостиной.

Майло оставил мистера Пайна, Фенстера и Брэндона получать поздравления, а сам забрался на диванчик рядом с Мэдди, которая задумчиво посматривала на ёлку и теребила рукава плаща.

— Случилось что-нибудь интересное, пока меня не было? — шёпотом спросил он.

— Если ты спрашиваешь, не сообщил ли кто-то о краже, то нет. — Мэдди бросила взгляд через плечо. — Но мне кажется, миссис Геревард пытается тайком доделать пирог, пока Фенстер не вспомнил, что нужна глазурь.

Фенстер, словно бы услышав Мэдди, оторвался от группы триумфаторов и бегом метнулся из столовой в кухню, после чего разгорелся жаркий спор.

— Слишком поздно, — заметил Майло.

Миссис Каравэй удалось усадить всех за стол, и начался самый весёлый завтрак, какой когда-либо случался в этом доме, несмотря на разногласия из-за пирога. Майло устроился на полу за журнальным столиком, оставив Мэдди наблюдать за мистером Винджем и доктором Гауэрвайном в столовой. А миссис Геревард наклонилась к Джорджи, сидевшей рядом с ней на диванчике, и прошептала:

— Вы уверены, что я могу начать, дорогая?

Джорджи бросила взгляд к камину, где расположились Клем и Оуэн. Даже Майло видел, какое счастье для них сидеть бок о бок, это было так явно, что ему даже стало за них немного неловко. Они словно бы не могли скрыть, как сильно их тянет друг к другу.

Девушка с синими волосами вздохнула.

— Да, миссис Геревард, всё прекрасно. Благодарю. Рассказывайте спокойно.

Миссис Геревард промокнула губы салфеткой, а потом постучала вилкой по стакану с соком.

— Простите, что перебиваю, но, молодой человек... Оуэн, я права?

Оуэн поднял голову.

— Так точно, мэм.

— Разумеется, вы понимаете, что вчера ваше появление нас заинтриговало, но не хотелось вас беспокоить, пока вы так слабы, и надоедать мисс Кэндлер, пока она за вами ухаживала... Но я не могла не заметить, что мисс Джорджи как будто тоже вас знает, ведь она упомянула ваше второе имя.

— Моё... второе имя? — он посмотрел на Джорджи. — Не знал, что тебе это известно.

Она грустно улыбнулась:

— Сюрприз.

Миссис Геревард похлопала Джорджи по руке и продолжила:

— Не самое распространённое, прямо скажем. Лэнсдегаун. У вас есть ещё знакомые с таким именем?

— Нет, мэм. Если честно, я пытался хоть что-нибудь выяснить, но… — он развёл руками. — В городских архивах ничего путного, а в документах о моём усыновлении не написано о настоящих родителях.

Совсем как у меня, подумал Майло и даже наклонился, чтобы ничего не пропустить. Те, кто завтракал в столовой, перебрались в гостиную.

— Что ж, молодой человек, я могу вам помочь. Вас удивит, если я скажу, что мы с вами, возможно, родственники?

Все уставились на миссис Геревард. Майло понимал почему. То же самое бывало, когда Пайны говорили кому-нибудь, что Майло — их сын.

— Да, — медленно проговорил Оуэн, разглядывая бледное лицо и голубые глаза миссис Геревард. — Это полная неожиданность.

— Я согласна. Позвольте рассказать вам одну небольшую историю. Я уже упоминала в разговоре с Майло, что мои предки построили этот дом. В семье было двое детей. Старшую дочку звали Люси. Её отец, капитан британского военного судна, после смерти жены, матери девочки, женился второй раз, причём на китаянке. — Она замолчала и отпила сока. — У них родился мальчик, сводный брат Люси, которого назвали Ляо. Лет до шести-семи мальчик оставался в Китае вместе с мамой, а Люси с отцом жили на корабле. Потом, примерно к началу войны восемьсот двенадцатого года, капитан решил, что пора бы поселиться всей семьёй в таком месте, которое, как он надеялся, война обойдёт стороной. Тогда он построил этот дом и перевёз родных в Нагспик. Название дому придумали дети. Фамилия капитана была Блюкраун, что означает «синяя корона», и по просьбе Люси маленький Ляо перевёл оба слова на китайский язык*. Люси, в то время совсем ещё юная, сама китайского почти не знала и записала, как слышала. Я не могу вам сказать, как правильно читалось слово, но так и появилось название, которым дети окрестили дом. Лэнсдегаун.

Оуэн слушал с восторгом, широко раскрыв глаза. Майло прекрасно понимал его, ведь он сам всегда хотел узнать о своих корнях.

— И я думаю, — продолжила миссис Геревард, — что вы можете быть потомком Ляо. Или же кто-то из потомков Люси заключил брак с кем-то из жителей Азии. Теперь уже невозможно узнать. Но так или иначе, отсюда пошло название дома. Двое ребятишек перевели на китайский фамилию Блюкраун.

Молодой человек покачал головой.

— Это потрясающе, — пробормотал он.

---

* По-китайски «синяя корона» звучит как «ланьсэдэгуань», отсюда название дома.

Майло заморгал, стараясь не разреветься. Он сам толком не понимал, что чувствует. Это не то же самое, как если бы он узнал что-то о своих предках, но он не испытывал зависти к Оуэну, а был счастлив за него, просто невозможно счастлив, что кому-то, кто ничего не знал о своём происхождении, удалось раскрыть одну из тайн.

Не только Майло сдерживал слёзы. Клем, отважная и сдержанная Клеменс О. Кэндлер, уже проиграла эту битву. По щекам потекли ручейки слёз, когда она посмотрела на Джорджи.

— Она спросила, уверена ли ты, — сказала Клем, — и попросила разрешения, прежде чем рассказать. Ты знала?

Джорджи тоже изо всех сил пыталась не заплакать.

— Вчера я рассказывала свою историю перед тем, как он приехал. Я упомянула это имя, и тогда миссис Геревард обо всём догадалась.

— Майло решил, что мне нужно вам это рассказать, — обратилась миссис Геревард к Оуэну, — а утром Джорджи убедила меня, что мальчик прав.

— После всего, что мы... — запинаясь, произнесла Клем. — Мы с тобой... Но почему...

— Видели ли бы вы себя со стороны! — У Джорджи дрогнул голос, и она заплакала. — У меня больше нет причин состязаться с тобой...

Клем вскочила на ноги, бросилась через комнату и прежде, чем Джорджи успела опомниться, крепко её обняла.

— Спасибо тебе, Синевласка, — прошептала она.

Джорджи замерла на долю секунды, а потом тоже обняла Клем.

Оуэн выглядел так, словно не мог решить, что его удивило больше: история о предках или странное поведение девушек. Похоже, парень знать не знал, что они всё это время вели сражение за его сердце.

Майло сидел не шевелясь, сглатывая подступавшие слёзы, а сердце мучительно сжималось. Блюкраун. Он с трудом разжал побелевшие пальцы, чтобы поставить тарелку на кофейный столик, и нащупал в кармане брелок, в который раз поглаживая пальцами иероглифы на диске. Майло достал брелок, перевернул и с комком в горле разглядывал изображение на другой стороне.

Он представил, как отец Негрета, тоже китаец, как и сын, передаёт ему ключи так же, как и сам некогда получил их от предков. Впервые игра Мэдди дала ему возможность представить родного отца, не чувствуя себя предателем по отношению к маме и папе, и Майло понял, как захватила его эта воображаемая история. «Для меня это реальная история», — прозвучал у него в голове голос Негрета.

«Да, — с грустью ответил про себя Майло. Но для Оуэна это больше, чем просто история. Это правда».

Он вытер глаза, сделал весёлое лицо и поднялся на ноги. Майло прошёл в другой конец комнаты, в которой воцарилось удивлённое молчание, потянул отца за рукав и показал ему брелок, шёпотом задав вопрос.

Мистер Пайн взглянул на жену и улыбнулся:

— Похоже, Майло решил очистить чердак от всего лишнего. — А потом ответил: — Разумеется, малыш. Почему бы и нет.

Майло откашлялся.

— Прошу прощения. — Его голос слегка дрожал, но он надеялся, что этого никто не заметит. Тринадцать пар глаз уставились на него. Майло повернулся к Оуэну. — Мистер... Оуэн. Я нашёл это пару дней назад и оставил себе, потому что мне понравился брелок, но, думаю, это должно принадлежать вам.

Он протянул ключи. Оуэн рассмотрел диск, висевший вместе с ключами. Майло наблюдал, как он прикоснулся кончиками пальцев к китайским иероглифам, а потом перевернул брелок и увидел изображение короны со стёршейся синей эмалью. Блюкраун.

— Я... не знаю, что сказать. — Оуэн не мог сдержать волнения. Майло тут же понял, что чувствует

Оуэн, хотя и не знал, как это называется. — Я буду беречь эти ключи, — тихо произнёс он. — Мне правда можно их оставить?

Майло торжественно кивнул.

— Я спросил разрешения у мамы с папой.

Молодой человек сжал ключи.

— Спасибо, Майло! Ты даже не представляешь, что это для меня значит.

— Представляю, — признался Майло. — Меня тоже усыновили.

После этого он снова уселся на пол и взял тарелку, не обращая внимания на устремлённые на него взгляды, которые ощущал кожей. Негрет лишился единственной вещи, напоминавшей об отце. Но когда тебе передают что-то в дар, получается, ты тоже должен передать это другому человеку. А вдруг, думал Майло, когда старый плут вручал ключи Негрету, то сказал что-то вроде: «В один прекрасный день и ты отдашь их кому-нибудь, может, своему сыну, может, нет. А может быть, это окажется незнакомец. Но ты поймёшь, что это тот самый человек, когда увидишь его».

Так оба, и Майло и Негрет, примирились с потерей ключей. К своему удивлению, Майло ощущал лишь лёгкую боль. Он сделал глубокий вдох и медленно отпустил эту боль, после чего с чистой совестью решил полакомиться блинчиками.

Чуть погодя Джорджи села рядом и легонько ткнула его локтем в бок. Глаза у неё покраснели, но вид был почти счастливый.

— Ты сделал доброе дело, — прошептала она. — Спасибо за это и за то, что ты сказал миссис Геревард.

— Несмотря на то, что он в вас не влюбился? — прошептал Майло.

— Конечно, — кивнула она после заминки. — Разумеется. Ты преподнёс очень важный подарок человеку, которого я люблю.

Майло тоже в ответ ткнул её локтем.

— Думаю, вы тоже сделали доброе дело.

Когда он читал про сиротскую магию, то представлял себе совсем другое, но это всё равно магия, и сотворил её он, Майло, некогда бывший сиротой.

— Спасибо! — Джорджи решительно поднялась. — Миссис Пайн, можно вас на пару слов?

Мама Майло, кружившая по гостиной с кофейником, кивнула и подошла к Джорджи.

— Думаю, я уеду сегодня, — тихо сказала девушка. — Паромщик, который привёз меня сюда, дал карточку и велел звонить, если потребуются его услуги.

Миссис Пайн покачала головой.

— Телефонная линия связана с линией электропередач. Телефон не будет работать, пока нам не пришлют из города мастера.

Джорджи вздохнула.

— Я так и думала. А лодку нельзя вызвать как-нибудь иначе?

— Можно поднять флаг. — На лице миссис Пайн читалось сочувствие. — Разумеется, сложно сказать, когда кто-то откликнется. Но не хотелось бы без особой нужды поднимать сигнальные флаги.

— Разумеется, не нужно. Но не могли бы вы поднять обычный?

— Конечно, Джорджи, как скажете.

— Спасибо... простите за лишние хлопоты. А как я узнаю, что кто-то плывёт за мной? Сколько, по-вашему, это займёт времени?

— В такую погоду? — Миссис Пайн прикинула в уме. — Причал, скорее всего, закрыли, так что всё зависит от того, как скоро тот, кто готов отправиться в путь, увидит наш флаг. Может пройти пять минут, а может, придётся ждать, пока погода наладится. Если причал открыт, там в ответ тоже поднимут флаг, но мы его вряд ли разглядим в такой снегопад. А вот если причал закрыт, но кто-то захочет подработать и не побоится непогоды, он просто поднимется и позвонит в колокол. Но если кто за вами и приедет, то возьмёт с вас втридорога.

Джорджи беспечно отмахнулась.

— Это неважно. Не хочу никого обидеть, но я уже почти готова выбраться отсюда пешком и замёрзнуть насмерть. Почти, но не совсем, — добавила она, увидев огорчённое лицо миссис Пайн.

— Хорошо, Джорджи, — миссис Пайн сжала её руку. — Я сейчас же попрошу поднять флаг.

В гостиной стало совсем тихо. Майло закончил завтракать и понёс тарелку на кухню, но тут мама внезапно остановила его и крепко обняла, а когда отпустила, Майло с удивлением увидел, что у неё немного покраснели глаза, словно и она тоже плакала.

— Что случилось?

— Ничего, Майло. — Мама снова сжала его в объятиях. — Просто горжусь тобой.

Он вернулся обратно всё ещё под впечатлением. Майло хотел было подойти к ёлке и посмотреть, там ли Мэдди, как вдруг его окликнул Оуэн, сидевший у камина.

— Майло, есть минутка?

— Конечно же. — Майло присел рядом. Оуэн протянул руку, у него на ладони лежала маленькая резная фигурка, слегка пожелтевшая от времени. Похожее на змею существо с острыми когтями на лапах и длинными клыками.

— Дракон?

Оуэн кивнул.

— В детстве я обожал драконов, ведь в китайских мифах и сказках о них столько рассказывается… Я собрал, наверное… не одну сотню драконов. Картины, книги, игрушки. И пропасть таких вот фигурок. — Он протянул дракона Майло, и тот осторожно взял фигурку. Она была тяжелее, чем казалось на первый взгляд. — Это мой любимый, — добавил Оуэн, пока Майло вертел дракона в руках. — Я нашёл его на блошином рынке, когда мне было лет десять. Это слоновая кость, настоящий антиквариат, но я его выбрал за морду. Когда я вырос из плюшевых игрушек, а картинки с драконами уже негде было складывать, я оставил себе вот этого и повсюду брал с собой. — Он замялся. — Наверное, тебе это будет понятно… короче, так я мог ощущать связь со своими предками. Я носил дракона в кармане, хотя и не знал толком, кто я такой и где моё место. Понимаешь?

Майло кивнул, пристально вглядываясь в дракона и стараясь не выдать своих чувств.

— Я даже сочинял про него истории, — усмехнулся Оуэн. — Иногда про приключения и путешествия, иногда про то, откуда появилась эта фигурка. Даже сейчас я без неё никуда не хожу. Но знаешь, Майло, мне и в голову не могло прийти, что я получу какую-то вещь, которая *на самом деле* связывает меня с предками и которую можно носить с собой вместо дракона. Теперь благодаря тебе у меня появилась такая вещь, и я подумал, что, пожалуй, настало время отдать моего дракона. — Они оба посмотрели на фигурку. — Я дарю его тебе. Обещаю, он принесёт удачу.

Майло хотел поблагодарить Оуэна, но понял, что не в силах выговорить ни слова. Они просто сидели молча. Майло разглядывал дракона, опустив голову, чтобы не выдать, что плачет. Оуэн не спрашивал, всё ли с ним в порядке и не хочет ли он побыть один, не совал носовой платок, а просто сидел рядом и молчал на пару с Майло.

Наконец Майло вытер глаза рукавом и кивнул, а потом снова всхлипнул и прошептал:

— Спасибо.

Оуэн кивнул.

— Пока, малыш, — сказал он дракону, а потом поднялся и вышел из гостиной.

Когда наконец Майло показалось, что по его лицу никто ни о чём не догадается, он сделал глубокий вдох и украдкой вытер глаза. Мимо прошла мама, всем своим видом показывая, будто ей срочно нужно поправить покрывало на диване. Она бросила на него притворно-равнодушный взгляд и подняла брови, дескать, всё ли в порядке.

Майло кивнул и улыбнулся.

И тут стало слышно, как кто-то с шумом несётся вниз по лестнице.

— Господи, что за люди тут собрались?! — вопрошал доктор Гауэрвайн.

— О нет, — пробормотала миссис Пайн.

— Началось, — прошептал Майло, пряча в карман дракончика из слоновой кости.

— Что случилось, доктор Гауэрвайн? — спросила миссис Пайн с лёгкой ноткой усталости, поспешив навстречу гостю.

Майло нахмурился.

— А как вы думаете? — рявкнул доктор Гауэрвайн. — Меня ограбили!

Отец Майло уходил, чтобы поднять флаг и заодно очистить ото льда колокол на случай, если кто-то и впрямь отзовётся, и только что вернулся. Он приложил ладони к своему горящему обветренному лицу.

— Вы шутите. Быть этого не может!

— Какие уж тут шутки! — не своим голосом взвизгнул доктор Гауэрвайн.

— Конечно, конечно. Он не хотел вас обидеть. — Миссис Пайн взяла профессора за руку. — Я поднимусь вместе с вами. Пойдёмте посмотрим.

Доктор Гауэрвайн, не переставая возмущаться, позволил отвести себя наверх. Мэдди подбежала к Майло и схватила его за руку.

— Скорее, Негрет!

Он побежал к дивану, надел тапочки верхолаза, а потом они незаметно стали подниматься вслед за миссис Пайн и доктором Гауэрвайном.

— Это путает всё дело, — пробормотала Сирин. — Я была уверена, что это он.

— И я, — признался Негрет. — Я решил, будто сумочка и блокнот нужны ему потому, что он ищет видимус. Вот только при чём тут часы?

— Может быть, это чтобы отвлечь внимание? — предположила Сирин, когда они повернули на площадке второго этажа. — Ну, часы украли, чтобы сбить нас с толку и невозможно было понять, что на самом деле ищет вор.

— Но теперь Гауэрвайн вне подозрений, поскольку его тоже ограбили. Если только вор снова не пытается обвести нас вокруг пальца. Никто ведь не станет его подозревать?

— Неплохо, Негрет, очень даже неплохо!

Они скользнули до третьей двери. Похоже, осмотр комнаты совместными усилиями не особенно утешил доктора Гауэрвайна.

— Когда вы в последний раз его видели? — спросила миссис Пайн с необычайным спокойствием.

— Не знаю. Я проверял, когда у всех пропали вещи, он был на месте. А потом…

— А как именно он выглядел?

Доктор Гауэрвайн так громко вздохнул, что даже в коридоре было слышно.

— Большой саквояж, коричневая кожа с красной строчкой, латунная застёжка, на ней выгравированы инициалы. Подкладка из атласа, в красную клетку.

— Вот зануда, — проворчала Сирин. — Тебе не кажется, что просто слов «коричневый саквояж» было бы достаточно?

— Тсс!

— Можете сказать, что внутри? — спросила мама Майло.

— Это всё чёртова история! — взорвался доктор Гауэрвайн. — Так и знал, что нужно было помалкивать! Так и знал! Но эта мегера убедила меня, что нужно рассказать какую-нибудь историю, чтобы утешить девчонку, которая... голову из-за парня потеряла, а ничего другого на ум не пришло. Нужно было помалкивать!

— Доктор Гауэрвайн, — снова спросила миссис Пайн со всем терпением, на какое только была способна, — что в саквояже?

Повисла пауза.

— Моя работа, — тихо ответил доктор Гауэрвайн. — Всё, что мне удалось узнать про Лоуэлла Скеллансена. Там всё моё исследование.

Разговор в комнате прервался, и поиски продолжились. Негрет сделал глазами знак, и они с Сирин на цыпочках спустились на второй этаж. У себя в комнате он достал из-под подушки блокнот на пружинке, открыл на странице, посвящённой доктору Гауэрвайну, и приписал: «Пропал после завтрака кожаный коричневый саквояж со всеми материалами доктора Г. про мастера витражей».

— Как пишется Скеллансен?

— Это неважно. — Сирин встала у окна, скрестив руки. — Взял ли саквояж кто-то ещё, или профессор всё это подстроил, но саквояж в номере не найдут. Вор ведь знал, что твои родители захотят осмотреть номер, именно так они поступили вчера, а, по его словам, саквояж довольно большой… где бы он мог спрятать такую крупную вещь?

Негрет вспомнил, как слышал шум накануне ночью, но если и была подсказка в том, что скрипнули дверные ручки и кто-то пробирался по дому в темноте, если и был какой-то порядок действий, который мог бы подсказать, где искать пропавший саквояж, то Негрет пока не разгадал.

— И ещё он мог его перепрятать, — пробормотал он. — У вора было на это целое утро.

Дверь открылась, и в комнату заглянула Джорджи Мозель.

— Прости, что помешала. Твой папа сказал, что ты, наверное, здесь. Можно поговорить?

— Конечно. — Он слез с кровати и вышел к Джорджи в коридор. Она выглядела куда лучше, а в руках держала тарелку с пирогом, украшенным синей глазурью. — Хотела отблагодарить тебя за то, что ты сделал утром.

Свободной рукой она протянула ему сверточек прямоугольной формы, в красивой бумаге с синими снежинками.

— Подарок? Для меня?

— Подарок. Для тебя. — Она махнула рукой. — Ты же сделал подарок миссис Геревард, а потом мне, а заодно и Клем, когда отдал ключи Оуэну. Это пустяк, но я хочу, чтобы это было у тебя!

— Спасибо, Джорджи! — он взял сверток. — Открыть сейчас или подождать до завтра?

— Давай сейчас. Не думаю, что останусь здесь до завтра. Только аккуратно, чтобы не порвать то, что внутри.

Майло не спеша развернул подарок, стараясь не порвать бумагу. А внутри оказалась… бумага. Хрупкая тиснёная позеленевшая бумага. Майло тут же её узнал.

— Карта! — он уставился на Джорджи. — Я так и знал, что это вы. Вы специально подбросили, чтобы я нашёл.

— Я решила, это сработает, — ответила она. — Ещё до того, как приехали все остальные. Какой-то порыв, не знаю. А потом я же её и забрала. Прости, что влезла в твою комнату, но раз уж здесь появилась Клем... Думаю, ты захочешь оставить карту у себя. Как и кожаный бумажник, в котором я её подбросила.

— Вот это да! — Негрет аккуратно развернул карту. — Вы знаете... ой...

Из карты выпал ещё один лист бумаги, потолще, почти как картон. Они с Джорджи чуть не стукнулись лбами, пытаясь его поймать. Джорджи успела первой.

— Стоило предупредить тебя. Вот...

Это была фотография в кремово-серых тонах. Нечёткая, зернистая, затуманенная. На ней было что-то круглое, с тёмными углами. Негрет не сразу догадался, что это.

— Окно на четвёртом этаже!

— Точно! Снимок, который я сделала вчера своей камерой.

— Но при чём тут снимок?

Джорджи пожала плечами.

— Мне нужно было заставить Клем думать, будто я ищу ответы там, где на самом деле ничего не искала. Эта камера — просто отвлекающий манёвр. Ложная подсказка. Фотография ни к чему не имеет отношения. Но всё же неплохо для первой попытки, а?

— Это точно. Спасибо, Джорджи. Чудесный подарок.

— Я рада! — Она повернулась, чтобы уйти, но помедлила и остановилась. — Ты что-то хотел спросить.

— Да. Карта… вы не знаете, что на ней?

Она покачала головой.

— Мне так и не удалось выяснить. Я проверила все местные фарватеры, какие только смогла найти. Бумага старая, это видно; думаю, карту сделали ещё в те времена, когда в доме обитала семья миссис Геревард. Кроме одного места, — она постучала кончиком пальца по белой отметине в углу. — Думаю, эта нарисовано позднее. Не знаю насколько, но явно позднее. Может быть, и компас тоже.

Негрет посмотрел на компас в виде птицы и на волны, нарисованные белой краской с северной стороны.

— А как вы определили?

— Я же воровка, Майло, — сказала она, приподняв брови. — Ты ведь знаешь?

— Ну да… — медленно протянул он. — И?..

— Я разбираюсь в таких вещах, какие ты и представить не можешь. Это нужно для… того, чем я занимаюсь. Подделками в том числе. Когда готовишь хорошую подделку, важно убедиться, что ни одна мелочь не бросается в глаза. Мой опыт подсказывает, что бумаге лет этак двести, но корабль и альбатрос дорисованы намного позже. По мне, так это видно сразу.

— Корабль?

— Ну да, вон та белая клякса. Совершенно ясно, что тут нарисован корабль, идущий на всех парусах. Вид сверху. Хотя я могу ошибаться.

Это было как с фонарём. Когда Джорджи это сказала, Негрет уже ничего не видел в белых завитках, кроме парусов.

— Нет, я думаю, вы правы. А как эта карта связана с именем Лэнсдегаун?

— Я нашла её в запечатанном конверте с надписью «Дом Лэнсдегаун». Только название дома, без адреса. Я... ох, нет, эту историю приберегу на другой раз. И всё это время я могла бы просто идти по следу этого водяного знака, — она с грустью покачала головой. — В любом случае тебе осталась ещё целая куча загадок. — Джорджи в шутку отдала ему салют. — Удачи, Майло, и спасибо тебе!

— Пожалуйста. Кстати, Джорджи... вам, наверное, не стоит увлекаться глазурью.

Девушка посмотрела на свою тарелку.

— Да, миссис Геревард тоже посоветовала. Что-то там про чернила, я толком не поняла.

Сирин буквально подпрыгивала от нетерпения, когда Негрет закрыл за собой дверь.

— Расскажи мне! — потребовала она.

Он просто протянул ей карту и фотографию и поморщился, когда девочка завизжала от восторга, поскольку такое поведение совсем не подобало духам. И тут в дверь кто-то снова постучал.

— Это ещё кто?!

На этот раз за дверью стояла Клем.

— Привет, Майло. — Она протянула маленький круглый свёрток, завёрнутый в бумагу со снежинками. — Это тебе.

— Правда?

Два подарка меньше чем за десять минут? От людей, которые его знают всего два дня? Это просто невероятно.

— Правда. — Лицо Клем было очень серьёзным.

— Спасибо!

— Не за что... Открывай же!

Обычно Майло не нужно было дважды просить об этом, но сейчас он колебался.

— Клем, Джорджи сказала, что вы приехали в «Дом из зелёного стекла», потому что как-то догадались по бумаге с водяным знаком, куда она едет.

Вы следовали за водяным знаком, на котором изображены ворота.

Клем кивнула.

— Это так.

— А как вы поняли, что ворота связаны с этим домом?

— Ах. — Она сунула руки в карманы. — Знаешь, мне ужасно повезло. Я увидела ворота в антикварном магазине.

— Ворота?!

— Ну да. Вернее, половину от них.

— Вы их... украли?

Клем рассмеялась:

— Да они тяжеленные, Майло. Нет, я их не украла. Вообще-то я пошла... кое за чем другим. Просто посмотреть, — резко добавила она. — Но я тут же узнала ворота, а в хороших антикварных магазинах в отличие от всяких помоек в гавани или в трущобах должны знать провенанс вещей, которыми торгуют.

— Провенанс?

— Да, так антиквары называют историю вещи. Откуда она и кто ею владел. По словам хозяина того магазина, ворота были привезены отсюда. Я так понимаю, дорога, по которой мы прибыли, не единственная. Был другой путь, когда дом только-только построили, дальше на восток вдоль хребта. Здесь была опушка, а ворота стояли на холме.

Зачем, ради всего святого, кому-то понадобилось спускаться к реке в каком-то ещё месте, кроме того, где теперь тянутся рельсы «Уилфорберского вихря»? Та часть горы крутая, каменистая и опасная, вся заросла деревьями и кустарником.

— Где же… Ой…

Да, другого пути вниз не было, но зато между деревьями есть просвет.

— Ты знаешь это место? — спросила Клем.

— Да, я знаю, где опушка. Но оттуда вниз не спуститься. Теперь там сад. Я даже не подумал об этом, там не просто крутой спуск, там настоящая скала. Нам пришлось поставить забор, а мама всегда говорила, что рано или поздно и забор обвалится.

Клем кивнула.

— Да, многое изменилось за пару сотен лет. Реки, холмы… наверное, часть склона просто обрушилась. Может, дело в этом, я не знаю. Знаю только, со слов хозяина антикварного магазина, что ворота были главным входом на территорию поместья, стояли они на опушке, и когда садилось солнце, оно светило сквозь кованую решётку, и казалось, будто это ещё один из витражей. Я поняла, что это ворота с водяного знака. — Она пожала плечами. — Вот так я тут и оказалась. А теперь открывай уже подарок! Что с тобой такое? Я бы на твоём месте уже не вытерпела.

Он улыбнулся и снял бумагу. В руках остался кусочек кожи, свёрнутой в трубочку и закреплённой шнуром.

— Ой, что это?

— Господи, открывай уже! — застонала Клем, с которой снова слетела вся её серьёзность. — Я умираю от нетерпения.

Он развязал шнурок и развернул кожаный цилиндр. Внутри оказалась целая коллекция каких-то металлических палочек. У каждой на одном конце имелась рукоятка, а к другому концу они заострялись. Майло вытащил несколько железок из кармашков и увидел, что они отличаются по форме. Одна была изогнутой, другая с зубчиками как у ключа, третья треугольная.

— И всё равно я не понимаю, что это.

— Это? — Клем выдержала театральную паузу. — Набор отмычек!

Негрет моргнул и смотрел во все глаза.

— Набор… эээ… отмычек?

Она пожала плечами.

— Я решила, что тебе нужно чем-то открывать замки, учитывая, что ты отдал Оуэну свои ключи.

Ну и у каждого уважающего себя прохвоста должен быть набор отмычек, так сказать предмет первой необходимости.

— Но... — он нахмурился. — А как же вы? То есть вам он больше не понадобится?

Клем беззаботно отмахнулась.

— Не бойся, мой юный ученик, у меня их ещё целая куча.

Настоящий набор отмычек. С ума сойти!

— Спасибо, Клем! — он свернул рулончик и сунул в карман пижамы. — Может, вы могли бы показать мне, как пользоваться разными инструментами.

— Мы всё подряд называем отмычками, кроме гаечных ключей. Ну и ещё парочки других... — Она подмигнула и, как обычно неслышно, пошла прочь.

Глава одиннадцатая

Ловушки

Думаешь, вор в этот раз решил не соваться на чердак или в какую-нибудь свободную комнату? — спросила Сирин у Негрета, когда он пересказал ей свой разговор с Клем и они уже минут десять вытаскивали из кожаных кармашков все отмычки, изучая и гадая, для чего они. — Теперь-то он знает, что мы раскрыли тайники.

— Может быть. Я бы на его месте поискал место получше. К тому же саквояж такой большой. Сложнее прятать. — Негрет уже перебирал в уме варианты. Подвал... а может, крытая поленница рядом с домом...

— И всё же мне будет спокойнее, если мы посмотрим, — заметила Сирин. — Мы должны проверить абсолютно всё. Иначе это плохая разведка.

— Это точно. — Негрет положил блокнот на пружине и набор отмычек в рюкзак, а карту и фотографию, подарки Джорджи, убрал в карман. — Тогда давай начнём с пустых номеров.

Сегодня пустовали не те комнаты, что раньше. Накануне вечером Клем попросила переселить её на четвёртый этаж, чтобы ночевать напротив Оуэна, и тогда Джорджи перебралась в пустой номер на пятом. После завтрака Брэндон и Фенстер, ночевавшие в гостиной, тоже заняли комнаты на пятом. В результате всех этих перемещений Негрету и Сирин предстояло осмотреть четыре комнаты. Негрет потратил несколько минут, чтобы нарисовать планы этажей, и на рисунке дом был похож на слоёный пирог, а снизу доверху стояли пометки, кто где сейчас живёт. Нужно было перепроверить всё ещё пустовавшую комнату на третьем, а потом хорошенько обыскать две комнаты на четвёртом и одну на пятом.

Они начали с пятого этажа, где золотисто-зелёный свет струился сквозь витраж, на котором фейерверки взлетали над некогда существовавшими воротами.

— Знаешь, — сказала Сирин, — если доктор Га-уэрвайн прав, что окна завезли сюда откуда-то ещё, то и ворота, скорее всего, оттуда же. Их не было, когда построили дом.

— Может быть, — согласился Негрет, — но я всё равно хотел бы взглянуть на сад.

Сирин пожала плечами.

— Всё заметено снегом. Нечего смотреть.

— Хорошо, но всё-таки лучше проверить. Как ты сказала, плохая разведка, да?

— Ага, — пробубнила Сирин и повернулась, чтобы осмотреть коридор. — Просто я не понимаю, что ты надеешься обнаружить там, кроме холода и сырости.

Судя по открытым дверям, Брэндон и Фенстер выбрали две ближайшие к лестнице комнаты. И снова Негрет постарался быть особенно внима-тельным, пока они с Сирин проходили по коридору. Те же обои, тот же ковёр, те же канделябры, тот же потолок. Та же опечатанная дверь кухонного лифта в конце коридора. Рядом с ней круглый столик, на столике красный молочай.

Раньше Клем занимала комнату «5W» в конце коридора. Точно такой же номер, как и все осталь-ные: кровать, комод, стол, стул, полка для ве-щей, ванная комната. Клем убрала постель перед переездом, но Негрет понял, что никто не менял бельё. В этой комнате, увы, они не нашли ничего интересного.

На четвёртом этаже две ближайшие к лестнице двери были заперты, поэтому Негрет и Сирин направились в другой конец и начали с комнаты, которую освободила Джорджи. Джорджи не стала заправлять кровать, но в комнате, как и в номере Клем, не было ничего примечательного.

Негрет хотел отодвинуть багажную полку к другой стороне двери, туда, где полка всегда стояла, и тут заметил, что ковёр под ней лежит неровно. Он решил, что мама, наверное, специально переставила полку, чтобы спрятать неровный угол, и усилием воли заставил себя оставить всё как есть, хотя внутреннее чувство порядка и протестовало. Они с Сирин прошли по коридору до конца и заглянули в последнюю открытую комнату.

Негрет прикрыл за ними дверь номера «4Е», как и в прошлый раз. Ему казалось, что лучше не привлекать к себе внимания, хотя, если не считать громкого храпа на пятом этаже, им пока не встретилось ни одной живой души.

Они проверили все места, где могли бы быть тайники. Ничего. Негрет и Сирин собирались уже уходить, и тут дверь захлопнулась.

Захлопнулась она так тихо, что если бы Негрет не обернулся, то вообще ничего не заметил бы. Однако тут он не просто увидел, как закрылась дверь, но и как повернулась ручка с тихим щелчком.

— Сквозняк? — предположила Сирин, проследив за его взглядом.

— Наверное…

Вот только захлопнулась она совсем не так, как закрываются двери старого дома от сквозняков. И уж точно сквозняки не поворачивают дверные ручки. Услышав второй щелчок, Негрет вскочил на ноги и бросился к двери. Ручка не повернулась.

Негрет не поверил и подёргал ручку.

— Быть того не может!

— Заперта?

— Да! — Он сделал шаг назад и уставился на дверь. — Поверить не могу!

— Снаружи? И ты не можешь открыть дверь изнутри?

— Мог бы, будь у меня ключ, — терпеливо объяснил Негрет. — Все эти замки запираются на ключ, снаружи и изнутри.

— То есть… — Сирин наклонилась и посмотрела в замочную скважину. — Это значит, что…

— Ага. — Негрет стукнул кулаком по тяжёлой старой двери. — Кто-то запер нас здесь. Ключом.

Намеренно. — Он присел на полку для вещей. — Знаешь, что мы забыли сделать?

— Проверить, нет ли ловушек?

— Угу.

Сирин задумчиво посмотрела на него.

— Но ты выглядишь очень спокойным!

— Так только кажется. Не нравится мне всё это!.. — Он поставил рюкзак рядом с собой на полку, открыл и достал набор отмычек Клем. — Как думаешь, это сработает?

Она пожала плечами.

— Глупо было бы не попробовать.

Негрет развернул кожаный футляр и посмотрел на отмычки. Снова порылся в рюкзаке и нащупал Перчатки Взломщика Замков и Искусного Вора-форточника, они же Проворные и Ловкие Пальцы, надел их и выбрал из набора отмычку, на конце которой зазубрины напоминали ключ, сунул в дверную скважину. И что теперь?

Ну же, Взломщик Замков! Предполагается, что эта штука должна открывать замки, даже если ты не собираешься ничего красть. Он подвигал отмычкой. Подёргал туда-сюда. Попытался вращать, как если бы отмычка была ключом, но ничего не получилось.

Негрет попробовал другие отмычки, пока не перебрал их все. Наконец он отложил последнюю отмычку. Негрет скрестил руки на груди и сполз по стене на пол.

— Тоже мне взломщик. У меня есть набор отмычек, а я всё равно не могу открыть эту дверь!

Сирин похлопала его по плечу.

— Не будь слишком строг к себе. Ты же не умеешь ими пользоваться. А инструкций к таким штуковинам не прилагается. — Она повернулась. — Слушай, можно, конечно, стучать по двери кулаками, пока нас не услышат... У нас есть ещё какой-нибудь выход?

— Давай надеяться, что другой выход не потребуется.

В четыре руки они принялись колотить по двери и кричать что есть мочи. Минуты тянулись медленно, но никто так и не пришёл.

— Невероятно! — Негрет удручённо уставился на запертую дверь. — Должно быть, кто-то украл запасной ключ. У гостей ключи подходят только к их дверям.

— Значит, где-то ещё есть ключ от этой комнаты? — переспросила Сирин.

— Ну да. В кабинете на втором этаже, но это нам не поможет.

Сирин внимательно посмотрела на него, хотела что-то сказать, но промолчала.

— Нет, конечно. Но, может... — Она схватила его за руку и подтащила к двери. — Посмотри внимательно, Негрет.

— Смотрю!

— Нет, ещё внимательнее. — Она резко подтолкнула его к двери, но разжала руку, и он больно ударился.

— Ой! — Майло потёр нос. — Ты чего?

Сирин вздохнула:

— Прости, я такая неуклюжая. Так как мы будем выбираться?

— На что я должен смотреть повнимательнее?

— На замок! Ты у нас взломщик, в конце концов!

Майло с подозрением глянул на неё, а потом уставился на замок.

— Ничего не вижу. Нам нужен или ключ от номера, или запасной ключ... — Значит, вор (он или она) ходил не только по гостевым этажам, но заглянул и на второй этаж, рылся в вещах родителей.

В этом, разумеется, был смысл. Большинство людей запирают комнату, когда ложатся спать, поэтому вору пришлось бы отпирать замок. Но Майло приводила в возмущение сама мысль, что кто-то вторгался в личное пространство его семьи. Вор не просто стащил личную вещь Пайнов, но и использовал против Майло. Майло сердился. Но больше всего, как ни странно, его мучила уязвлённая гордость. Негрета не радовало, что кто-то переплюнул его, пусть даже он и не мог предугадать такой поворот событий.

— Негрет! — Сирин помахала у него перед глазами. — Очнись! Тебе придётся вызволить нас отсюда!

— Ладно, ладно, — он сосредоточился и огляделся. — Пожарный спуск!

Негрет подошёл к окну, которое без труда открылось. Внутрь со свистом ворвался ледяной ветер, обдав хороводом снежинок защитную сетку. — Придётся выбираться так.

Отмычки идеально подошли, чтобы отковырнуть сетку от оконной рамы, хотя предназначались совсем не для этого. Сирин высунулась из окна, а потом отпрянула, качая головой и схватившись за стену в поисках опоры.

— Ох, не нравится мне это! Совсем не нравится.

Негрет тоже выглянул.

— Ой!

Попасть на пожарную лестницу было просто. Так просто, что родители Майло строго запретили ему это делать, разве что в случае крайней необходимости или под их присмотром. Красная металлическая лестница, прикреплённая к стене дома, была очень крутой. Да, были перила, но совсем ненадёжные, и раскачивались на каждом шагу. Да ещё лестница покрыта толстым слоем снега и льда. Упасть с неё означало пролететь вниз все пять этажей.

Ветер пронёсся между деревьев, и раздался жутковатый скрип.

Только в случае крайней необходимости, предупреждали родители. Этот ведь тот случай?

— Ты уверен, что сможешь спуститься и не поскользнуться? — с сомнением спросила Сирин.

Негрет прикусил губу.

— Не знаю.

И тут огромная сосулька упала на лестницу под окном и разбилась. От громкого шума они оба поморщились, а потом резко переглянулись.

— Мы могли бы…

— Да, но если никто не слышит, как мы стучим и зовём изнутри, услышит ли снаружи?

— Если на кухне кто-то есть, то услышит. Пожарная лестница заканчивается как раз над кухонным окном, а звук будет направлен прямо вниз. Нам нужно что-то металлическое. — Он задумался на минуту, а потом щёлкнул пальцами. — Я знаю что!

Негрет метнулся к двери, поднял багажную полку и с трудом потащил её к Сирин. Вдвоём они выставили полку из окна. Полка оказалась довольно широкой, один конец они поставили на подоконник, а противоположный упёрся в покрытые льдом перекладины.

Раздался гулкий лязг, напоминавший расстроенный церковный колокол. О-о-о-очень громкий лязг.

Прошла минута. Потом две. И даже пять.

Наконец из-за дома кто-то выбежал. Это был отец Майло, судя по виду, сбитый с толку.

— Слава богу! — Негрет для верности ещё раз лязгнул полкой о лестницу, после чего выглянул из окна и помахал.

Мистер Пайн уставился на них.

— Майло?! Ради всего святого, что ты вытворяешь?

— Дверь не открывается, а пожарная лестница слишком скользкая, чтоб спуститься. Поднимись и отопри дверь!

По лицу мистера Пайна скользнуло недоумение, после чего он снова исчез за углом.

Вскоре поворот ключа ознаменовал его появление.

— Что тут происходит? — с порога потребовал он ответа.

— Кто-то запер дверь! — Негрет протиснулся мимо мистера Пайна в коридор и осмотрелся. — Мы искали саквояж, сначала наверху, потом здесь... и тут кто-то запер дверь.

— Погоди-ка, я не понимаю...

Негрет пропустил его слова мимо ушей и заглянул в старую комнату Джорджи.

— Видимо, мы близко подобрались и вор не хотел, чтобы мы нашли пропажу.

— Но мы всё тут обыскали, — запротестовала Сирин, заглядывая через плечо Негрета. — Всё обыскали!

Мистер Пайн нахмурился.

— Мы?

Комната выглядела точно так, как и раньше. Если вор и перепрятал что-то, пока они сидели взаперти, это означало, что они что-то пропустили. Но что?

— Майло, — сказал мистер Пайн. — Что-то я ничего не пойму...

Негрет хотел ответить, но так и замер. Маленькая неровность на ковре, та самая, которую, как он решил, прикрывает полка, исчезла. Ковёр снова ровнёхонько лежал на полу.

Негрет отодвинул полку в сторону, достал из рюкзака отмычки, вытащил одну из кармашка и просунул между краем ковра и стеной, после чего слегка поднажал и приподнял ковёр так, чтобы просунуть пальцы.

— Майло, ты что... Что ты делаешь... Не трогай ковёр!

— Его уже кто-то трогал до меня, — запротестовал Майло. — Он лежал неровно, а теперь нет. Кто-то его расправил. Готов поклясться, это сделали, пока мы сидели взаперти. Чтобы проверить, что мы под ковром ничего не нашли, и замести следы.

— Майло, ты всё время говоришь... — Мистер Пайн потряс головой и перестал требовать объяснений. — Майло, там могут быть гвозди, осторожно, ладно?

Негрет слушал краем уха. Его пальцы только что нащупали что-то... это была сложенная вчетверо бумага.

Он осторожно вытащил лист, ожидая снова увидеть зеленоватую бумагу с водяным знаком в виде ворот, но нет. На этот раз бумага была плотной и кремовой. С виду какой-то официальный докумепт, па таких листах обычно печатают важные письма.

Первым делом, развернув находку, он увидел печать городского муниципалитета Нагспика, синевшую вверху страницы, а потом текст, который походил на официальное заявление: Настоящим письмом удостоверяем и подтверждаем, что податель сего является законным представителем таможенного ведомства суверенного города Нагспика...

Сирин ахнула.

— О нет! — Мистер Пайн, присев на корточки и взглянув из-за плеча Негрета, взял у него листок. Он прочёл документ, повертел его и прочёл снова. — Ой-ой-ой!

— Что это значит, пап?

— Это значит, кто-то из наших гостей не тот, за кого себя выдаёт, а Фенстеру стоит поостеречься. — Мистер Пайн сунул письмо в карман. — Это была комната Джорджи, да? Вот уж никогда бы не подумал, что она таможенный агент. — Он выглянул из окна, за которым бушевал снежный вихрь. — Интересно, зачем она просила вызвать ей лодку, хотя я не сомневался, что никто не приедет. Ты сможешь притвориться, что ничего об этом не знаешь? Мне нужно поговорить с мамой.

— Конечно, пап.

Джорджи Мозель — прославленная воровка и по совместительству таможенный агент? Но разве так может быть? А если да… значит ли это, что их заперла Джорджи? И что она украла вещи у других постояльцев? Не похоже всё это на Джорджи!

— Я думаю, она сказала правду, что хочет уехать. И странно, что она оставила этот документ, когда переезжала в другой номер.

— Может, она не хотела, чтобы письмо нашли в её вещах, если кто-то станет искать? — предположил мистер Пайн.

— Кто станет искать?

— В этом доме? Да все станут! — парировала Сирин.

— Я не знаю, Майло. Слушай, мне придётся этим заняться. Попробуй больше не попадать в неприятности и веди себя как ни в чём не бывало.

Похоже, дело принимало серьёзный оборот. Таможенные агенты были заклятыми врагами контрабандистов. Во-первых, мистер Пайн волновался, что если в доме таможенный агент, то могут арестовать Фенстера. Во-вторых, это может навлечь неприятности и на самих Пайнов. Они же во всеуслышание заявили, что Фенстер постоянно здесь останавливается.

— Ладно.

Негрет с Сирин смотрели вслед мистеру Пайну, который быстрым шагом уходил по коридору.

— Ты ведь не думаешь, что это Джорджи? — спросила Сирин.

— Нет. Я не знаю, кто это, — Негрет широко улыбнулся. — Зато знаю, где может быть саквояж доктора Гауэрвайна. Пошли!

Когда оба они вошли в кабинет, на втором этаже никого не было, но Негрет понимал, что родители вот-вот появятся, как понимал и то, что его попросят выйти на время разговора, поскольку папа с мамой не захотят обсуждать новости при нём. А значит, на поиски саквояжа доктора Гауэрвайна оставалось всего несколько минут.

Сирин огляделась.

— Почему здесь?

— Это же просто! С такой кучей постояльцев у папы с мамой нет времени лишний раз подняться в кабинет и отдохнуть, слишком много работы. Поэтому сюда легко пробраться незамеченным. Начни искать, а я хочу проверить ключи.

На специальной полке в шкафу всё как будто было в порядке: ящик для хранения наличности, бухгалтерская книга и небольшая доска, на которую крепились ключи. На доске было три ряда по четыре маленьких крючка, каждый крючок для своего номера. Разумеется, сейчас там висели лишь четыре ключа, но внизу в плетёной корзинке лежали запасные от всех комнат. Вообще-то, комплектов должно было быть два, но поскольку ближайший слесарь жил аж в Бухте, у Пайнов было много запасных ключей. А вот один отсутствовал.

— Одного комплекта нет, — сообщил Майло. — Думаю, стоит на всякий случай забрать второй. — Он сунул ключи в рюкзак. — Пока я не разберусь с этими отмычками.

— Вор мог забрать отсюда что-то ещё? — поинтересовалась Сирин.

— Ну, денег обычно мы много не храним. — Майло заглянул в ящик для наличных, чтобы проверить. Там лежало несколько мелких купюр и кучка монет, всё как обычно.

Бухгалтерская книга с именами и датами приезда почти всех гостей могла бы заинтересовать таможенного агента. Негрет достал её из шкафа и полистал. Знакомые имена заполняли страницу, знакомые, но почти все вымышленные. К примеру, Фенстер Плам обычно подписывался Плам Дафф Коллинз. Даже в «Доме из зелёного стекла» контрабандисты были начеку.

Если таможенный агент (Майло так и не мог поверить, что это Джорджи) порылся в бухгалтерской книге, то не обнаружил ничего особенного, кроме списка ненастоящих имён.

Он положил книгу обратно и закрыл шкаф.

— Ладно. Помоги мне тут всё осмотреть.

— Не нужно. — Сирин стояла лицом к окну. — Погляди.

Сначала Негрет ничего не заметил, а потом, прижавшись лицом к стеклу и посмотрев туда, куда показывала Сирин, он разглядел какой-то тёмный бугорок, наполовину скрытый свежевыпавшим снегом.

— Это то, о чём я думаю?

— Готова поспорить.

Сирин потянулась к щеколде, и они вместе открыли окно. Негрет вылез наполовину и дотянулся одной рукой до бугорка, стряхнул снег, взялся за ручку и втащил в кабинет. Это был тот самый саквояж, правда в грязи и мокрых пятнах. Но в остальном всё так, как описывал доктор Гауэрвайн: красные стежки, блестящая латунная застёжка с инициалами.

— Если бы мы смотрели внимательно, то увидели бы саквояж с пожарной лестницы, пока по ней колотили.

— Ну, сверху мы бы заметили только шапку снега. Откроем или отнесём обратно?

— Думаю, нужно просто отдать. Но раз уж мы его нашли, — резонно заметил Негрет, — может, заглянем хоть одним глазком, за чем же охотился вор, а?

Сирин одобрительно кивнула и отщёлкнула застёжку. Саквояж открылся, и внутри оказалось целое море бумаг и записных книжек. Что-то привлекло внимание Негрета. Он вытащил квадратную чёрно-белую фотографию.

Странное дело с этими картами. Ни с чем их не спутаешь. Даже если они выглядят как каракули на запотевшем стекле. Или, точнее сказать, фотография каракуль на запотевшем стекле, а в руках Негрет держал именно такой снимок.

Окно состояло из шести панелей, все они были запотевшие, и бо́льшую часть пространства занимал какой-то рисунок. Внизу был изображён прямоугольник, который делила пополам металлическая линия. Прямоугольник со всех сторон окружали треугольные пики, напоминавшие горы, нарисованные рукой ребёнка, а ещё в правую сторону прямоугольника упиралась стрелка.

— В этом снимке что-то загадочное, — сказал Негрет. — Такое впечатление, что я почти его узнал. Как будто видел, что тут нарисовано.

— А остальное? — спросила Сирин. — У нас уйдёт несколько часов, чтобы разобрать записи.

В коридоре раздались торопливые шаги. Негрет вскочил и высунул голову из дверей кабинета как раз вовремя, чтобы мама от испуга не вылетела из тапочек.

— Мы его нашли, — прошептал он и жестом позвал родителей.

— Это смешно, — проворчал мистер Пайн, глядя на открытый саквояж.

— Думаю, доктор Гауэрвайн будет рад. — Миссис и мистер Пайн переглянулись. — Майло, отнесёшь ему саквояж? Нам с папой нужно поговорить.

— Хорошо, — он с неохотой закрыл дверь.

— Но только без фокусов, договорились? Просто отнеси саквояж, и всё. Он себе места не находит.

— Один комплект запасных ключей тоже пропал, — добавил Негрет. — Я забрал последний. На всякий случай.

Мама с папой тут же поискали у себя в карманах и вынули свои связки.

— Мои на месте, — сказала миссис Пайн, глядя на мужа. — А у тебя?

Он кивнул.

— Если увидишь Брэндона или Фенстера раньше нас, попроси их подняться, только ничего не рассказывай, ладно?

— Конечно.

Дверь мягко закрылась за искателями приключений, и они пошли к лестнице.

— Следи за всеми! — прошептал Негрет Сирин. — Посмотрим, кто как отреагирует, когда мы появимся с саквояжем.

При их появлении на первом этаже воцарилось молчание.

— Кто бы ни продолжал брать чужие вещи, — объявил Негрет, — лучше бы ему оставить эту затею. Мы всё равно ищем лучше, чем вы прячете. — С этими словами он поднял промокший саквояж обеими руками.

— Это же мой... — доктор Гауэрвайн бросился к Негрету. — Господи, где... — Он бережно взял саквояж. — Что с ним случилось?

— Вор спрятал его на пожарной лестнице, — объяснил Негрет. — Лучше убедиться, всё ли цело.

Профессор отнёс саквояж на обеденный стол, начал доставать оттуда бумаги и раскладывать в стопки.

— Ммм... спасибо, Майло!

— Не за что. — Он понаблюдал за профессором, а потом показал Сирин глазами на свой любимый диванчик у окна, остальные же гости, поднявшие головы узнать, что за шум, вернулись к своим занятиям.

Джорджи присела за маленький столик для завтрака у окна в столовой и заново обматывала изолентой коробку из-под сигар, которую, видимо, пришлось раскрыть, чтобы достать фотографию с окном на четвёртом этаже. В гостиной Клем и Оуэн сидели рядышком на диване, держась за руки, и что-то с жаром обсуждали. Негрет подумал, что они, наверное, и не заметили, как он вернул пропажу доктору Гауэрвайну. Миссис Геревард сидела в кресле и мирно вязала. Мистер Виндж занял привычное место, и Негрет видел, как он поднял книгу с колен, а потом снова принялся читать.

— Заметила что-нибудь? — прошептал он Сирин, когда они спрятались за высокой спинкой.

— Все подняли голову, но как только увидели саквояж, почти сразу вернулись к своим делам. Кроме доктора Гауэрвайна, разумеется.

Негрет смотрел на мистера Винджа и на книгу, которую тот читал с самого первого вечера.

— «История реки Скидрэк и окрестностей», — задумчиво протянул он. — Эй, Сирин? Как думаешь, теперь, когда мы уже знаем, зачем Джорджи привезла с собой карту, и её секрет раскрыт, нужно и дальше молчать про карту?

Сирин нахмурилась.

— Ну, в общем-то, я за то, чтобы хранить секреты как можно дольше, — ответила она. — В конце концов, остальные же их не раскрывают. Почему?

— Интересно, что всё-таки изображено на карте?

— Джорджи сказала, что она пробовала сравнить её с окрестностями.

— Да, но я всё думаю о том, что Клем рассказала про ворота. Про то, как за два столетия всё вокруг могло измениться. Река размывала берег, случались бури и ураганы, приливы, наводнения... может, на карте изображён участок реки, каким он был когда-то, а теперь уже нет?

Мистер Виндж перелистнул страницу.

— Он читает книгу про историю реки и её окрестностей. А вдруг внутри есть старинные карты? Может, мы сможем их сравнить?

— Джорджи знала, что бумага старинная. Если она так здорово всё ищет, как рассказывает, то наверняка уже просмотрела старые карты.

— Не обязательно, — Негрет покачал головой. — Помнишь, она сказала, что кое-что на карте появилось позднее. А что, если корабль и компас и правда нарисованы позже, а водные пути и отметки глубины нет?

Сирин задумалась.

— Я бы не стала показывать ему карту. Но если ты попросишь у него книгу, не объясняя зачем, это не повредит.

Мистер Виндж вытянул свои длинные ноги, положил открытую книгу на подлокотник, а потом поднялся с кружкой в руке. Негрет высунулся из-за дивана.

— Простите, мистер Виндж!

Старик одним пальцем сдвинул очки на кончик носа и посмотрел поверх оправы.

— Да, Майло?

— Если я пообещаю не потерять и не помять ни одной страницы, можно мне взглянуть на вашу книгу?

— На мою книгу? Зачем? — удивился мистер Виндж.

— Я слышал, как вы сказали маме, что там написано про Скидрэк, — на ходу придумывал Негрет. — Мы в школе проводим исследование об истории реки. Я подумал, вдруг я найду в вашей книге что-то интересное, чтобы после каникул рассказать на уроке. Мог бы получить дополнительные баллы.

Мистер Виндж снова поправил очки и пристально посмотрел на Негрета.

— Тогда конечно. Бери. У меня хоть глаза отдохнут. — Он сделал пару шагов и остановился. — Я прочёл несколько книг по истории реки. Если у тебя появятся какие-то вопросы, я, пожалуй, смогу на них ответить.

— Спасибо! — Негрет пулей метнулся к книге, заложил указательным пальцем страницу, на которой остановился мистер Виндж, и забрал книгу на диванчик.

Несколько минут они с Сирин сверялись со списком иллюстраций и сравнивали карту с каждой картинкой в книге. Ничто даже близко не было похоже на сине-зелёные контуры на бумаге.

— Ну и как?

Негрет и Сирин подпрыгнули от неожиданности. Мистер Виндж стоял за спинкой дивана, глядя на них. Негрет как можно незаметнее свернул карту.

— Большое спасибо! Вернуть вам книгу?

— Не торопись. Нашёл что-то интересное?

— Ну... На самом деле мне картинки понравились. — Он закрыл книгу и протянул мистеру Винджу. — Но я уже посмотрел. Хочу выйти на улицу, пока совсем не стемнело. Спасибо ещё раз!

— Не за что! — Мистер Виндж взял книгу и уселся на своё место, а потом замер, подняв указательный палец. Этот жест делал его похожим на учителя, который собирается прочесть лекцию. — Вот факт, который тебе может понравиться, раз уж ты читаешь «Записки раконтёра». Давным-давно картографы писали на полях карт «hic sunt dracones», чтобы обозначить опасные или неисследованные места. Это значит «тут обитают драконы». Но картографы в Нагспике писали иначе: «hic abundant sepiae», что означало «здесь много морских чудовищ». Ты уже дочитал до той истории про чудище, которое выбиралось на сушу, но могло остаться на земле, только если найдёт человека, готового занять на дне его место?

— Ага, — улыбнулся Негрет. Жутковатая история.

Мистер Виндж улыбнулся в ответ. Казалось, что улыбаться он не привык, хотя сейчас улыбка получилась довольно искренней.

— На твоей секретной карте есть какое-то предупреждение?

Негрет покачал головой.

— Ах, если бы. Было бы круто!

— Это не всегда написано. Это может быть, скажем, изображение выдры.

— Никаких выдр. Только альбатрос. Ой! — воскликнул Негрет, когда Сирин толкнула его. — Никаких выдр, — твёрдо повторил он, глядя на подругу.

— Ну ладно, — мистер Виндж снова поправил очки. Голос его звучал немного расстроенно. — Тогда, наверное, на твоей карте нет опасных мест. — Он устроился поудобнее и положил книгу на колени.

Негрет потёр бок.

— Обязательно было так больно пихаться? — прошипел он.

— Просто напомнила, что нужно действовать по плану, — весело отмахнулась Сирин. — Храни секреты, Негрет. Ты куда собрался?

Он положил карту в кожаный бумажник Джорджи и убрал в рюкзак.

— Хочу посмотреть на сад, я же говорил. А ты тут следи за всем, что происходит.

— Сейчас? — запротестовала Сирин.

— Ну да, — спокойно ответил он. — Потом стемнеет. И я ведь сказал мистеру Винджу, что собираюсь выйти. Странно будет, если я останусь. Хочешь со мной?

— Нет, и не хотелось бы, чтобы ты зря тратил время. У нас тут полно подсказок. — Девочка-дух вытащила Очи Правды и Предельной Ясности и нацепила на нос. — Но поступай как знаешь.

Негрет сполз с дивана.

— Я сейчас вернусь. Туда и обратно. — Не обращая внимания на взгляд, которым Сирин одарила его через синеватые линзы, Негрет заглянул на кухню, где миссис Каравэй резала морковку. — Я пойду прогуляюсь. Скажете папе с мамой, если они меня потеряют?

— Не знаю, Майло. Можт, не стоит идти одному? На улице холодно, да и снег снова пошёл.

— Я быстро! Куда я на лужайке денусь? — Негрет улыбнулся со всей уверенностью, на какую только был способен. — Вы меня из окна увидите.

Миссис Каравэй сомневалась. Майло тоже посмотрел за окно и понял, что, вообще-то, ничего не видно.

— У тебя есть часы? — спросила миссис Каравэй.

— Нет, а что?

— Вот. — Она вытерла руки о передник и сняла часы с запястья. — Возьми мои и возвращайся через десять минут, а не то я отправлю за тобой Лиззи. По рукам?

— Договорились. — Негрет надел часы на руку, оделся потеплее и вышел на холод.

Снег похрустывал под ногами, ботинки проваливались в белые сугробы. Он прикрыл глаза от ветра и потопал по лужайке к просвету между деревьями. Как он и сказал миссис Каравэй, это была прямая дорога через лужайку. Сквозь снежную пелену просвет был не слишком-то заметен, но вон он, на месте, белеет меж двумя рядами сосен в снежных шапках.

По дороге он размышлял, что там родители думают про таможенного агента. Это просто не могла быть Джорджи. Не могла, и всё тут.

Справа от него шелохнулась какая-то тень. Негрет глянул на павильон, где прятался вагончик фуникулёра, и тут снежная шапка сползла с угла крыши. Негрет долго всматривался, но всё было спокойно. Он нахмурился, сверился с часами миссис Каравэй и понял, что времени почти не осталось. Да и холодно стоять на месте. Он повернулся и зашагал к просвету между деревьями.

Его догадка не лишена смысла, подумал Негрет, когда подошёл к небольшому подъёму, ведущему в сад. Очень даже вероятно, что тут когда-то был вход в усадьбу, ведь просвет находится как раз на одной линии с входной дверью, чего не скажешь о павильоне и нынешней дороге. Где-то под снегом три каменные ступени, которые вели в крошечный садик, который миссис Пайн, многое умевшая делать безупречно, но определённо не приспособленная к садоводству, засаживала каждый год и старалась, чтобы посадки пережили хоть пару недель. По обе стороны стояли каменные скамьи, словно скобки, а за ними тянулась живая изгородь, некогда аккуратно подстриженная, примыкавшая к металлическому заграждению, которое должно было сдерживать смельчаков, решившихся подойти слишком близко к обрыву.

Негрет устроился было на одной из скамеек, но потом решил, что на камне сидеть слишком холодно. Под скамейкой он обнаружил тенистое пространство, вокруг которого намело целые сугробы снега, так что получилась небольшая уютная пещера как раз такого размера, чтобы поместился ребёнок. Это было секретное место, и Майло не смог удержаться. Он залез под скамейку и обнаружил, что пещера не только идеально подходит ему по размеру, но тут теплее, чем под открытым небом.

Если ворота и стояли когда-то здесь, Негрет не мог точно определить место. И некогда было подумать об этом. Десять минут, которые дала ему миссис Каравэй, почти закончились.

Он немного посидел, рассеянно проводя пальцами по старой надписи, вырезанной на холодном камне прежним владельцем или каким-то давнишним гостем: СПИ СПОКОЙНО, ЭДДИ! МЫ ЕДВА ТЕБЯ ЗНАЛИ! А под надписью была вырезана картинка, напоминавшая птицу с крючковатым клювом. Вроде сова, но точно не скажешь.

Может, Клем права, и место, где стояли ворота, давно уже обрушилось в реку. Может, она ошибалась, или же хозяин лавки что-то напутал. И всё же... Негрет высунулся и посмотрел на дом, который был обращён к саду и так красиво смотрелся на его фоне, и на небо, на невидимое солнце, которое светило сквозь ворота, будто это витраж, и вдруг почувствовал уверенность, что Клем права, пусть даже он не может это доказать.

И тут раздался крик: «Майло!» Голос миссис Каравэй пронзил холодный воздух откуда-то с лужайки. Негрет глянул на часы и обнаружил, что опаздывает на две минуты. Он выбрался из пещеры и побежал к дому, где уже возвышалась, руки в боки, фигура экономки.

Майло получил кружку горячего сидра и нагоняй за то, что не сдержал уговор и едва не умер от переохлаждения прямо перед носом миссис Каравэй. Он нашёл Сирин в гостиной. Девочка махала ему из переливающегося разноцветными огоньками убежища за рождественской ёлкой.

Он забрал рюкзак с дивана и пробрался к Сирин.

— Ну? — потребовала она ответа. — Всё, как ты надеялся?

Негрет пожал плечами.

— Не могу сказать наверняка, права Клем или нет, но я ей верю.

Сирин прищурилась.

— Ещё что?

— Ничего. Я просто хотел убедиться, могло ли это быть именно то место. Ты же сама говорила, что лучше проверять все важные места.

— Ага, вот только ты ничего толком не выяснил, — заметила она.

— Хорошо, ты права и всё это бессмысленно, — разозлился Негрет. — Чего ты цепляешься?

— Вовсе нет!

— Да! — Негрет, всё ещё в раздражении, вытащил из рюкзака блокнот на пружинке. — Отлично. Давай обсудим серьёзные улики. Тебе что-то удалось выяснить в моё отсутствие?

— Ладно, прости. Нет, не удалось.

— То есть мы оба потратили время впустую. Счёт равный.

— Угу. — Сирин села и укутала колени плащом. —
Как ты думаешь, таможенный агент как-то связан
с кражами? Мы ищем одного человека или двух?

— Думаю, это один и тот же человек, но не уверен. — Негрет открыл блокнот. — Давай притво-
римся, что это разные люди. Для начала вор. Это
может быть Клем, поскольку только у неё ничего
не пропало, а может любой из гостей, кто подстроил
кражу, чтобы отвести от себя подозрение.

Сирин взяла блокнот и достала ручку из кармана.

— Аргумент в пользу того, что это Клем: мы знаем,
что она воровка.

— Определённо. Клем — самый простой ответ.

— Думаю, стоит перейти к сложному. — Она начала
записывать имена жертв, а рядом помечала, что было
украдено. — Так какой же ответ сложный, Негрет?

Ручка замерла. Негрет посмотрел на то, что написала Сирин:

*Джорджи — блокнот с изысканиями по поводу на-
звания Лэнсдегаун.*
*Миссис Гервард — сумочка с вышитым на ней «Домом
из зелёного стекла».*
Мистер Виндж — золотые часы с гравировкой.
*Доктор Гауэрвайн — саквояж с материалами о Скел-
лансене и Доке Холистоуне.*

— Я не уверен, — признался Негрет. — Разве в том только, что это кто-то из них.

— Справедливо. — Сирин перевернула страницу. — Теперь таможенный агент. Самый простой ответ — Джорджи, ведь бумага была найдена в её номере.

— Сложный ответ — это кто-то, кто подложил документ к ней в комнату, чтобы самому остаться чистеньким. Ложный след.

И тут Негрет всё понял. Сложный ответ получался лишь одним способом, и всё сошлось. Он протянул руку и перевернул страницу, чтобы ещё раз прочитать список украденных вещей. Да, да, да. Одна из пропаж отличалась от других. Негрет выхватил блокнот и пролистал ещё несколько страниц, пока не добрался до заметок, сделанных накануне, а потом застыл на месте. Мало того что пропавшая вещь отличалась от остальных, но это и была та подсказка, которая подтверждала догадку Негрета.

— Это один и тот же человек, — прошептал он. — И я знаю кто!

— Ну же! — прошептала в ответ Сирин. — Кто это?

Но только Негрет открыл рот, чтобы ответить, как в гостиную вошли мистер и миссис Пайн с Брэндоном и Фенстером. Брэндон выглядел как обычно, но Негрет заметил, как внимательно тот смотрит по сторонам и осторожно двигается. Брэндон был не только вагоновожатым подземной железной дороги, но и профессиональным бойцом. Похоже, он подготовился на случай, если противник бросится на него.

Другое дело Фенстер. Он озирался, как загнанное животное, споткнулся о ковёр перед камином. Брэндон предостерегающе взглянул на него и что-то прошептал на ухо.

— Может, кто-то голоден? — спросила миссис Пайн с наигранной весёлостью. — Поздний ланч? Ранний чай?

Негрет взял блокнот у Сирин, вышел из-за ёлки и как ни в чём не бывало отправился на кухню. Фенстер подмигнул ему, а Брэндон ткнул Фенстера локтем.

— Не переборщи с сигналами! Ей-богу!

Мистер и миссис Пайн о чём-то разговаривали на кухне с миссис Каравэй и Лиззи, когда к ним подошёл Майло.

— Мам, пап, — прошептал он, — можно с вами поговорить? Это важно.

Он не стал дожидаться ответа, схватил маму за рукав и потянул в чулан под лестницей, жестом велев отцу следовать за ними.

— Майло, ради всего святого…

— Я знаю, кто это, — перебил он, когда они остались одни.

Мистер Пайн нахмурился.

— То есть ты думаешь, что это не Джорджи?

— Уверен, что нет. — Он понизил голос: — Вор и таможенный агент — один и тот же человек.

— Майло, я знаю, что тебе это не нравится, — мягко заметила миссис Пайн, — но Джорджи, возможно, и воровка тоже. Она ведь могла просто притвориться, что её ограбили.

— Да, вор именно так и поступил, только это была не Джорджи.

— Тогда почему письмо, которое ты нашёл, было спрятано в её комнате? — спросил мистер Пайн.

— Как ты и сказал, пап. Чтобы документ не нашли в комнате настоящего агента. Ложный след, как и с украденными вещами. Но это была не Джорджи!

— То есть кто-то пытался свалить вину на неё?

— Нет, я думаю, агент считал, что прячет документ в пустой комнате. — Он посмотрел на маму. — Помнишь, как я уронил сумку Джорджи и разбил её духи, потому что полка оказалась не на своём месте? А всё потому, что агент к тому времени уже спрятал бумагу под ковёр, а для верности поставил сверху полку.

— Но тогда… — миссис Пайн нахмурилась и посмотрела на мужа. — Остаётся только…

— Именно! — Майло с жаром закивал и помахал блокнотом. — А теперь смотрите. Вот список украденного. Все вещи имеют отношение к нашему дому и к тому, почему гости сюда приехали. Кроме одной.

Одна вещь. И она не имеет с другими ничего общего. Эта вещь принадлежала единственному постояльцу, который мог подумать, что номер Джорджи свободен, ведь он приехал раньше. Да и вообще раньше всех.

Мистер Виндж.

Он понял, что родители тоже догадались. Настало время последней улики. Окончательного доказательства. Он перевернул страницу.

— Вы ведь не видели украденные вещи вблизи, а я видел. Вот что было выгравировано на крышке часов:

« Д. К. В. с уважением и благодарностью за отлично выполненную работу от Д. & М.».

Буквы «Д» и «М» означают «Дикон и Морвенгард», так ведь? А доктор Гауэрвайн вчера правильно сказал, что эта контора работает сообща с таможней.

— Ну, это правда. Единственные, кому наносят ущерб местные контрабандисты, — это «Дикон и Морвенгард», — тихо проговорил мистер Пайн, поглядывая в сторону кухни, чтобы убедиться, что их не подслушивают. — Если бы не контрабандисты, эта контора стала бы главным поставщиком товаров в городе. На самом ли деле они вступили в союз с таможней, сказать сложно. Доказательств ни у кого нет, но все это подозревают.

— То есть ты мне веришь? — спросил Майло.

— Должно быть, когда приехали все остальные, он решил разузнать, кто они такие и что здесь делают. — Миссис Пайн медленно кивнула. — Не исключаю, что ты только что попал в самую точку, малыш.

— И как нам теперь быть?

— Это уже вопрос посложнее. — Миссис Пайн взглянула на мужа. — Нужно помочь Фенстеру, чтобы он себя не выдал, пока мы не отправим его по подземной железной дороге. Не знаю, что ещё мы можем сделать. Если мистер Виндж связан с таможней и находится здесь по заданию, он, наверное, ищет всё, что противозаконно.

— Но мы же не делаем ничего незаконного, правда?

— Нет, но мы и не ставим в известность власти и не предоставляем доказательства. Мы не контрабандисты, но нас могут посчитать соучастниками, — она сжала его руку. — Но я не хочу, чтобы ты беспокоился по этому поводу. Постарайся вести себя хорошо и не попадать в истории, а ещё… — мама выдавила из себя улыбку: — …постарайся встретить Рождество радостно, а мы с папой позаботимся об остальном, ладно?

— Я постараюсь.

Но он не был уверен, что получится.

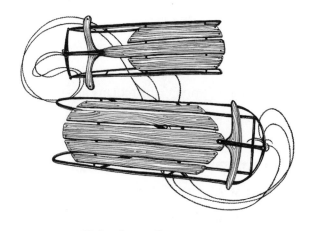

Глава двенадцатая

История мистера Винджа

Остаток дня было очень трудно не смотреть то и дело на мистера Винджа. Майло не понимал, как это удаётся родителям.

Первым делом мистер Пайн с Брэндоном попытались увести Фенстера из дома и спрятать его на заброшенной станции подземной дороги. Они сделали вид, что хотят проверить, держится ли крепёж на генераторе, и под этим предлогом скрылись за пеленой снега, но вместо того, чтобы обойти дом, поднялись вверх по холму к лесу и спустились в подземку. Майло их видел. Через полчаса они вернулись, замёрзшие как ледышки. Майло стоял рядом с мамой на кухне в ожидании чашки горячего шоколада и поэтому услышал, как мистер Пайн шепнул:

— Система управления вышла из строя от мороза, что-то повреждено. Брэндон считает, что сможет починить, но не быстро.

— Повреждено? — устало переспросила миссис Пайн. — Опять?

Майло не сомневался, что под этим «опять» мама имела в виду «повреждено нарочно».

— Не уверен. То есть он так не думает, слава богу. А если и так, то кто-то неплохо постарался.

Остаток дня, пока Брэндон бегал туда-сюда, родители Майло делали всё, чтобы не оставлять мистера Винджа и Фенстера наедине. Они не рассказали Фенстеру о своих подозрениях, и, наверное, правильно. Фенстер ни за что не смог бы скрыть, что ему всё известно. Вот уж кто точно стал бы в упор глазеть на мистера Винджа. Он и так-то, пока день набирал обороты, всё больше не находил себе места и заметно нервничал.

Потихоньку приближалось Рождество, и, несмотря на все тревоги, события в «Доме из зелёного стекла» шли своим чередом, как и каждый год. Снег не утихал, ветер собирал его в маленькие сугробчики в углах окон, то и дело Майло забывал и про мистера Винджа, и про Фенстера, и даже про Негрета и мечтательно рассматривал морозные узоры на окнах и будто наяву слышал серебряные колокольчики. По первому этажу плыли ароматы запечённого окорока, пирогов, клюквенного соуса с апельсином, перемешиваясь с запахами сосны и свечей, благоухавших гвоздикой и мятой. Когда свет снаружи начал тускнеть, отец спустился сверху, захватив рождественские чулки с пришитыми к ним колокольчиками.

Мистер Пайн повесил чулки на крючки у камина, а потом сказал Майло, забравшемуся с книжкой на любимый диван у окна.

— Знаешь, чего мы не сделали? Не покатались на санках. Что, если мы сейчас выйдем ненадолго? Только мы вдвоём. Готов поспорить, сейчас отличная погода для санок, вон сколько снега намело. Если поспешим, у нас ещё есть час до того, как совсем стемнеет.

Они оделись и вышли на мороз, аккуратно спускаясь по ступеням с крыльца. Майло шёл следом за отцом туда, где в лесу прятались хозяйственные постройки. Они дружно шагали в тишине, и только мистер Пайн время от времени напевал себе под нос рождественскую песенку. Сочельник, снег, огни дома поблёскивали за спиной, и Майло шёл кататься на санках с папой.

В гараже, куда они направлялись, на самом деле никогда не ставили машину. Отец регулярно клялся и божился, что в один прекрасный день расчистит гараж, чтобы можно было наконец загнать сюда автомобиль, но Майло сомневался, что такой день настанет. Гараж был самой большой из всех хозяйственных построек и располагался ближе остальных — огромный квадрат из красного кирпича с двумя деревянными дверями. Мистер Пайн взял лопату с крыльца и раскидал сугробы, наметённые у входа, затем стряхнул снег с щеколды, и они вместе смогли приоткрыть дверь так, чтобы протиснуться внутрь.

Раздался щелчок, потом шипение, и лампочка, похожая на те, что освещали Эмпориум, ожила над головой.

— Санки где-то здесь, — сказал мистер Пайн, осматриваясь. — Куда мы убрали их в прошлом году?

— Наверное, сунули куда-нибудь в угол, — проворчал Майло. — Мы же всё время хотели придумать для них место, но так и не нашли.

— В этом году найдём. Точно. Поищи с той стороны, а я с этой.

Майло пробирался вдоль правой стены, а отец смотрел в противоположном углу. Санки легко найти, подумал Майло и не стал расстраиваться. Одни санки обнаружились почти сразу, наверху горы из старых вещей в дальнем конце гаража. Зелёные металлические полозья и сиденье из полированного дерева так и бросились в глаза в куче хлама, в основном ненужной мебели и того, что попадало под категорию «запчастей»: старый мотор, пара ящиков, которые не походили ни к одному столу или шкафу, ограда из штакетника, некогда выкрашенная в жёлтый цвет, и всякое такое.

— Я нашёл одни санки, — Майло потянул их на себя, но спинка застряла, ему не хватало роста, чтобы увидеть, за что санки зацепились. — Застряли.

— А вторые тут. Погоди. — Через минуту мистер Пайн уже залезал на массивное изголовье старой железной кровати. Он высвободил санки, но изголовье покачнулось под его весом, и вся груда хлама накренилась. Мистер Пайн спрыгнул с санками в руках. Санки упали и ударились обо что-то металлическое. — Ну вот! — проворчал мистер Пайн. — Эмаль ободрал.

Но Майло его не слушал. Он наклонился, чтобы посмотреть, обо что ударились санки; пришлось согнуться почти пополам. Металлический предмет был спрятан под изголовьем кровати.

— Пап, можешь помочь мне приподнять?

— Зачем?

— Я хочу посмотреть, что там.

Мистер Пайн пожал плечами, но сделал, как просил сын, и вместе они приподняли изголовье кровати. А вот и они, ржавые, покорёженные, с засохшим плющом — те самые ворота, которые Майло видел за последние три дня везде, куда только ни смотрел. Вернее, половинка ворот. Выходит, знакомый антиквар Клем сказал правду про то, откуда взялась его половинка. Майло протянул руку, чтобы дотронуться до места, где осталось несколько чешуек зелёной эмали от полозьев. Ворота оказались меньше, чем он ожидал, примерно с него ростом. Майло по рисункам представлял, что они размером хотя бы с дверь, ну или, по крайней мере, в рост взрослого человека. Но перед ним были небольшие садовые ворота вроде тех, к которым прислоняешься, чтобы поболтать с проходящим мимо почтальоном. И всё-таки это они. Должны быть они. Даже тот самый крючок для фонаря, который вышит маленьким узелком из золотой пряжи на сумочке миссис Гервард.

— Майло, — пробормотал мистер Пайн. — Давай опустим. Тяжело.

— Пап, — сказал Майло, когда мистер Пайн опустил изголовье, — а откуда эти ворота?

— Не знаю. Может, с чердака или из подвала. Много чего хранится ещё с тех времён, когда здесь не было нас с мамой. А что?

— Они изображены на наших окнах. На каждом витраже по всем этажам где-то есть изображение этих ворот. Ты их видел?

Мистер Пайн нахмурился.

— Потом покажешь?

— Конечно, покажу. — Майло не слишком удивился, что отец не замечал ворот на витражах. Он и сам не замечал их, пока не увидел водяной знак на карте Джорджи.

«Нашлись ворота, ворота нашлись», — пел он про себя, пока они с отцом везли каждый за собой санки. Кто знает, что это значит да и значит ли вообще хоть что-то, но Майло чувствовал радость. Это частичка истории дома, следовательно, и частичка истории Майло, а каждая мелочь, которую ему удавалось отыскать, имела ценность.

Они собирались кататься чуть поодаль от места, где был скрыт вход в подземку, так что для начала заглянули проверить, как дела у Брэндона с ремонтом поезда, а потом направились на белоснежный склон.

Мистер Пайн оказался прав. Снег, подхваченный морозцем, как нельзя лучше подходил для катания. Мистер Пайн сгрёб лопатой снег внизу склона так, чтобы появилось ограждение и они с Майло не влетели бы в какое-нибудь дерево, после чего они поднялись на холм. Отец с сыном разгонялись и мчались на санках вниз со склона, снова и снова, пока не сгустились сумерки. Тогда мистер Пайн достал из кармана пару фонариков, чтобы добраться до дома.

Они оставили санки и лопату на крыльце и зашли в дом, отряхивая с себя снег, румяные и с улыбками до ушей.

— Хорошо провели время? — Миссис Пайн уже ждала их с дымящимися кружками в обеих руках, и они мигом сняли куртки и ботинки.

Мистер Пайн поцеловал жену в щёку.

— То, что доктор прописал. Правда, Майло?

— Ага! — Он взял кружку и сделал глоток. В горячем шоколаде чувствовался привкус мяты, а наверху плавал островок взбитых сливок, домашних, их нужно взбивать ложкой, и они дольше не тают.

— Всё в порядке, но поезд пока не работает, и Брэндон прервал работу на ночь, — тихонько сказала мама отцу. — А ещё пришёл ответ с пристани, сразу после вашего ухода. Если я правильно поняла сигналы, то пристань закрыта, но там поищут, кто бы мог приехать. Правда, я не смогла ответить до темноты. А примерно через час будем ужинать, — добавила она уже громче.

Майло залез в пещеру за ёлку прямо с чашкой. Он прислонился к стене, закинул ноги на большие коробки с подарками и с удовольствием отпил шоколад. Чуть поодаль потрескивал огонь в камине, в доме царила тишина, как в былые времена, и даже Фенстер, которого он видел сквозь ветки, стоило наклониться чуть влево, казалось, успокоился. Они с Брэндоном и Джорджи играли в какую-то карточную игру, судя по всему, девочки против мальчиков. Доктор Гауэрвайн, наверное, снова курил на крыльце, поскольку в комнате едва заметно пахло табаком. А мистер Виндж, по-видимому, не двигался с места всё то время, пока Майло с отцом катались с горки.

Рюкзак стоял под деревом, где Майло его и оставил, когда спешил сообщить родителям о своих подозрениях насчёт мистера Винджа. Он достал «Записки раконтёра» и открыл на той истории, которую мистер Виндж упомянул раньше.

«Я так и не встретил никого, кто мог бы объяснить, как эти две вещи связаны, — рассказывал скромный молодой человек по имени Салливан, — но всегда, насколько помнят старейшины, живущие на

Скидрэке, особенно суеверные жители крестились при виде речных выдр, поскольку боялись столкнуться с морским чудищем. Кроме одного безрассудного чудака, который считал, что было бы неплохо увидеть чудище, ведь оно по-своему прекрасно».

— Привет, — Мэдди пробралась в пещеру за деревом.

Майло с неохотой закрыл книгу.

— Ты где была?

— Не знаю… наверху. А ты меня искал?

— Да нет, вообще-то, — признался Майло. Он ощущал наступление праздника и не прочь был посидеть в одиночестве. Он даже не вспомнил о ней, разве что когда обнаружил ворота, доставая санки. («А ведь стоило, наверное, позвать её с собой», — виновато подумал Майло.) — Слушай, я ведь нашёл вторую половинку ворот!

— Ворот? Наших ворот? Где?!

— В сарае, который мы используем как склад. Они лежали под кучей хлама в дальнем углу. Папа сказал, что они там хранятся, наверное, с тех времён, когда они с мамой здесь ещё не поселились, как и говорила Клем; вот только он про них ничего не знает. Ворота меньше, чем я думал. Как считаешь, это что-то значит?

Мэдди подняла голову, когда по комнате пронёсся сквозняк. Клем и Оуэн, видимо, выходили прогуляться и только что вернулись, улыбающиеся и разрумянившиеся.

— Понятия не имею, но здорово, что они нашлись.

С кухни прозвенел голос миссис Каравэй:

— Ужин готов!

— Думаю, я снова возьму на себя гостиную. — Майло положил книгу в рюкзак и выбрался из-за ёлки, а за ним следом и Мэдди. Игроки всё ещё сидели на полу за кофейным столиком с картами в руках.

— Кто выигрывает? — спросил Майло.

— А ты как думаешь? — спросила Джорджи с плохо скрываемой радостью, и Майло заподозрил, что команда девочек ведёт.

Мэдди предпочитала брать себе еду последней, чтобы понаблюдать за остальными, поэтому она не стала спешить, а Майло и доктор Гауэрвайн первыми подошли к столу.

— Из вашего саквояжа что-нибудь пропало? — спросил Майло, потянувшись за тарелкой из стопки.

— М-м? А, нет, ничего. Это так странно! Зачем, скажи мне, подвергать себя опасности и красть заметки о таких непонятных вещах?

— Не знаю.

Но вора определённо интересует множество непонятных вещей. Майло даже уверен, что все эти непонятные вещи связаны с «Домом из зелёного стекла» и именно дом привлекает вора.

Привлекает мистера Винджа, поправил он себя мысленно. И таможню. Мистер Виндж явно охотится за любыми сведениями о доме, собирает каждую мелочь, чтобы доказать связь этого дома с контрабандистами. Или тут что-то ещё?

— Молодой человек, — улыбаясь, сказала Оуэну миссис Геревард, когда парочка присоединилась к остальным, — мне кажется, сегодня ваша очередь рассказывать свою историю. Я так понимаю, остались вы и мистер Виндж.

Оуэн улыбнулся в ответ:

— Это самое меньшее, что я могу сделать, мэм. Все были так добры ко мне.

— Думаю, я тоже могу рассказать историю, — поддакнул мистер Виндж. Он занял место за одним из столиков у окна в ожидании, пока остальные наполнят тарелки. — Я тут подумал и решил, что у меня есть одна подходящая история.

— Ох, мы бы с удовольствием послушали, мистер Виндж, — обрадовалась миссис Пайн.

— Точно, — согласился Брэндон, потянувшись к миске с картофелем. Он говорил как ни в чём не бывало, но голос звучал резковато. — Расскажите-ка нам историю, мистер Виндж. Я даже готов помыть посуду, чтобы поскорее её услышать.

Мистер Виндж улыбнулся, а Майло показалось, что от его улыбки повело ледяным холодом.

— Очень хорошо, мистер Леви. Хотите послушать прямо сейчас?

— О, прямо сейчас! Отлично! — устало протянул Брэндон.

— Это небезынтересно, ведь мы слышали уже две истории о Доке Холистоуне на этой неделе. — Мистер Виндж опёрся локтями о стол, сплетя пальцы под подбородком. — Холистоун был одним из самых великих контрабандистов во времена моей юности, и за ним дружно охотились «Дикон и Морвенгард», ну, и все таможенные агенты, разумеется...

Фенстер резко вскинул голову.

— Это какая ещё история? — спросил он. — Я помню только одну про того парня с витражами, что звучала вчера.

— Ну как же, вторая про вас, мистер Фенстер, — удивился мистер Виндж. — Разве миссис Пайн не упомянула, что рассказала историю о том, как вы видели призраки Дока Холистоуна и его сына?

Фенстер успокоился.

— Ну да, ну да. Она говорила, я забыл. Только там есть одна ошибочка, — добавил Фенстер, обращаясь к миссис Пайн. — Но думаю, это неважно. Простите, что перебил вас, мистер Виндж. Продолжайте.

Мистер Виндж посмотрел на него прищурившись, а потом продолжил:

— Поговаривали, что «Дикон и Морвенгард» считали задачей номер один поймать Дока Холистоуна, и это в городе, где у них агентов больше чем где бы то ни было.

— Не то слово, — пробормотал Фенстер. Брэндон, который стоял рядом, словно бы невзначай дёрнул своей длинной ногой, и Фенстер ойкнул; видимо, Брэндон пнул его под столом. — Простите, — пробормотал Фенстер. — Так и правда говорили. Все это знали, — добавил он, повышая голос. — Все, а не только… «гонцы».

Майло внутренне сжался. Он подозревал, что и все остальные жители «Дома» — родители, Лиззи, миссис Каравэй и Брэндон — сделали то же самое. Только сами контрабандисты называют друг друга «гонцами».

— Заткнись, — процедил Брэндон сквозь сжатые зубы. Затем кивнул мистеру Винджу: — Продолжайте, дружище!

Из столовой никто не уходил, и Майло отнёс тарелку к барной стойке, где Мэдди сидела, пережидая, чтобы поужинать после всех.

— Он себя выдаст. Вопрос лишь в том, когда это произойдёт.

Мэдди, не глядя на него, кивнула, но ничего не сказала. Лицо её словно бы окаменело.

Тем временем за маленьким столиком у окна мистер Виндж улыбался странной полуулыбкой. Трудно сказать, заметил ли он оговорку Фенстера. Он откашлялся и продолжил:

— Итак, Док Холистоун, как вы все, разумеется, знаете, много лет успешно скрывал, кто он такой. До того самого дня, когда его убили, и только тогда все точно узнали, кем он был.

Фенстер нахмурился, и Майло испугался, что он вот-вот что-нибудь ляпнет. Мальчик догадывался, что вертится на языке у Фенстера, поэтому тоже откашлялся и заговорил первым:

— Многие наверняка знали, кто он, — перебил Майло доктора Винджа. — Например, команда. А ещё те, с кем он вёл дела. Просто они на него не доносили. Поэтому таможенные агенты и люди из фирмы об этом и не знали.

Фенстер удовлетворённо кивнул.

— Да, разумеется, — сказал мистер Виндж несколько натянуто. — Никто среди законопослушных горожан не знал его имя, скажу я вам. Преступники, уверен, будут защищать своих. Да, многие знали.

Но никто не выдал.

Все застыли, столовые приборы на мгновение замерли. Даже невозмутимую Клем и чопорную миссис Геревард, казалось, выбило из колеи то, как сурово произносит мистер Виндж слово «преступники». Брэндон встретился глазами с Фенстером и предостерегающе покачал головой. Родителям Майло было явно не по себе. Преступники будут защищать своих. То, что контрабандисты останавливаются у них в отеле, считается содействием преступникам?

Судя по суровому выражению лица мистера Винджа, Майло не сомневался: очень даже считается. Майло всегда казалось, что большинство жителей Нагспика, если их спросить и они ответят честно, окажутся на сторонe контрабандистов, а не таможенных агентов или компании «Дикон и Морвенгард». Но мистер Виндж, наверное, не относился к большинству.

— Агент, который от имени компании «Дикон и Морвенгард» занимался расследованием, — продолжил он, — раскрыл правду вскоре после того, как ему удалось уговорить одного из членов команды Холистоуна, рискуя жизнью, дать показания.

— Дать показания после того, как его избили до полусмерти, вы это имеете в виду? — В этот раз заговорил не Фенстер, а доктор Гауэрвайн. Когда мистер Виндж бросил на него сердитый взгляд, профессор с вызовом уставился на него. — О, прошу вас! Я изучал дело Дока Холистоуна пятнадцать лет. И видел фотографии членов команды после того, как с ними... «поработали» ребята из «Дикон и Морвенгард». Сообщество контрабандистов собирало деньги на оплату медицинских счетов бедняге, который имел дело с агентами. Это доказывает, что информацию из него выбили.

— А вы неплохо осведомлены, — сухо заметил мистер Виндж.

«Опасно, — подумал Майло. — Что-то здесь происходит».

— Мэдди? — шепнул он, но девочка по-прежнему не сводила глаз с мистера Винджа и даже не шелохнулась, словно была выточена из камня.

— Я хочу послушать, что он расскажет, — хмуро сказала она.

Что-то в её словах заставило Майло подпрыгнуть на месте. Все остальные тоже насторожились. Может, потому, что Мэдди никогда не говорила так громко ни с кем, кроме Майло. И так мрачно. Даже мистер Виндж на миг вскинул голову. На его лице застыло странное выражение. А может, все замерли не из-за слов Мэдди, а из-за внезапного холодка, пронёсшегося по столовой. Словно бы где-то открыли окно, запустив порыв ветра. Но окна были закрыты, да и входная дверь заперта.

— Скажи им, — велела Мэдди Майло, но уже потише. — Скажи им, что тоже хочешь послушать.

Сбитый с толку Майло сделал то, о чём просила девочка.

— Я хочу послушать, что он расскажет. Закончите историю. — Мистер Виндж пристально посмотрел на Майло, а мальчик в ответ смерил его дерзким взглядом. — Ну же.

— Контрабандист показал агенту карту, — медленно проговорил мистер Виндж, глядя прямо в глаза Майло. Тот сглотнул, внезапно поняв, что знает заранее, что сейчас услышит. — Карту, на которой были зашифрованы детали очередной контрабандной доставки Дока Холистоуна. Россыпи точек на карте означали отметки глубины, — мистер Виндж улыбнулся, но улыбка получилась безжалостной. — Это была партия оружия, которая прибывала на корабле Дока Холистоуна под названием «Альбатрос» через неделю.

Пальцы Мэдди больно сжали руку Майло.

— Это ложь! — запротестовал Фенстер. — Все знают, что Док Холистоун никогда не занимался контрабандой оружия!

— Любой контрабандист рано или поздно занимается чем-то подобным, — сказал мистер Виндж, не сводя глаз с Майло. — Все. Без исключения. И особенно Док Холистоун.

— Вы лжец! — рявкнул Фенстер.

Мистер Виндж широко улыбнулся.

— А как вы думаете, почему все за ним охотились? Потому что он незаконно перевозил книги и луковицы чёрных ирисов? Или наводнял город ненужными безделушками и «космическими ручками», которыми можно писать в невесомости и хоть кверху ногами?! Не смешите меня. Да всем на это наплевать!

В этот раз взорвалась Джорджи.

— А компании «Дикон и Морвенгард» не наплевать! Их очень заботит всё, что мешает им нажиться.

— Чистая правда! И хватит пихать меня! — прорычал Фенстер Брэндону, который всё ещё пытался его утихомирить. — Лгут те, кто говорит, будто Док Холистоун занимался контрабандой оружия! Он никогда ничем таким не занимался!

И снова холодный вихрь пронёсся по комнате.

— Я хочу дослушать, что он расскажет! — воскликнула Мэдди, а потом прошептала Майло: — Скажи ему!

Ярость в её голосе пугала.

— Я хочу дослушать, что он расскажет, — повторил потрясённый Майло.

Мистер Виндж снова заговорил:

— Несмотря на все усилия, планы агентов сорвались. Кто-то предупредил Холистоуна, и этот парень не стал бы легендой, если бы не умел спасаться самым чудесным образом. Это был один из таких случаев... — он покачал головой и презрительно хмыкнул. — Короче говоря, контрабандисты смылись вместе с грузом...

— И были это медные трубы! — снова рявкнул Фенстер, не обращая внимания на предостережения Брэндона и Пайнов. — Эти самые медные трубы тогда страшно подскочили в цене, их днём с огнём было не сыскать... Но никто на Пристани не стал бы... убегать, как трусливая мышь... А вы просто... Да хватит уже пихать меня, Брэндон!

— С этим делом, а то и вообще с контрабандистами, можно было бы покончить, — продолжал мистер Виндж, спокойно отпивая из чашки. — Мыши разбежались, но оставалась возможность поймать крысу — главаря. Агент не сомневался, что Док Холистоун не оставляет никаких следов. И уж если он берётся за ручку и бумагу, то это поистине редкий случай. Пока его коллеги занимались организацией рейдов, тот агент попытался выяснить всё, что можно, про карту. Он обнаружил водяной знак. Определив по нему время изготовления бумаги, он вышел на одного старинного и почтенного мастера, занимавшегося этим ремеслом двести лет назад, а потом разыскал и дом, который уже в наши дни принадлежал человеку по имени Майкл Уитчер; у него на чердаке хранился запас такой бумаги.

Если верить Джорджи, то Клем примерно так же распутала ниточку, связывавшую название «Лэнсдегаун» и «Дом из зелёного стекла». Майло посмотрел на рыжеволосую похитительницу. Её лицо было мертвенно-бледным. А мистер Виндж достал сложенный потемневший лист из кармана и развернул его. Майло обмяк. Это была та самая обёрточная бумага компании «Лаксмит», которую Негрет и Сирин нашли в Эмпориуме вместе с обрывком бумаги, на которой тоже был водяной знак.

«А я ещё показал ему карту Джорджи. Если мистер Виндж прав, то её изготовил сам Док Холистоун». Майло вдруг понял, что на плече у него висит рюкзак. Он достал его из-за ёлки, чтобы всё нужное было при нём, откуда бы он ни наблюдал за гостями во время ужина, но сейчас Майло пожалел, что не спрятал его.

— Вернёмся к облаве. Холистоун наверняка знал, что таможенники предприняли ещё одну неудачную попытку. То, что один из его подручных донёс на него, тщательно скрывали. Агент, который обнаружил водяной знак, догадывался, что, едва не попавшись, Док Холистоун залёг бы на дно в своём логове, стоило ему уйти от преследователей. Но у него не было причин подозревать, что его тайна раскрыта. Поэтому агент, оставив своих товарищей, ждал, когда же великий контрабандист возвратится в своё убежище. — Мистер Виндж замолчал и обвёл комнату театральным взглядом. — В дом с витражами, который стоит высоко на холме у самого берега реки.

Рядом с Майло Мэдди задержала дыхание. Она всё ещё не выпускала его руку.

— Именно там он спрятал самую важную часть груза, при перевозке которого в Нагспик его чуть было не поймали. Оружие, как и остальной груз, но легендарное, смертоносное и невообразимое. Что-то, что Нагспик просто не мог оставить в руках контрабандиста. Что-то, что город искал вот уже больше ста лет.

— Док Холистоун никогда не занимался контрабандой оружия! — взревел Фенстер. — Никогда!

— Фенстер!

Брэндон выглядел так, словно не мог решить: повалить Фенстера на пол и придушить его или просто ударить по голове, чтобы он отключился ненадолго для своего же блага. Он посмотрел на отца Майло, но тот не успел и слова сказать, как Фенстер выскочил из-за стола, ткнул пальцем в бесстрастное лицо мистера Винджа и закричал:

— Таможенники постоянно прикрывали свои облавы поисками мифического смертельного оружия, которого никогда не существовало. Это выдумка! Предлог, чтобы нападать на бедолаг-гонцов! Оружия, о котором вы тут говорите, не существовало! А если бы и существовало, то Док Холистоун никогда и близко бы к нему не подошёл, слышите меня? Никогда! Он был патриотом! Верил, что всё изменится, но считал, что оружие — это не выход! Господи!

Фенстер сунул трясущиеся руки в карманы, а когда заговорил вновь, то его голос дрожал:

— Знаете, сколько денег он мог бы заработать, согласись он перевозить оружие? Думаете, его никто не просил?! Да его постоянно пытались нанять для перевозки пушек, взрывчатки и прочего добра. А он снова и снова отказывался.

Миссис Пайн подошла к нему и обняла за плечи.

— Фенстер, пойдём со мной...

Фенстер попытался освободиться, но на помощь миссис Пайн подоспел Брэндон, а потом и мистер

Пайн, и втроём им удалось вывести Фенстера через боковую дверь. Майло видел силуэт Фенстера сквозь витражное стекло в гостиной, когда тот опустился на корточки и схватился за голову. Миссис Пайн присела рядом и снова обняла его.

Мэдди сжала руку Майло ещё сильнее, он ощутил, как её ногти впиваются ему в кожу. Он уже было приготовился снова повторить вслух её слова, но тут заговорила Джорджи Мозель.

— Что ж, мистер Виндж, вы неплохой рассказчик, — сердито начала она. — Вы пытаетесь довести этого беднягу до белого каления?

— Вынужденная необходимость, — невозмутимо отозвался мистер Виндж, откинувшись в кресле. — Закончу, когда они вернутся.

— Думаю, мы уже достаточно услышали, — возразил доктор Гауэрвайн, направляясь к выходу. — Я остаюсь при своём мнении. Док Холистоун не занимался контрабандой оружия. Не все считают его героем, но всё же…

— Сядьте, доктор Гауэрвайн. — Лицо мистера Винджа оставалось невозмутимым, но вот его тон… Это была не просьба, а приказ. — Сядьте! — Повторил он, когда пожилой профессор с удивлением посмотрел на него.

Мистер Виндж встал, достал из кармана сложенный прямоугольник из кожи. Развернул его, показав бронзовый жетон, и бросил на обеденный стол.

— Садитесь. Всех прошу сесть.

— Что это? — потребовала объяснений миссис Геревард, глядя на жетон.

— Удостоверение таможенника, — холодно пояснила Джорджи, а потом посмотрела на мистера Винджа. — Настоящее?

— Я нашёл документ от таможни под ковром, — тихонько сказал Майло, глядя на Винджа. — Сразу после того, как папа открыл комнату, в которой вы нас заперли, мистер Виндж.

— Да, ты отличный сыщик, — холодно ответил таможенный агент. — Будь уверен, мы тобой очень гордимся.

Дверь отворилась. Мистер Пайн подошёл к столу.

— Это что ещё такое? Не хотите ли поговорить об этом с глазу на глаз?

— С глазу на глаз — нет. Садитесь, мистер Пайн.

— Спасибо, постою! Давайте обсудим всё наедине.

Мистер Виндж развернул жетон так, чтобы мистеру Пайну было видно.

— А я говорю, садитесь, сэр. Мне нужно будет поговорить с каждым, включая вас, вашу супругу и Фенстера.

Дверь снова открылась, и миссис Пайн неуверенно вошла. Майло догадывался, что сейчас произойдёт. Отец собирается увести мистера Винджа прежде, чем здесь снова появится Фенстер. Им нельзя находиться в одном помещении.

К несчастью, у мистера Винджа были другие планы. Он проигнорировал взгляды, которыми обменялись супруги, вышел в гостиную и крикнул Фенстеру, в ярости расхаживавшему по крыльцу туда-сюда:

— Фенстер, поясните-ка мне кое-что.

— Уж я-то поясню, вы, наглый лжец!

— Когда вы сказали, что миссис Пайн допустила ошибку в истории про призраков, что вы имели в виду?

Контрабандист остановился и нахмурился.

— Вам-то какое дело?

Мистер Виндж пожал плечами.

— Вы заявили, что я наглый лжец. Прошу поправить меня, если я ошибаюсь. Так что же миссис Пайн перепутала в вашей истории про призраков? То, что вы якобы опознали Дока Холистоуна по плакатам «Разыскивается» с его портретом?! Ведь это неправда, и вы узнали его, потому что плавали с ним? Вы были с ним в одной команде? Она в этом ошиблась?

Руки у контрабандиста сжались в кулаки.

— Фенстер, — прошептала миссис Пайн, кладя ему ладонь на плечо.

Фенстер смахнул её руку. Он пару минут смотрел на Винджа в упор, лицо его побагровело, а потом напряжение внезапно схлынуло, он улыбнулся и сунул руки в карманы:

— Нет, сэр. Не это. Она сказала, что я видел сына Дока Холистоуна, а всем известно, что у него была дочь. Эдди. — Фенстер легонько ткнул миссис Пайн локтем. — Небольшая ошибочка, — всё ещё улыбаясь, он посмотрел на мистера Пайна с дерзким блеском в глазах. — Вот здесь Нора ошиблась.

Мистер Виндж выдавил из себя улыбку.

— Спасибо, что разъяснили. А теперь, возможно, вы разъясните мне ещё кое-что. Вы или кто-то из наших бесстрашных гостей. Определённо кто-то должен знать ответ. Я хочу покончить с этими играми.

Повисла долгая пауза. Никто не двигался, и тут миссис Пайн сделала шаг вперёд и скрестила руки:

— Извольте объясниться, мистер Виндж. Почему вы отдаёте приказы моим гостям и моим родным? А заодно расскажите, чего ради вы воровали вещи постояльцев и зачем закрыли моего сына в номере. Хотя можете не утруждать себя! Соберите-ка вещи и оставьте наш дом. Вам придётся самому думать, как справиться с непогодой.

Мистер Виндж фыркнул:

— О нет, миссис Пайн! Сейчас я представляю в этом доме закон и имею право отдавать приказы.

Вот все объяснения, которые вам нужны. Здесь спрятан последний груз Дока Холистоуна; думаю, вы, ваш супруг или Фенстер знают, что это такое и где это спрятано. Очевидно, что наследство Дока Холистоуна не исчезло бесследно, оно здесь, иначе ваш сын не бегал бы по дому со старинной картой, на которой нарисован необычный водяной знак. Особенно если учесть, что это альбатрос. Такие вещи под ногами не валяются, правда?

Джорджи ахнула.

— Нет же! Карту привезла я! И я отдала её Майло!

— Груз здесь! — взревел мистер Виндж. — Я не уйду без него! Я ждал сорок лет, чтобы поставить точку в деле Дока Холистоуна! Я покину дом только с этим грузом. Не раньше!

— Майло, — шепнула Мэдди. — Приготовься бежать!

— Что?

— Ты слышал что. По моей команде беги наверх по лестнице. Не на улицу, там негде спрятаться, только замёрзнешь. Беги наверх. В Эмпориум.

Майло открыл было рот, чтобы переспросить, но вдруг заговорила миссис Пайн, и голос её дрожал от ярости:

— Мистер Виндж, вы никакой не представитель закона, и вам придётся убраться вон!

— Да я сам тебя вышвырну, — прорычал Брэндон, надвигаясь на мистера Винджа.

И тут произошли две вещи. Мистер Виндж выхватил пистолет и наставил на Брэндона. А в дом через входную дверь вломились два незнакомых типа.

— Беги! — вскричала Мэдди.

Майло спрыгнул со скамейки и понёсся к лестнице. «Перелёт на ветерке, — командовал он себе. — Ноги несут тебя так же быстро и незаметно, как ветер».

— Стой! — заорал Виндж. — Ловите мальчишку!

Двое незнакомцев помчались вслед за Мэдди и Майло, но они даже через комнату не успели пробежать, как с места вскочила Клем. Несколько прыжков, похожих на движения из китайского боевого искусства кун-фу, и она буквально подлетела со своей скамейки к барной стойке, которая отделяла обеденную зону от кухни, а потом развернулась и ударила ближайшего из преследователей. Тот упал, а Клем уселась сверху. Оуэн не владел такими приёмами, но он в два счёта подскочил к девушке. Второй незнакомец попытался схватить Клем, но тут его задержал Оуэн. Майло и Мэдди добежали до лестницы и были уже на первой площадке, как вдруг…

В комнате раздался оглушительный хлопок. Майло споткнулся…

— Что…

Мэдди схватила его за воротник и потащила вперёд.

— Не останавливайся!

Он послушался и бежал рысью наверх, пока зелёная стеклянная ручка Эмпориума не повернулась у него в ладони.

Он перелетел через порог и растянулся на пыльном полу. Мэдди захлопнула двери. Первая лампочка ожила над головой. Только тогда Майло понял, что только что убежал, бросив родителей в гостиной с вооружённым человеком.

— Это был выстрел? — Он сбросил с себя рюкзак и расплакался.

Мэдди присела рядом и похлопала его по плечу.

— Ну-ка соберись, — сказала она ласково, но твёрдо. — Твои мама с папой предпочли бы, чтобы ты оказался подальше оттуда.

— Но… я бросил их. Оставил их там! Что, если он…

— Виндж не собирается причинить вред твоим родителям. — Мэдди вздохнула. — Я должна была его узнать. Ну как же так… Я же поняла…

Майло вытер глаза.

— Поняла что?

— Что он из «Дикон и Морвенгард». Он вылитый агент.

Что-то не сходилось в словах Мэдди, Майло сидел не шевелясь.

— Ты сказала, что должна была его узнать. — Он медленно поднялся на ноги. — Но как?

— Ну, узнать в нём…

— А ещё ты очень странно себя вела во время рассказа. Тут что-то не то. Ты чего-то недоговариваешь. Как ты могла его узнать?

Мэдди надолго задумалась.

— То, что я тебе скажу, покажется полным безумием, но ты должен мне верить, хорошо? — Майло пожал плечами и ждал продолжения. Наконец Мэдди вздохнула. — Он рассказывал о себе. Он и есть тот самый агент из его истории. Это случилось здесь, в доме. Сейчас он, конечно, намного старше, вот почему я сразу не узнала, но это тот самый человек. — Мэдди со злостью ткнула пальцем в дверь чердака, словно бы по ту сторону стоял мистер Виндж. — Это он схватил Дока Холистоуна, и он ответственен за его смерть.

«Мистер Виндж сказал, что ждал сорок лет, чтобы поставить точку в деле Дока Холистоуна, так что Мэдди, похоже, права, и всё же…»

— Но как ты можешь быть так уверена? — Глаза Майло распахнулись. — Как ты можешь знать наверняка?

Мэдди сглотнула, и вся храбрость и гнев куда-то вдруг улетучились. Она снова сглотнула, и Майло понял, что она готова расплакаться.

— Потому что я всё это видела, — прошептала девочка. — Я видела его с Доком Холистоуном. Я была там.

— Невозможно. — Майло растерялся. — Это было сорок лет назад, Мэдди.

Она слабо улыбнулась.

— И то и другое не так. Во-первых, не сорок, а тридцать четыре. Во-вторых, меня зовут не Мэдди. Даже когда я не Сирин.

Майло открыл рот, а потом закрыл.

— Мэдди. Сокращение от «Мэделин» или что-то вроде того.

— Дочку миссис Каравэй действительно так зовут. Но если ты скажешь вашей экономке, что последние дни играл с её дочкой, она решит, что ты спятил. Мэдди Каравэй тут нет и никогда не было. Я появилась как раз тогда, когда приехали миссис Каравэй и Лиззи, ты сам решил, что я Мэдди, я не стала возражать. Я всё думала, что ты кому-нибудь скажешь что-нибудь такое, что мне придётся всё тебе объяснять, но ты так ни разу и не проболтался.

И тут всё сошлось. Несколько сцен промелькнули в его памяти. Чердак и подвал. «Множество вещей хранится с незапамятных времён, когда здесь ещё не было нас с мамой». «Для ролевых игр. Э. У.» *«Она сказала, что я видел сына Дока Холистоуна, а всем известно, что у него была дочь. Эдди».* «СПИ СПОКОЙНО, ЭДДИ! МЫ ЕДВА ТЕБЯ ЗНАЛИ!»

— Так ты... Эдди Уитчер, — медленно проговорил он.

Девочка нерешительно улыбнулась.

— Мне никогда не нравилось имя Эдди. А к Мэдди я уже как будто привыкла.

— А Док Холистоун... твой отец?

Она кивнула, пристально глядя на него. Майло кивнул в ответ.

— И ты видела, как Виндж схватил его тридцать с чем-то лет назад?

— Тридцать четыре, почти ровно.

Она усмехнулась, потом сунула руки в карманы и опустила глаза. Впервые Мэдди — Эдди? — показалась совсем-совсем юной. Голова шла кругом. Математика не работала. — Но ты же маленькая. Тебе столько же лет, сколько мне.

— А мне и было столько же лет, — осторожно сказала девочка. — Только тридцать четыре года назад. «СПИ СПОКОЙНО, ЭДДИ!»

В мамином рассказе ребёнок Дока Холистоуна был призраком, а Фенстер сказал только, что это был не мальчик, а девочка, а всё остальное сущая правда.

— Ты призрак? — пробормотал Майло, не веря своим словам.

— Тридцать четыре года назад... — повторила она тихо, потирая носком одного ботинка о пятку другого. — Никогда не забуду тот день, ведь в тот день я умерла...

Глава тринадцатая
Последняя схватка

Они смотрели друг на друга, не отводя глаз. Майло не понимал, то ли рассмеяться, то ли отнестись к этому со всей серьёзностью. Если поверить во всё это — можно рассудка лишиться. Мэдди, похоже, догадывалась, что он, скорее всего, не поверит в её историю, но цеплялась за крошечную надежду...

— А можешь доказать? — спросил Майло.

Она вздохнула.

— Ну, если хочешь.

И тут она начала мерцать, как лампочка, готовая погаснуть. Появилась на миг, тут же пропала, потом снова появилась и опять исчезла. Майло остался на чердаке один. Он повернулся кругом. Кровь стучала в висках, а сердце бешено колотилось.

— М-м-мэдди? То есть Эдди?

Девочка снова появилась прямо перед ним, как будто никуда и не пропадала. Стояла, скрестив руки поверх Плаща Золотой Неразличимости.

— Можно и Мэдди. Я привыкла.

Так, значит, она… призрак. Он без сил опустился на какой-то ящик, внезапно почувствовав головокружение.

Ну, для начала Сирин, по легенде, должна быть невидимой для всех, кто не принимает участия в игре, то есть для всех, кроме него.

— Ты не просто притворялась невидимой, да? — спросил Майло, когда сердце немного успокоилось. — Тебя никто не видел, да? Никогда. Всё это время.

— Не видел, — она виновато покачала головой.

— И никто не слышал? Ты просто позволила мне разгуливать по дому и вести себя так, будто ты рядом? Наверное, я выглядел как ненормальный, когда разговаривал сам с собой, — проворчал Майло.

— Мне кажется, меня слышат только те, кому я являюсь. Но уверена, ты кажешься куда более нормальным, чем многие из этих полоумных, — успокоила она. — Если тебя это утешит.

— Там на скамейке в саду вырезана памятная надпись в твою честь, — сказал Майло. — Ты из-за этого не хотела меня отпускать? Не потому, что это пустая трата времени, а потому, что я мог выяснить правду?

— Это эпитафия на надгробном камне, — просто ответила она. — А не просто надпись. Думаю, все решили, что после случившегося с отцом лучше держать в секрете место, где находится моя могила. Спрятать её. Дело не в том, что я не хотела, чтобы ты знал правду, просто я решила, что это… смутит тебя. Может, даже напугает.

— Я не испугался!

— Но я ведь вижу, как неожиданности тебя расстраивают, — мягко возразила девочка. — Как ты огорчаешься всякий раз, когда кто-то проникает в твоё личное пространство, неважно, твоя ли это комната, ваш с родителями этаж или целый дом, куда вдруг нагрянула целая куча постояльцев. Я не могла представить, как ты себя поведёшь, когда узнаешь обо мне, и решила: да ну это всё, — добавила она грубовато и снова стала похожа на Мэдди. — Это правда.

Майло кивнул. В горле застрял комок, и он ощущал, как откуда-то изнутри поднимается тревога. Она права. Внезапно дом показался ему чужим.

Майло посмотрел на свою подругу. Она выглядела так же, как и раньше.

— И как тебя называть? — беспомощно спросил он.

Она задумалась на минуту.

— Разве нам до того, чтобы всякий раз про это думать? — в голосе её звучала надежда. — Я всё та же Мэдди, с которой ты познакомился, Майло.

Он снова кивнул. Но неприятное чувство, от которого сводило живот, никуда не делось.

— Родители... — прошептал он. — У него... пистолет.

Эдди — то есть Мэдди, решительно поправил себя Майло — покачала головой.

— Мистеру Винджу не нужны твои родители. И Фенстер не нужен. Он хочет что-то, что, как он думает, спрятал здесь отец или кто-то ещё. Если мы это найдём, то избавимся от Винджа, и никто не пострадает.

— А вдруг уже пострадал? — запротестовал Майло, но тут же просиял: — Мэдди, если ты... ммм... если тебя никто больше не видит, не могла бы ты... ну, не знаю, подкрасться к нему и выхватить пистолет?. Ты это вообще можешь? Ну, забрать что-то у… у…

— У кого-то живого? Конечно. Ты же отдавал мне всякие вещи. Но забрать пистолет… — она покачала головой. — Я думала об этом, но я не наделена магической силой, которая помогла бы отнять пистолет. Ты можешь попытаться с тем же успехом, разница только в том, что, если это попробую сделать я, это получится совершенно неожиданно.

— Может, это то, что нужно?!

— Ой, не думаю. Ты знаешь, как отнять пистолет у взрослого? Лично я нет. И потом, он-то умеет пользоваться пистолетами, а я не умею. Что-то может пойти не так. А если ещё у кого-то окажется пистолет? Тогда кто-то может серьёзно пострадать. Иди даже погибнуть.

Она замолчала, и тут Майло вспомнил, что Дока Холистоуна так и не поймали много лет тому назад.

— Ты это видела? — спросил он.

— Ты про… — Мэдди покачала головой и потупилась. — Нет. Я видела только, как мистер Виндж пытался его арестовать. — Она присела рядом с Майло на ящик, и они немного помолчали, потом она наконец рассказала: — Он вернулся домой поздно в тот вечер. Со скалы. Тогда не было никакого фуникулёра, даже лестницы толком не было. Только несколько едва заметных ступенек. Если знаешь, где они, то можно взобраться наверх, но никаких перил; а если прошёл дождь, то ступеньки становились скользкими и подняться было тяжело. — Она судорожно вздохнула. — Наверное, он долго до этого бежал. Бежал, карабкался по скалам, выбирая самый короткий путь, какой только можно, чтобы оторваться от слежки и быстрее добраться домой.

Майло неуклюже похлопал её по плечу.

— Я вот всё думаю, что он пришёл за мной, — продолжила она тихо. — Мы собирались бежать и переждать на море, пока тут всё утихнет. На самом деле, наверное, он просто хотел попрощаться и сообщить, где лучше укрыться. Должно быть, понимал, что, выследив его, агенты «Д. и М.» не остановятся, пока не схватят. Он предпочёл бы, чтобы я осталась целой и невредимой, пусть даже это и означало разлуку.

— А где была твоя мама?

— Умерла, когда я была маленькой.

— И ты жила здесь совсем одна, пока отец был в отъезде?

— Ну, не совсем. За домом следили миссис Галлик и её племянник. — Мэдди грустно улыбнулась. — Она считала, что за всё тут отвечает, пока нет папы. Я не спорила, поскольку они с Полом — так звали племянника — играли со мной в «Странные следы». Но в ту ночь я была дома одна. Очень редко, но так бывало.

— Как же он мог тебя тут бросить? — возмущённо спросил Майло. — А что, если бы с ним что-то случилось? Ты бы осталась совсем одинёшенька. Ты бы стала...

Мэдди подняла глаза и спокойно посмотрела на него.

— Сиротой? Как ты?

— Да! — Но в ту же секунду, как слова слетели с губ, Майло пожалел о сказанном.

— Но ты не сирота, — возразила Мэдди слегка раздражённо.

— Нет, — пробормотал он.

— У тебя есть семья. Даже две, пусть одна из них — это нераскрытая тайна. И откуда ты знаешь, что первая твоя семья, та, в которой ты появился на свет, не сделала точно то же самое, что и мой папа. Может быть, они решили, что так будет лучше для тебя, но из-за этого вы не смогли остаться вместе? — Она была сердита. — И вообще-то, всё не так уж плохо для тебя обернулось!

Майло закачал головой и прикрыл уши руками.

— Знаю! Знаю! Хватит! Ладно?!

— Всё вышло просто замечательно, — резко добавила Мэдди, ткнув пальцем в сторону чердачной двери, которая отделяла их от всех остальных. — Ты здесь, с двумя любящими родителями, которых ты тоже любишь. А я... — Девочка замолчала и судорожно вздохнула: — Умерла...

«Я умерла...»

— У подножия холма висел колокол, — продолжила Мэдди, голос становился всё мягче и спокойнее. — Отец позвонил, прежде чем начал подниматься, должно быть, чтобы разбудить меня. Я выбралась на пожарную лестницу, чтобы посмотреть, где он. А оттуда...

— Ты видела ту часть леса, — закончил за неё Майло, — где отец показался, когда добрался до верха.

— Я заметила его и помахала. Он меня не увидел. Он смотрел в другую сторону. На площадку перед входом в дом...

— ...откуда тянется дорога на холм?

— Да. Поскольку там его подстерегал мистер Виндж. Я его не разглядела, но отец, наверное, его заметил. Он развернулся и побежал в лес, а спустя минуту мистер Виндж — только тогда он был молодой, почти как отец, — бросился следом и тоже исчез за деревьями. Я ужасно перепугалась. Затаила дыхание. И вот мистер Виндж появился снова. Уже без папы.

Майло тоже затаил дыхание.

— Ещё один парень, который немного отстал, бежал по лужайке вслед за мистером Винджем к лесу. — Мэдди продолжала рассказ, и голос у неё был почти ровный, разве что иногда слегка подрагивал. — Я высунулась как можно дальше, чтобы подслушать их разговор. Мистер Виндж закурил. — Она облизнула губы. — И я… поняла, что отец упал со скалы. Он оступился и теперь лежал у подножия. Мистер Виндж видел, как он падал, и не сомневался, что отец погиб, иначе он бы продолжил преследование. Напарник подошёл к мистеру Винджу, тот выдохнул сигаретный дым, а потом открыл рот, собираясь что-то сказать. Я высунулась ещё дальше… надеялась, а вдруг я ошиблась, может, мистер Виндж сейчас скажет, что отец сбежал и они поймают его в следующий раз… Я подалась вперёд, чтобы расслышать его слова и…

Майло смотрел на неё широко распахнутыми глазами.

— Ты упала?

Она молча кивнула.

— И умерла?

Мэдди снова кивнула.

Они довольно долго сидели рядом, не говоря друг другу ни слова. Майло пытался вообразить то, о чём рассказывала девочка, и в горле застрял комок.

— Мне очень жаль.

— Для меня время течёт странно. — Мэдди оглядела чердак. — Не могу вспомнить, являлась ли я кому-то из обитателей дома раньше, и если да, сколько это продолжалось. Я помню лишь обрывки событий между... тем вечером, когда я упала, и нашим с тобой знакомством пару дней назад. Помню, как кто-то что-то чинил, переставлял местами, шумел. К примеру, помню, как какой-то парень вешал люстру в виде корабля у вас в столовой. Помню, когда твои бабушка с дедушкой и папа занялись прокладкой рельсов для «Уилфорберского вихря». А ещё я несколько раз видела Фенстера после того, как твои родители переехали сюда, хотя я уверена, что часто видела его с отцом, поэтому, возможно, это ложная память. Твоя мама рассказала историю о том, как он увидел меня на пожарной лестнице, но я не помню, когда это было. Время течёт очень странно. Всё мне показалось незнакомым... когда я в этот раз вошла в дом, — продолжила она, опять немного помолчав. — Всё было каким-то новым, даже те вещи, что были здесь раньше. — Она провела кончиками пальцев по жёлтому плащу. — Вроде этого плаща или двери, в которой ты нашёл ключи от Лэнсдегауна. Наверное, все эти вещи я видела при жизни, но они кажутся мне незнакомыми.

— А что заставило тебя вернуться?

— Пришлось. — Мэдди нахмурилась. — Ведь мистер Виндж вернулся. Я почувствовала, что в доме что-то не так, но не знала, что именно. Я поняла, что к чему, лишь время спустя. Я словно бы помнила только середину повествования, то, что было после моей смерти, но до всех этих событий. Я догадалась, но не сразу. А когда он вернулся... а потом один за другим появились остальные... я поняла, что в доме что-то разыскивают. Каждый искал тут что-то, но... — она махнула рукой. — Что-то своё. И что-то было не так. Я не могла понять, где... — она положила ладонь на ладонь.

— ...то и другое ощущение пересекаются... — закончил за неё Майло.

— Да. Я не могла сама разобраться, ведь я не могу поговорить с постояльцами. Даже если бы и могла, то не захотела бы. Я им не доверяла. Мне нужна была помощь, и я выбрала тебя. Предложила тебе поиграть. Решила, может, мы могли бы понять, что тут ищут, раньше других.

Майло кивнул.

— А ты был молодцом! — Мэдди смотрела ему в глаза. — Все задачки решил. Из тебя получился замечательный прохвост, ты находил отгадку на любую загадку, с которой мы сталкивались. Ты нашёл ключи от Лэнсдегауна, реликвию Пилигрима… Я знаю, что ты найдёшь и то, что ищет мистер Виндж. — В голосе девочки зазвучала мольба. — Ты сможешь, Майло, а у меня без твоей помощи не получится. Если нам удастся это найти, то мы избавимся от мистера Винджа. Ему ведь больше ничего не надо.

— Ты готова отдать это ему? — с сомнением спросил Майло.

— От одной мысли противно, — проговорила Мэдди с несчастным видом, — но больше ничего на ум не приходит.

И тут Майло осенило.

— Мэдди? — Странно было называть её именем, которое она не носила на самом деле, но лицо девочки тут же просияло. — Ты сказала, что когда папа вернулся, чтобы взять тебя с собой или чтобы проститься, то он не добрался до дома. — У него даже щёки запылали, как только он это произнёс. — Я хотел сказать… он ведь не заходил в дом?

— Я поняла, — тихо ответила она. — Да, это так.

— Тогда почему мистер Виндж считает, что он спрятал оружие внутри?

Мэдди фыркнула.

— Фенстер говорил правду. Папа никогда не имел дела с оружием. Таможенники придумали эту историю, так что мистер Виндж наверняка знает, что здесь нет никакого секретного оружия. Он или охотится за тем же, что и доктор Гауэрвайн, и просто не хочет признаваться, или же убедил себя, что в ту ночь отец успел-таки спрятать что-то в доме. Но если здесь и впрямь что-то спрятано, то когда мы это найдём, мы сможем избавиться от мистера Винджа. Готова поспорить, он тоже не знает, что именно ищет.

Майло потряс её за плечо.

— Думай, Мэдди! Хоть это и сложно. Думай! Что это могло быть?!

— Ой, нет, нет, — запротестовала она. — Я ничего об этом не знаю, что бы это ни было. Если это вообще существует. Если папа и правда спрятал бы что-то в доме, он не стал бы мне рассказывать. Он никогда не посвящал меня в свои дела, считал, что так безопаснее. Я даже не знала про бумагу с водяным знаком. Нет… — она покачала головой. — Это был не папа. Может, кто-то другой, уже потом. Уже после моей… Наверное, кто-то вернулся. Скеллансен, если доктор Гауэрвайн прав, или кто-то по его поручению. — Она поднялась на ноги. — Слушай, я спущусь вниз. Посмотрю, что там происходит. Скрести пальцы. Может, нам повезло? Может, они сообща вышвырнули его из дома и всё решилось само собой? А тебе лучше подумать о тех подсказках, которые у нас имеются. Ну так, на всякий случай, — она замялась. — Знаешь, внизу ведь не родители Негрета. Может, Негрету легче было бы взять себя в руки, чем Майло. Это просто размышления вслух.

— Может быть. — Он открыл рюкзак. Сейчас, когда это перестало быть игрой, превратиться в Негрета оказалось сложнее. И тут ему пришло в голову ещё кое-что. — А как ты носишь одежду? Почему никто не видел жёлтый плащ, летающий по дому сам по себе?

— Понятия не имею, — она слабо улыбнулась и посмотрела на открытую коробку с принадлежностями для ролевых игр. — В некоторых играх разные миры и существа находятся как бы на разных уровнях. Может, у меня мой собственный уровень и я способна перемещать в него те вещи, которые могу надеть на себя.

— То есть ты можешь превращать предметы в невидимые?

— На время. Но это, похоже, работает только с маленькими предметами... Хотя я умудрилась принести с собой книги к ёлке в то утро, когда мы придумывали твоего персонажа. А помнишь, когда нас заперли в номере, я толкнула тебя к двери?

— Ещё бы. — Негрет потёр разбитый нос.

Она пожала плечами.

— Назовём это неудачным экспериментом.

— Но ты могла бы выбраться из комнаты, достать ключи и принести их обратно.

— Я про это думала, — призналась Мэдди, — но это означало бы, что нужно пройти сквозь дверь, а мне не хотелось выдавать себя без крайней необходимости. Но ты выбрался и без моей помощи! И раз уж мы заговорили о ключах: у тебя в рюкзаке запасные? Можно я одолжу на случай, если Виндж всех где-то запер?

— Да. — Негрет нашёл запасные ключи. — Но открыть можно только гостевые комнаты.

— Поняла. Постараюсь вернуться как можно скорее. — Девочка едва заметно улыбнулась, а потом прошла сквозь дверь.

Негрет сглотнул. Так это правда! Он подождал, пока сердце успокоится, и собрался с мыслями.

Когда Сирин вернулась, Негрет уже разложил все подсказки на перевёрнутом сундуке.

— Всё нормально, — сообщила она, запыхавшись. — Все целы. А что там за помещение в дальнем конце дома, рядом с кухней?

— Прачечная. По совместительству кладовка. А что?

— Похоже, Виндж и его подручные заперли всех гостей в прачечной.

— Что?!

— Один из этих типов сторожит дверь, а с той стороны слышны крики. Мистер Виндж с твоими родителями и Фенстером в гостиной, он допрашивает их. Я слышала, как он им сказал, что они под арестом. Другой его помощник на втором этаже. Наверное, ищет тебя. Нам нужно поторопиться.

— Мама с папой под арестом? Разве таможенные агенты могут кого-то арестовать?

— Не знаю, но, похоже, Виндж считает, что могут. И у него ключ от прачечной. Есть запасной?

— Не знаю. Родители при мне никогда не запирали ту дверь. — Майло опустил голову в ладони. — Ужасно! Ты не можешь вызволить их без ключа?

— Как? Если бы я могла открывать замки, думаешь, я бы этого не сделала, когда нас с тобой заперли?! — она с грустью покачала головой. — Я не волшебница, Негрет, я просто… не такая, как ты. Я могу проходить сквозь стены, а ты нет, но ни ты, ни я не в состоянии освободить людей, запертых в прачечной.

— Неужели ты не в состоянии сделать хоть что-нибудь?! — вырвалось у него раньше, чем он сумел остановить себя.

— Вот и нет, — огрызнулась девочка в ответ. — Поэтому мне и нужен ты!

— Прости.

— Да ничего. Меня это тоже расстраивает. Посмотри-ка! Я кое-что принесла! — Она достала из кармана маленькую книжку в бумажной обложке, озаглавленную «Работы. Каталог № 5». Она положила книжку на сундук рядом с картой-подделкой и настоящей картой, которую им вернула Джорджи. — Я заглянула в комнату доктора Гауэрвайна и нашла это у него в саквояже. — Она показала надпись внизу. — Смотри, что написано. Скеллансен. Думаю, это каталог его витражей. Сможем посмотреть некоторые его работы. А ещё я прихватила ту странную фотографию с картой на запотевшем стекле.

— Отлично!

Негрет взял каталог Скеллансена.

— Думаю, нужно с чего-то начать. — Он не успевал рассматривать картинки, пока листал каталог. Соберись, думал он. Где-то здесь может быть ключ к разгадке, а если так, то нужно его найти, чтобы спасти папу с мамой.

Витражи, витражи. Сплошные витражи. Круглые церковные окна. Сводчатые церковные окна. Витражи, на которых весёлые монахи варят пиво, витражи с танцующими девушками, а ещё корабли под парусами, бороздящие голубую воду с белыми барашками волн. И много чего ещё. Столы с мозаичными столешницами. Экраны для камина со вставками из стекла, чтобы отблески пламени играли по всей комнате. А ещё стеклянные люстры, светильники и лампы.

Негрет отложил каталог.

— Я не знаю, что искать. — Он взял карту Джорджи, а потом фотографию с запотевшим стеклом. — Я не смогу разобраться, что это, если уж доктор Гауэрвайн не смог. Он всю жизнь ищет этот пропавший видимус. Безнадёжно.

— Ничего не безнадёжно! — настаивала Сирин. — Хватит ворчать! Давай думай!

— А я и думаю!

— Ты жалуешься, вот что ты делаешь! — Она снова взяла карту. — Помнишь, что сказал мистер Виндж? Что мой папа и его команда обычно старались зашифровать что-то важное на таких картах.

— Ага, где-нибудь в самой глубине. Но нужно уметь это расшифровывать, иначе всё напрасно. — Такого таланта Негрет за собой не знал.

— Может, нужные нам сведения замаскированы не точками? Помнишь, Джорджи говорила про корабль.

— Дурацкий корабль.

Негрет взял карту и посмотрел на белые завитки, нарисованные на бумаге.

— Мой отец ведь был капитаном корабля. Возможно, это как-то связано с...

— Стой. — Он дотронулся до компаса. — Это ведь альбатрос. И так назывался корабль твоего папы, да? По словам мистера Винджа.

— Да... и что?

— Компасы используются для навигации. Они показывают путь, правильно? Этот компас указывает нам на корабль. Буквально. — Негрет провёл пальцами по стрелке, которая, как он думал, показывала на север. Она была направлена на паруса. — Может, форма компаса подсказывает, что речь о корабле?

— Ну, если то, что мы ищем, спрятано на настоящем корабле, то нам не повезло, — с сомнением заметила Сирин. — Я даже не знаю, что стало с «Альбатросом».

Негрет покачал головой.

— Ты что-то говорила про люстру в форме корабля.

— Ну да. Та, что висит у вас в столовой. Не знаю, на что она на самом деле похожа, но мне всегда напоминала корабль.

Он посмотрел на паруса на карте.

— И ты говорила, что помнишь, когда её повесили.

— Вроде… Уже после… — Её глаза расширились. — Ты думаешь…

Негрет уже листал каталог, пока не нашёл страницу, где были изображены люстры.

— Их тоже изготовил Скеллансен.

Некоторые выглядели как обычные люстры со множеством гранёных бусин, свисающих со стеклянных или латунных завитков. Другие были более причудливыми. Одна люстра с красными и золотистыми спиралями напоминала изящный огненный шар. Другая была составлена из изогнутых резных деталей, которые походили на серебристые блестящие звёзды, висящие прямо в воздухе. Майло вспомнил гроздья кремового стекла над столом в столовой. Этой люстре в каталоге было бы самое место.

— Может быть…

— Но ведь доктор Гауэрвайн говорил про витражи… — запротестовала Сирин. — Что их история может что-то приоткрыть. Чем нам поможет люстра?

— Но это лишь его предположения. Он может и ошибиться. — Негрет постучал пальцем по каталогу, а потом по карте. — Чем дальше я смотрю на эти работы, тем больше убеждаюсь, что мы что-то нащупали.

Сирин взяла фотографию карты, которую она прихватила из саквояжа доктора Гауэрвайна, той карты, что была нарисована на запотевшем окне.

— Знаешь, Негрет, у меня появилась идея. Представь люстру в виде корабля и взгляни на это.

О чём она говорит? Фотография выглядит точно так же, как и раньше: единственное, что он мог понять, на ней изображена тропинка через горы к какому-то прямоугольному зданию, о чём он и сообщил Сирин.

— Это не горы, — возразила Сирин, — а паруса.

— Тогда что это за прямоугольная штуковина?

— Палуба?

— Не исключено.

— Итак... — Он задумался, пытаясь припомнить, есть ли у люстры-корабля на первом этаже хоть что-то похожее на палубу. Насколько он помнил, нет, но, может, он воспринимает всё слишком буквально. — То есть ты думаешь, на картинке показано, как найти на люстре — то есть на корабле — что-то, что там спрятано?

— Думаю, нужно проверить.

— То есть спуститься к мистеру Винджу, у которого пистолет.

Сирин спокойно кивнула.

— Я знаю, нам нужен план. Негрет, нам пора поговорить о последней схватке.

— Схватке? — встревоженно переспросил он. — Ты хочешь сказать, что мы и впрямь будем с ними сражаться? С тремя взрослыми, у которых по меньшей мере один пистолет, а может, и больше? Кстати, откуда они вообще взялись? — Но как только он задал этот вопрос, он тут же вспомнил, сколько раз ему казалось, что какие-то тени проскальзывают возле дома. Может, всё это время эти типы прятались где-то поблизости, например в одной из старых хозяйственных построек в лесу, где вполне можно было укрыться так, что их никто не видел и не слышал.

— Да, я именно об этом, — сказала Сирин. — Но это не то сражение, о котором ты сейчас подумал. Мы победим их, если проявим смекалку, а смекалки у нас хоть отбавляй. Уж побольше, чем у Винджа. Посмотри, сколько мы раскрыли тайн, пока он рассиживался в кресле, попивая кофе.

Негрет судорожно сглотнул. Мальчик и девочка — уже умершая девочка, которая сама призналась, что ничего особенного не способна сделать, —

против троих вооружённых взрослых. И он не уверен, что они умнее и что вообще ум и смекалка помогут в этом деле. Когда детям приходится вступать в бой со взрослыми, взрослые всегда одерживают верх, даже без оружия.

Ну, может, не всегда, подумал он, припоминая историю, которую прочитал в первый день каникул. Дьявол обычно не слишком задаётся, но при этом почти никогда не проигрывает, однако это произошло, каким бы странным ни казалось. Если можно обставить Дьявола, то уж точно можно обхитрить и старика в смешных дурацких носках.

Он потёр лоб.

— Хорошо, пусть мы и умнее, но они сильнее и у них есть оружие. А у нас... — он осёкся и наклонил голову набок, прислушиваясь. — Погоди-ка. — Чердачная дверь слегка качнулась на петлях. — Кто-то открывает двери этажом ниже. Из-за сквозняка эта дверь тоже покачивается.

— Наверное, это тот парень, которого я видела на втором этаже, — прошептала Сирин. Она вихрем подскочила к двери. — Мы можем закрыться на замок?

— Дверь не запирается изнутри. — Негрет встретился с ней взглядом и широко улыбнулся. — Но и не отпирается.

Губы Сирин растянулись в улыбке.

— Я понимаю, к чему ты клонишь, мой дорогой Негрет! И мне нравится твоя задумка!

Они второпях обсудили план действий, после чего Негрет пробрался на лестницу, ведущую к чердаку, и выглянул в коридор пятого этажа.

— Готова? — шёпотом спросил он через плечо.

— О да!

Спустя мгновение один из подручных мистера Винджа вышел из номера «5N». Негрет негромко стукнул пяткой по ступеньке. Агент поднял голову. Негрет нарочно далеко отпрыгнул, словно бы в ужасе, и рванул к двери на чердак. Он пинком закрыл дверь и нырнул за вешалку с одеждой почти у самого выхода. На лестнице раздались шаги агента. Дверь распахнулась.

— Малыш, — позвал агент, — тебя никто не обидит!

Сирин выглянула из-за сундука чуть поодаль так, чтобы виднелась её макушка. Агент сделал шаг в её сторону. Майло не знал, как это получилось, но агент определённо видел её. Сирин снова спряталась за сундуком.

— Обещаете? — пискнула она.

Агент прищурился, пробираясь в глубь чердака.

— Обещаю. Выходи, я отведу тебя к остальным.

— Ну не знаю, — осторожно протянула Сирин.

Негрет выжидал. Агент сделал шаг, потом второй, направляясь к сундуку, за которым пряталась Сирин. Ещё немного…

— Ну же… нельзя, чтобы ты бегал по дому, пока мы там пытаемся навести порядок. Хватит уже играть, так и до беды недалеко.

— Ладно! — весело воскликнула Сирин. — Иду!

Даже Негрет, который знал, что сейчас произойдёт, был потрясён, когда Сирин появилась из ниоткуда. Внезапно она очутилась на ящике совсем недалеко от агента. Тот отпрянул, спотыкаясь, а потом попытался схватить её.

Негрет успел вскочить на ноги и бросился наутёк. Рюкзак подпрыгивал за спиной. Через секунду он был уже по ту сторону двери, захлопнул её и достал ключ из-под растения в горшке. Замок лязгнул в тот момент, когда агент всем телом навалился на дверь.

— Он забыл проверить ловушки, — хмыкнул Негрет, пряча ключ в карман, а Сирин уже стояла на лестнице рядом с ним.

— Недоучка! — кивнула она. — Поздравляю, Негрет. Ты только что выиграл первый раунд этой битвы. Один противник повержен, осталось двое.

Агент яростно колотил по двери. Негрет спустился на этаж ниже и нырнул в ближайшую открытую комнату.

— Сходить по лестнице нельзя. Они будут следить за лестницей, раз послали за нами этого парня.

— Или могут услышать, как он колотит в дверь, если он не успокоится, — сказала Сирин, присев на полку для багажа и упираясь локтями в колени. — Они, наверное, отправят за ним второго, когда этот не вернётся. Не стоит тут долго торчать. Что дальше?

Негрет выглянул в окно на засыпанную снегом пожарную лестницу.

— Слушай, Сирин, это ведь случай крайней необходимости?

— Я бы сказала, да, — Сирин смерила взглядом пожарную лестницу.

Заснеженные ступеньки кончались как раз над покатой крышей.

— Это генераторная будка. Оттуда можно спуститься вниз, и мы окажемся рядом с чёрным ходом, ведущим на кухню.

— А кухня по соседству с прачечной, где все заперты, да?

— Ага.

— Хороший план.

— Да!

Сирин посмотрела на него и нахмурилась.

— Думаешь, ты справишься? — в её голосе звучал страх. — Всего раз поскользнуться и... — она осеклась. — Короче, оступишься — и у нас с тобой будет куда больше общего, чем сейчас, — закончила она.

«Умение владеть собой в неожиданных ситуациях… Быть сильным и ловким… Сообразительным». Негрет вытащил из рюкзака Перчатки Взломщика (предполагали же, что они пригодятся на холоде).

Конечно, одно дело притвориться верхолазом, и совсем другое — на самом деле карабкаться вниз по заледеневшей пожарной лестнице целых четыре этажа, спрыгнуть на крышу, а потом как-то спуститься на землю.

В настоящем мире он не был прохвостом. Он не тренировался вместе с прославленным отцом, который надеялся, что сын пойдёт по его стопам. Он был просто ребёнком, который не знал, кто он и откуда, и не принимал важных решений. Но он строго сказал себе, что понимает, как надо поступить. Раз уж он разобрался с тем, кто такой Негрет, то нужно осознать и кто такой Майло. Нужно сделать выбор, кем он отныне будет.

Наверное, сыграло свою роль то, что он остался один. Майло чувствовал, что на многое способен, пока он был вместе со всеми, но, когда внезапно его разлучили с другими, он обрёл настоящую силу.

Ему нужно понять, на что он ещё способен, что делать с этой силой.

— Негрет? Майло?

Он кивнул.

— Я попробую. Если так я смогу помочь родителям и выпроводить непрошеных гостей, то придётся.

Он открыл окно и довольно быстро снял защитную сетку с помощью отмычек, подаренных Клем. Снежный вихрь пронёсся по комнате, холодный и резкий, как лезвие ножа.

— Я с тобой, — сказала Мэдди. — Прямо за твоей спиной.

Майло кивнул, а потом так осторожно, как только мог, опустил сначала одну ногу с подоконника, а следом вторую, затем схватился за поручни и выпрямился. Металл обжигал руки холодом даже сквозь перчатки, казалось, вся пожарная лестница раскачивается на ветру и вот-вот оторвётся от стены.

— Она не отвалится, — заверил он Мэдди, стуча зубами от холода. — Отец проверяет её каждый год. Это просто кажется, что тут опасно.

Она кивнула и вылезла следом, но выглядела взволнованной.

— Ты в порядке?

Тапочки совсем промокли от снега. Майло вытянул ногу, прощупывая ступеньку. И тут он услышал, как окно закрылось…

— Спрячься, — шепнула Мэдди.

Майло нырнул как можно ниже, не выпуская поручней, но успел заметить силуэт второго агента, когда тот шёл по коридору. Секунду спустя он заглянул в комнату, но, видимо, прислонённая к стене металлическая сетка не показалась ему чем-то странным, он не выглянул в окно, а ограничился тем, что осмотрел комнату, после чего скрылся с довольным видом в коридоре.

— Похоже, нашего пленника сейчас освободят, — тихо заметила Мэдди.

— М-м-м-м-может, оно и к лучшему, — ответил Майло. — Может, они зря потратят время на наши поиски. Пока что мистер Виндж остался без подкрепления.

Но надолго ли? Майло аккуратно нащупал ногой ступеньку. Под снегом он не мог разглядеть, где край ступеньки. Ага. Он продавил снег с небольшим усилием, и вот уже нога стояла на первой ступеньке. Майло спустился, всё ещё не отцепляясь от поручней. Не обращай внимания на ветер! Не обращай внимания на грохот металла! Не обращай внимания, что ноги то и дело соскальзывают... А потом вместо очередной ступеньки он внезапно оказался на широкой квадратной площадке. Майло добрался до четвёртого этажа.

— Стой! — Мэдди проскользнула мимо. Ну конечно, ей-то не надо волноваться, как бы не упасть вниз. Она посмотрела в окно. — Всё чисто.

Вниз, вниз, вниз. Аккуратно нащупывая ступеньки, крепко вцепившись в поручни руками в перчатках. Ещё раз переставить ногу. Снова перехватить руку. Вторая нога. Вторая рука.

На улице было страшно холодно. Майло перестал чувствовать ноги. И тут он снова оказался на открытой площадке. Итак, уже третий этаж.

— И тут всё чисто. — Мэдди посмотрела вниз. — Ещё один этаж — и крыша будки. Ты как, в порядке?

Майло кивнул, громко стуча зубами.

— Один этаж.

— Ты отлично справляешься, — сказала Мэдди. — Давай. Ещё один. Ну же!

В этот раз было ещё тяжелее переступать ногами, но он каким-то чудом преодолел последний пролёт, не превратившись в ледышку и не сорвавшись. Дальше вместо ступенек была приставная лестница с защёлкой. В хорошую погоду можно было просто расщёлкнуть замок и скользить по лестнице вниз почти до самой земли. Но сейчас механизм, удерживающий лестницу на месте, намертво замёрз.

Они слишком высоко, чтобы прыгать вниз, крыша генераторной будки ближе, а с козырька уже можно спрыгнуть на землю.

— Хорошо, — процедил Майло сквозь сжатые зубы. — Хорошо.

Он осторожно повернулся и стоял, прижавшись спиной к металлическим перекладинам, крепко вцепившись в них.

— Хочешь, я буду считать? — спросила Мэдди. Майло кивнул. — Ладно. Готов? Раз… два… три-и-и-и! — Она посмотрела на его руки, которые он просто не в силах был разжать. — Попробуем ещё раз?

Майло покачал головой и прыгнул, но, приземлившись на крышу, поскользнулся, поскольку здесь, как и на пожарной лестнице, под слоем снега скрывался лёд. Такое ощущение, будто приземляешься на маслянистый склон. Майло полетел вниз, беспомощно пытаясь ухватиться хоть за что-нибудь, но не успел и крикнуть, как свалился с крыши в сугроб.

Он пару минут лежал в снегу, пытаясь понять, не сломал ли что-нибудь. Мэдди присела в сугроб рядом с ним.

— Цел?

— Кажется, да.

— Вставай, пока не заработал себе воспаление лёгких. Пошли! — она потянула его за рукав и показала на чёрный вход. — Мы почти у цели.

— Ага! — Он поднялся на ноги, отряхнулся, проверил, не раскрылся ли при падении рюкзак, а потом они осторожно прокрались к двери на кухню.

Мэдди посмотрела через маленькое занавешенное оконце.

— Я вижу спину мистера Винджа, но его помощники, похоже, всё ещё ищут нас наверху. До этого один сидел на кухне и сторожил дверь в прачечную, но сейчас там никого нет. — Мэдди посмотрела на него. — Готов? Скорее, у нас мало времени.

— Да. — Майло потёр замёрзшие руки и потянулся к ручке.

Но дверь лишь немного приоткрылась, издав при этом громкий скрип в знак протеста. Мистер Виндж подскочил, чтобы посмотреть, откуда шум. Он широко раскрыл глаза.

— Ты?!!

Майло захлопнул дверь и прислонился к ней.

— Что теперь?

— Теперь...

Дверь с силой распахнулась, и от удара Майло улетел в сугроб. Один из агентов навалился на Майло, а потом схватил и потащил внутрь. За ними бежала Мэдди, сжимая кулаки.

— Кажется, я ошиблась, сказав, что эти парни ещё наверху, — прошептала она с виноватым видом.

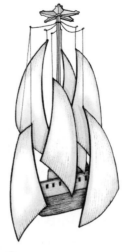

Глава четырнадцатая

Секретный груз Дока Холистоуна

Шпионим? — поинтересовался мистер Виндж, когда его подручный затащил Майло в гостиную и бесцеремонно швырнул на коврик у камина. — Сидеть! — рявкнул он на миссис Пайн, которая тут же вскочила и протянула руки к сыну. Она нехотя опустилась на диван, где сидели мистер Пайн и Фенстер Плам.

— Ты в порядке, Майло? — спросил мистер Пайн. — Они не сделали тебе больно?

— Нет, пап, всё нормально, — сказал Майло как можно твёрже, хотя зубы у него стучали от холода.

Майло и Мэдди переглянулись.

— Действуй, как мы наметили, — сказала она. — Найди то, что он хочет, и выпроводи его отсюда. Хорошо?

— Хорошо. — Он поднялся на ноги и повернулся лицом к тройке непрошеных гостей. — Мистер Виндж, вы говорили, что приехали сюда за последним грузом Дока Холистоуна? Если я скажу вам, где он, если отдам его вам, вы уедете? Оставите этот дом?

Мистер Виндж посмотрел на него с любопытством.

— А ты знаешь, где он?

— Ну, вы сами сказали, что искать я умею лучше, чем вы. Да вы сами мне подсказали, где он. — Майло сложил руки на груди в ожидании. — Идёте на сделку?

— Думаю, — проговорил мистер Виндж, небрежно вынимая пистолет из кармана, — я мог бы просто нацелить эту штуковину на твою маму и не заключать никаких сделок. — Он мрачно улыбнулся. — Но не буду. Я пойду на сделку. Мне нужен только груз.

— Хорошо. — Стараясь не думать о пистолете и о только что прозвучавшей угрозе, Майло нетвёрдой походкой направился в столовую.

«Только бы мы оказались правы. Пожалуйста, пожалуйста, пожалуйста!»

Он взял один из высоких барных стульев и поставил на стол прямо под стеклянной люстрой. Ноги всё ещё не согрелись, поэтому Майло очень осторожно забрался сначала на стол, потом на стул, чтобы посмотреть поближе.

Приглядевшись, там, где люстра крепилась к трубке, в которую был убран электрический провод, Майло увидел небольшие зубцы по бокам латунного прямоугольника. Если люстра — корабль, то это орудийные бойницы. А квадратный выступ напоминал помост на палубе, который ещё называют кватердек. По краю тянулся еле заметный шов, словно отделявший крышку, которую можно приподнять.

Майло достал набор отмычек из рюкзака и выбрал одну с тонким треугольным наконечником, аккуратно вставил в шов и слегка надавил. Крышка с лёгкостью поддалась, хотя люстра и накренилась, раскачиваясь на латунной трубке. Майло пошарил рукой внутри и нащупал мягкую ткань.

— Тут что-то есть, — прошептал он.

Стул ушёл из-под ног. Майло попытался за что-то ухватиться, но стеклянные паруса люстры выскользнули из рук, и он с грохотом приземлился на столешницу, вывихнув лодыжку и ударившись боком. Мэдди взвизгнула и закрыла лицо руками. В гостиной мама громко крикнула: «Майло!»

— Я в порядке, — простонал он. — О-о-ох!

— Дай мне! — Мистер Виндж отшвырнул в сторону стул, сам залез на столешницу, бесцеремонно отпихнув мальчика ногой. Он сунул руку в тайник, а потом спрыгнул на пол с синим фетровым мешочком в руке, развязал завязки, вытряхнул содержимое себе на ладонь и нахмурился.

Майло не видел, что же там было внутри, но что бы это ни было, мистер Виндж явно ожидал увидеть совсем другое. Он уставился на Майло.

— Это шутка?

— Шутка? — переспросил Майло, потирая лодыжку. — Что там?

Мистер Виндж сердито показал то, что держал в руке. Это была маленькая раскрашенная фигурка наподобие той, что этим утром подарил Майло его папа, только девочка, по крайней мере с лицом девочки, но с телом какой-то птицы. Возможно, совы.

— Можно посмотреть?

Мистер Виндж фыркнул и протянул ему фигурку. Она была очень тщательно раскрашена, на изогнутых крыльях можно было разглядеть каждое пёрышко, а на лапах — маленькие чешуйки и коготки, сомкнутые вокруг ветки. Глаза напоминали скорее глаза птицы, чем девочки. Майло перевернул фигурку. На основании значилось всего одно слово. *Сирин.*

«Есть один персонаж, за которого мне всегда хотелось сыграть...»

— Это фигурка для ролевых игр. Персонаж, который называется «дух». — Майло вздрогнул, когда почувствовал влагу на лице. Он дотронулся до щеки и понял, что плачет. — Это для его дочери. Персонаж, за которого ей всегда хотелось сыграть.

— Игрушка? — рявкнул мистер Виндж. — Детская игрушка?

Майло кивнул. Он посмотрел на Мэдди, которая стояла у стола, невидимая для всех, кроме него. Она с любопытством уставилась на крошечную девочку-птицу.

— Наверное, однажды привёз ей в подарок из путешествия.

— И столько шума и хлопот из-за какой-то игрушки? Не может быть! — возразил мистер Виндж. — Все эти поиски, загадки, тайны... Неужели кто-то стал бы всем этим заниматься ради игрушки?!

Тут с дивана послышался голос Фенстера:

— У вас нет детей?

— Но не каждый же в команде был её отцом! Никто из тех, кто привёз эту вещь сюда и спрятал, не мог назвать её своим ребёнком! — Мистер Виндж был потрясён до глубины души.

— Но он был нашим капитаном, а она его дочерью! — взорвался Фенстер. — Не знаю, кто спрятал здесь эту вещь, но поверьте, я знаю, что было у него на уме: «Если я ничего не могу сделать для Дока, то могу хотя бы для его малышки». Вернее, в её память. К тому моменту её уже не было в живых. — Он нахмурился, и на минуту показалось, будто Фенстер Плам и сам пытается сдержать слёзы. — Мне жаль, что я ничего не знал об этом.

Мистер Виндж уставился на фигурку в полном замешательстве. А потом, в один миг, недоумение слетело с его лица.

— В таком случае... — он протянул руку. — Я заберу это, Майло.

Всё именно так, как они предполагали, но теперь, когда мистер Виндж потянулся за крошечной Сирин, Майло прижал сокровище к груди.

— Ни за что. Зачем она вам? Вы искали оружие, какой-то секрет или тайну. Эта фигурка ничего для вас не значит.

— Значит, — возразил мистер Виндж. — Раз она представляла такую ценность для Дока, то я пришёл именно за ней. — Он сделал шаг вперёд, но Майло обежал вокруг стола и встал по другую сторону. — Может, эта безделушка и была частью его жизни, но я не допущу, чтобы она стала частью легенды о нём.

Фенстер вскочил на ноги.

— Вы заберёте её и спрячете просто из злости? Игрушку?!

Мистер Виндж резким движением выхватил пистолет и направил на него.

— Вы совсем глупец? Я не стану её прятать, зачем?! Вон там сидит ещё охотник, — он показал на дверь прачечной. — Наш доктор Гауэрвайн всю жизнь потратил на поиски. Думаете, он один такой? Не-е-е-ет. Нужно уничтожить эту вещицу, пусть даже это простая игрушка.

— Майло... — неуверенно проговорила Мэдди. — Не надо играть с огнём. Не стоит рисковать из-за меня. Отдай ему фигурку, пока он не натворил бед с этим пистолетом...

Майло не слушал её.

— Я не отдам вам игрушку. Она принадлежит дочери Дока, пусть ей и не удалось никогда с ней поиграть. Это не история про моряка-контрабандиста, это история про человека и его дочку, с которой он так и не успел проститься, — он сердито вытер слёзы кулаком. — Сокровище, которое вам не достанется.

Мистер Виндж вздохнул.

— Не заставляй меня воспользоваться оружием, Майло.

По комнате прокатились возгласы негодования.

С криком «Нет!» родители Майло и Фенстер, мешая друг другу, вскочили на ноги, но раньше, чем мистер Виндж успел направить на них пистолет и велеть им не двигаться, вокруг что-то резко изменилось.

Люстра задребезжала, как и все витражи в доме. Потухший было огонь взорвался снопом искр, а огоньки на ёлке замигали.

— Хватит!

Все в комнате, все до единого, повернулись и посмотрели на Мэдди. Впервые её видел не только Майло, но и остальные. Во внешности девочки ничего не изменилось. На ней всё ещё был нелепый жёлтый плащ и синие очки, но в остальном она выглядела как обычный ребёнок. Никаких ореолов или свечения, ничего такого, что подсказало бы собравшимся, что среди них внезапно появилось привидение.

Хотя прийти в изумление можно было уже потому, что какая-то незнакомая девочка вдруг возникла из ниоткуда.

Все: родители Майло, Фенстер, мистер Виндж и оба его подручных — уставились на Мэдди, но та не сводила глаз с мистера Винджа. Она подошла прямо к нему и протянула руку к пистолету.

Мистер Виндж вздрогнул. На лице у него выступили капельки пота, и тут он прицелился и нажал курок.

Майло вскрикнул.

Мэдди резко остановилась и посмотрела на свой живот, а потом на дырку от пули в полу позади неё.

— Вы в меня выстрелили. Я, может, и умерла, но всё же я ребёнок. Вы только что стреляли в ребёнка!

Девочка с отвращением покачала головой, а потом — никто и моргнуть не успел — уже стояла возле мистера Винджа, глядя в его блестящее от пота лицо. Они смотрели друг другу прямо в глаза, хотя мистер Виндж был на голову выше остальных, а Эдди Уитчер ещё секунду назад — ниже Майло.

— Я заберу пистолет, — сказала она, и голос её напоминал лёд, потрескивающий на реке. — Пока вы не выстрелили в кого-то, кому и правда можете причинить вред. — Затем пистолет оказался в её руке, и она вновь превратилась в маленькую девочку. Мистер Виндж неуклюже припал к столу, схватившись обеими руками за сердце.

— Шеф? — неуверенно спросил один из его помощников.

— Вас уже попросили покинуть этот дом, — проговорила девочка пугающе спокойным голосом. Она перевела взгляд с мистера Винджа сначала на одного агента, потом на другого, а затем снова на мистера Винджа. — Я не буду повторять. Вы покинете этот дом. Вы оставите в покое моих друзей и память о моём отце!

Мистер Виндж поднял голову, в глазах его читался страх, но на долю секунды показалось, что он готов вступить в спор. Но прежде чем он открыл рот, Мэдди снова стала расти и оказалась вдруг с ним нос к носу, а лицо её выглядело таким сердитым, что даже черты изменились.

— Вы покинете этот дом! — то ли вскричала, то ли прорычала она. Майло заткнул уши руками, и не он один. Это был мучительный крик, полный горя и отчаяния. А ещё страха, понял вдруг Майло. Мэдди сама боялась. Но сильнее страха и тоски была ярость Эдди Уитчер. Эта ярость горела на её бледном лице, как белое пламя. Мистеру Винджу не оставалось ничего, кроме как убежать.

Он метнулся туда-сюда, отшатнулся от разгневанной девочки-призрака, которая всё ещё сжимала в руке пистолет, и помчался к выходу. Выбежав за дверь и впустив в дом порыв ветра, он исчез в снежной ночной пелене. Дверь захлопнулась с громким стуком, затем открылась снова, ледяной вихрь подхватил пальто, висевшее на крючке в вестибюле, и унёс в темноту.

В окно виден был тёмный силуэт мистера Винджа, который, спотыкаясь, спешил к дороге. Пальто бросилось за ним вдогонку. Мистер Виндж не сразу заметил это и ещё больше испугался. Пальто набросилось на него и повалило на землю. Через пару минут он, пошатываясь, поднялся на ноги, взял пальто, осмотрел его, сунул руки в рукава и снова побежал. После чего скрылся из виду.

Мэдди перевела взгляд на двух оставшихся агентов.

— А вы чего ждёте? — холодно спросила она. — Подать вам пальто? Или не терпится ещё разок увидеть истинное лицо призрака?

Агенты переглянулись и пулей вылетели на улицу.

Мэдди вернулась в гостиную, держа пистолет на весу, как дохлую крысу, осторожно положила на стол и посмотрела на родителей Майло.

— Думаю, лучше прибрать его в безопасное место.

Миссис Пайн неуверенно кивнула, осторожно взяла пистолет, осмотрелась и пошла к небольшому столику на кухне, который запирался на ключ. Мистер Пайн подбежал к сыну и крепко его обнял.

— Со мной всё в порядке, пап, — заверил Майло. — Лучше, наверное, выпустить всех из прачечной.

Мистер Пайн разом засмеялся и издал вздох облегчения.

— Да-да, — выдавил он. — Только придётся ломать дверь. Один из этих типов унёс с собой ключ.

— У меня есть ключ, — отозвалась миссис Пайн из кухни. — В ящике для всякого хлама нашёлся запасной.

Тем временем Фенстер пристально смотрел на Мэдди.

— Эдди? — неуверенно пролепетал он. — Эдди Уитчер?

Мэдди улыбнулась старому контрабандисту.

— Привет, Фенстер. Рада снова с тобой повидаться. Спасибо за добрые слова о моём папе. — Она посмотрела на Майло и улыбнулась. — И тебе тоже спасибо, но я ведь просила не делать глупостей! У нас же был план. Он мог тебя ранить, а я не знала, что способна на такие штуки, пока не попробовала. Всё могло закончиться плохо. — Она немного сердилась.

— План? — Мистер Пайн переводил взгляд с сына на девочку-призрака. — У вас был план? — он потёр лоб. — Майло, когда я пойму, что происходит, мы с тобой серьёзно поговорим, как вести себя, если рядом вооружённый человек, но пока что я ума не приложу, что обо всём этом думать.

— Это точно, — поддакнула мама. — Вы свободны! — объявила она, отпирая дверь прачечной и распахивая её настежь. — Мы победили. Вернее, победили Майло и его подруга.

Её слова, разумеется, вызвали целую кучу вопросов.

— Позвольте подытожить... — Доктор Гауэрвайн уставился на Мэдди, как, впрочем, и все остальные. — Майло, ты... нашёл последний груз Дока Холистоуна, хотел отдать его мистеру Винджу, лишь бы тот убрался восвояси, а потом передумал?

Майло кивнул.

— Я собирался сделать, как велела Мэ... то есть Эдди. Она попросила отдать фигурку. — Он протянул игрушку ей. — Но она твоя. Она должна быть у тебя. Это важно. Твой папа привёз её для тебя.

Мэдди взяла фигурку обеими руками.

— Правда, красивая? — Она держала её так, чтобы доктор Гауэрвайн, который переминался рядом с ноги на ногу, явно надеясь взглянуть поближе, смог рассмотреть. — Красивая?

— Это дух, — сказал мистер Пайн, глядя сначала на разрисованную девочку-птицу, а потом на Мэдди. — Так вот откуда Майло узнал про «Странные следы», ты ему рассказала?

Мэдди кивнула.

— Может, мы могли бы сыграть как-нибудь втроём? — предложил Майло. — Или тебе пора уходить? Теперь, когда подарок у тебя, а мистера Винджа и след простыл.

Мэдди задумалась.

— Не знаю. У меня... нет ощущения, что мне нужно уходить. — Она посмотрела на чету Пайнов. — Но вы ведь не обрадуетесь, если в вашем доме поселится привидение?

Миссис Пайн пожала плечами и устало улыбнулась.

— Ну, похоже, привидение поселилось уже давно. Кроме того, этот дом принадлежал тебе.

— По правде говоря, я не знаю, как это получается, — сказала Мэдди. — Я уже говорила тебе, Майло. Время течёт, а я не знаю, как это происходит. Поэтому я не знаю, появлюсь ли я снова в этом доме. Но если вы не возражаете, было бы очень славно при случае поздороваться. Ну, или сыграть в «Странные следы».

Отец Майло так и не пришёл в себя, но сумел с трудом улыбнуться.

— С превеликим удовольствием!

Тем временем доктор Гауэрвайн взял фигурку, чтобы рассмотреть поближе.

— Не хотелось бы сильно расстраиваться, но неужели всё это время я искал вот это?!

— Мы тут подумали: а мог Скеллансен изготовить эту люстру? Может такое быть?

— Да, да, думаю, вы правы. Если бы я так не увлёкся историей про витражи, то, наверное, и сам бы это обнаружил, — он нахмурился. — Но всё указывало на то, что Скеллансен выбрал Дока Холистоуна героем своего витража. — Он протянул фигурку Мэдди и тут же отдёрнул руку, словно боялся, что девочка его укусит. — Хотя, Майло, ты, конечно, прав и это самое настоящее сокровище, — поспешно прибавил он. — Как и люстра. В городе не так много работ Скеллансена, это замечательно — найти здесь одну из них. Просто… ну, вы понимаете…

— Это не то, что вы искали, — заметила Мэдди. Он грустно кивнул.

— Это точно.

Майло посмотрел на люстру, а потом взял стул, который отшвырнул мистер Виндж, и снова поставил на стол.

— Пап, подержишь?

Мистер Пайн растерянно посмотрел на него, но подержал стул, пока Майло снова на него залез. Он опёрся на плечо отца, поднялся на цыпочки и потянулся к прямоугольному латунному каркасу.

Тот слегка развернулся, как помнил Майло, когда он снял крышку на палубе.

Он попробовал аккуратно повернуть конструкцию, и она тут же поддалась. Майло крутил и крутил, пока каркас полностью не отделился от латунной трубки. Каркас оказался довольно тяжёлым, и Майло чуть было его не выронил, но успел отдать папе, после чего заглянул в трубку.

Там внутри что-то было, причём так плотно прилегало к внутренним стенкам, что это можно было и не заметить, если не искать специально. Майло аккуратно вынул спрятанный предмет.

— Ого! — он поднял взгляд от свёрнутой в трубку бумаги. — Доктор Гауэрвайн, не хотите посмотреть первым?

Профессора не нужно было просить дважды. Он подошёл к столу и аккуратно, с благоговением, взял рулон. Пока Майло слезал, доктор Гауэрвайн стал очень-очень осторожно раскручивать на столе находку.

— О боже… — прошептал он.

Это была картина потрясающей красоты.

— О боже… — снова повторил доктор Гауэрвайн. — Вы думаете…

Миссис Пайн быстро прошла на кухню и вернулась с двумя чистыми кофейными чашками. Профессор аккуратно прижал уголки.

— Боже мой! Боже мой!

Небольшой клиппер быстро двигался вниз по реке. Нос его украшала вырезанная из дерева птица. Майло видел такую на старой карте — альбатрос. Это был прекрасный корабль, легко рассекающий волну на всех парусах, из тех, что дедушка Майло называл «проворными маленькими парусниками». А позади на реке виднелся ещё один корабль, побольше. Он с трудом справлялся с ветром, а паруса накренились.

Человека за штурвалом, казалось, погоня не беспокоила. На голове у него была коричневая шляпа с лентой, подколотой золотой брошью. Подбородок был гладко выбрит, а вот бакенбарды слегка отливали рыжим, как волосы Мэдди. Он выглядел довольно молодо, моложе, чем родители Майло, но лицо его было строгим и решительным, а взгляд пылал отвагой. Сразу видно, этот человек не свернёт с пути, какие бы трудности его ни ожидали, и с ним придётся считаться, если кто-то попробует ему помешать. Это было ясно по выражению лица и по тому, как он сжимал штурвал. Люди, собравшиеся на берегу, махали руками и радостно кричали, встречая своего героя. Да вообще с первого взгляда хотелось приветствовать его ликующими возгласами, даже не зная, кто он. Но, конечно, все знали, кто это. Капитан Майкл Уитчер, контрабандист, называвший себя Доком Холистоуном.

Судя по всему, это был эскиз, доктор рассказывал о таких рисунках в своей истории, однако выглядел он как законченная работа: всё было тщательно прорисовано, а линии чётко очерчены. Майло догадался, что линии обозначают металлический каркас готового витража. Это была настоящая завершённая картина со всеми оттенками цвета, плавными формами, которые как будто обретали движение: вода пенилась и разлеталась брызгами, а паруса надувались от ветра. Майло доводилось видеть изображения людей на витражах только в церкви, но лицо капитана за штурвалом не походило на неподвижные лики святых. Казалось, он мог в любой момент оторвать взгляд от реки, простиравшейся перед ним, и посмотреть прямо на тебя.

Картина была удивительно красива — настоящее произведение искусства, пусть даже витраж, в который она должна была превратиться, так и не был создан. Да и сложно было представить, чтобы витраж получился ещё красивее.

Мэдди дотронулась до лица на картине.

— Это мой папа, — тихо произнесла она. — Каким я его видела.

— И каким я рисовал его в своём воображении. — Лицо доктора Гауэрвайна, которое с момента приезда казалось напряжённым и рассерженным, наконец стало спокойным и довольным. — Какое сокровище! Этот дом полон сокровищ!

Тут заговорила миссис Пайн.

— Вы рассказали нам, что всю жизнь это искали. А что собирались делать, когда найдёте?

— Не знаю. — Профессор не мог оторвать глаз от эскиза. — Пока не приехал сюда, я надеялся, что вы не подозреваете, чем владеете, и, возможно, мне удастся убедить вас продать эскиз мне. Но, разумеется, он должен остаться здесь! — добавил доктор совершенно искренне. — Он принадлежит этому дому, вам. И воспоминаниям его дочери.

— А что, если... — Мэдди замялась. — Что, если вы его возьмёте на время?

— Тогда я отвезу эскиз в университет, попрошу мастера, которому доверяю — он учился у Скелленсена, — сделать копию, а потом, если вы не будете против, попрошу изготовить витраж точно по эскизу. Полагаю, университет может по моей просьбе выставить витраж для всеобщего обозрения. — Он дотронулся до края картины, который слегка потёрся от времени. — А возможно, я решусь на большее и изготовлю такой же для вас. Чтобы сохранить.

— Отлично задумано, — сказал мистер Пайн. — Как считаешь, Майло?

— Думаю, решение должна принимать Мэдди. То есть Эдди.

Мама Майло кивнула:

— Согласна.

— Тогда я думаю, что вам стоит на время забрать картину, — заявила Мэдди профессору. — Берегите её, чтобы ничего с ней не случилось. Я буду рада, если другие люди увидят эту картину.

— Твой отец был и моим героем, — признался доктор Гауэрвайн. — Возможно, мы когда-нибудь ещё поговорим об этом.

Мэдди просияла.

— С удовольствием!

Майло испытал ту же радость, как в тот раз, когда миссис Геревард открыла Оуэну историю Лэнсдегауна. Семья Мэдди погибла, но перед ней человек, которому можно рассказать об отце и который бережно сохранит её рассказ.

Миссис Пайн подошла к сыну и обняла его за плечи.

— Неплохое Рождество, что ни говори? Пусть даже и не такое, как ты ожидал.

Майло обвёл взглядом комнату. После того как исчез мистер Виндж, здесь остались только старые друзья, а ещё те, кто искал что-то, нашёл и передал другому. Миссис Гереворд нашла фонарь и подарила Оуэну частичку его прошлого. Джорджи нашла ответ (пусть и не тот, который хотела услышать) и помогла миссис Гереворд раскрыть тайну Лэнсдегауна. Оуэн искал Клем, а подарил Майло талисман, который хранил с детства. Клем пыталась отыскать ключ от сердца Оуэна, но именно её подарок помог Майло убежать и спасти остальных. Доктор Гауэрвайн приехал на поиски своего героя, но он сможет рассказать Мэдди что-то новое о её собственной семье.

— Думаю, всё вышло даже лучше, чем я ожидал, — признался Майло. — А Рождество ещё даже не наступило.

И тут в тишине вдруг послышался морозный звон колокола.

Глава пятнадцатая

Отъезд

Было поздно и уже совсем темно, когда седобородый паромщик подкрепился чашкой кофе, надел шарф и перчатки, нагревшиеся на сушилке, и сообщил, что готов плыть обратно. Один за другим гости спускались вниз с дорожными сумками.

— Вы уверены, что тоже хотите уехать прямо сейчас? — спросила миссис Пайн, когда Клем и Оуэн расплачивались. — Уже поздно, да и сильно похолодало. Куда вы поедете?

— Оуэн живёт в районе Пристани, — ответила Клем. Она подмигнула Майло. — Мы доберёмся до дома раньше Санты. И я замолвлю о вас словечко парочке надёжных полицейских, они приедут при первой же возможности, если вы хотите. Уж они-то не позволят таможенным агентам здесь хозяйничать, а вам полегчает, если с кем-то поговорите.

— Ну, не совру, если скажу, что это было бы отлично, — призналась миссис Пайн, — но если только вы правда уверены, что хотите уехать. И разумеется, мы надеемся, что вам понравилось в нашем отеле.

Все четверо рассмеялись.

— Вы ещё не показали мне, как пользоваться отмычками! — запротестовал Майло, когда Клем и Оуэн направились к двери вместе с мистером Пайном и мистером Остлингом, паромщиком. При упоминании об отмычках родители Майло оба посмотрели на него с полным недоумением, но промолчали.

— Ты прав, не показала. — Клем присела на ручку кресла. — Вот что. Когда я доберусь до дома, то для начала пришлю тебе книжку. А потом как-нибудь постараюсь заглянуть к вам и посмотреть, как ты тут справляешься. Пойдёт?

— Пойдёт.

Оуэн протянул руку.

— Ещё раз спасибо за всё, Майло. Было приятно познакомиться с тобой и твоими родителями.

Дальше шли друг за другом миссис Геревард и доктор Гауэрвайн. Пожилая леди обратилась к Майло:

— Молодой человек!

Майло выпрямился.

— Да, миссис Геревард!

Она посмотрела на него пристальным строгим взглядом, а потом строгость куда-то исчезла, миссис Геревард улыбнулась и протянула коробку, завёрнутую в красную бумагу с цветными полосками.

— С Рождеством, дорогой!

— Это мне? Спасибо! — Он разорвал бумагу и открыл коробку. Внутри лежали шарф и пара варежек тёмно-зелёного цвета с белыми снежинками. — Вы их вязали всё это время?

— Да, но признаюсь, до сегодняшнего дня я и не знала, что вяжу их для тебя, — она похлопала его по плечу и улыбнулась. — Ты сделал много хорошего всем нам, Майло, хотя не все это заслужили. Тот, кто сказал, что дом полон сокровищ, был прав, и я думаю, что самое большое сокровище — это ты. — Она снова улыбнулась Майло, после чего её лицо приняло привычное суровое выражение. — Хватит мне разводить сантименты. Может, наденешь варежки и поможешь мне с вещами?

Пока мистер Вниз и миссис Вверх расплачивались с миссис Пайн, Майло оделся потеплее и взял сумки у миссис Геревард — сколько мог унести, осторожно вышел на улицу, спустился по лестнице и зашагал через лужайку. Из окон павильона вдалеке лился сливочно-жёлтый свет, а гирлянда поблёскивала золотом под слоем инея.

Мистер Пайн держал рычаг, приводивший в движение катушку. Судя по скрипу рельсов, «Уилфорберский вихрь» с двумя влюблёнными пассажирами преодолел уже бо́льшую часть пути.

— Миссис Геревард и доктор Гауэрвайн тоже уезжают, — сказал Майло, слегка запыхавшись, когда поставил сумки.

— Клем сказала. — Мистер Пайн шутливо подёргал сына за новый шарф. — Подарок от нашей вязальщицы?

— Ага. И ещё вот это! — он похвастался варежками.

— Какие красивые!

Звук рельсов изменился, и мистер Пайн опустил рычаг. Спустя мгновение колокол внизу снова прозвонил — одна-единственная морозная металлическая нота. Мистер Пайн потянул рычаг, чтобы вагончик фуникулёра заскользил вверх по холму, а потом они с Майло молча стояли, наблюдая за тем, как деревья шелестят на ветру, осыпаясь небольшими хлопьями снега. Огоньки гирлянды мерцали, когда ветер покачивал их, и наконец синий нос вагончика вынырнул из-за склона как раз в тот момент, когда к платформе подошли миссис Геревард и доктор Гауэрвайн.

— Я прекрасно провёл время, — сказал доктор Гауэрвайн. Он постучал ладонью по тубусу, который оказался вовсе не чехлом для телескопа, как думал Майло. Сейчас там лежал бесценный эскиз с портретом Дока Холистоуна. — Правда. Спасибо вам!

Миссис Геревард лишь кивнула мистеру Пайну и снова похлопала Майло по плечу, после чего и они уехали в фуникулёре вниз.

— Давай-ка сходим выпьем по чашке горячего шоколада, — предложил мистер Пайн, когда раздался очередной звонок с подножия холма, сообщавший, что пассажиры доставлены в целости и сохранности.

На крыльце они встретили Джорджи.

— Поедете на пароме с остальными? — уточнил мистер Пайн, собираясь вернуться на площадку.

Джорджи покачала головой.

— Нет, после всех этих неудачных попыток с лодкой. Надеюсь прокатиться на поезде. Брэндон собирается отвезти Фенстера в город, и я попросила прихватить меня. Так… пусто… — заметила она с грустной улыбкой. — Миссис Каравэй с дочерью тоже поедут с нами. Выйдут через минутку.

Майло моргнул. Мать и дочь Каравэй знали о подземной железной дороге, как и Пайны, ведь Брэндон — друг семьи. Но Джорджи?

— Это он вам рассказал про железную дорогу? Она искоса взглянула на него.

— Я же Зоркая, Майло, забыл? Мне не нужно ничего рассказывать. Пришлось только пообещать, что больше я никому не скажу. А такие, как я, умеют хранить тайны.

— Ого! Но как вы узнали?

Джорджи улыбнулась.

— Настоящие воры не раскрывают своих секретов, Майло. Но отвечу так — в «Записках» нашлась очень важная подсказка. Никогда не забывай про мифы и легенды, если хочешь по-настоящему узнать то место, о котором в них говорится.

— Наверное, я не добрался до нужной истории, — сказал Майло, пытаясь припомнить всё, что прочитал. — Кстати, не забудьте свою книгу. Я сейчас принесу её!

— Погоди, а ты её ещё не дочитал?

— Не до самого конца.

— А хочешь?

Майло задумался.

— Очень.

— Тогда оставь книгу себе, а когда дочитаешь, то отдашь ещё кому-нибудь.

— Здорово! Спасибо, так и сделаю. — Майло вдруг засуетился. — Как-то нехорошо получается. Все остальные получили что-то важное для себя. Кроме вас.

— Это не так, — возразила Джорджи, широко улыбаясь. — Мне подарили синий торт. Очень вкусный, — добавила она, когда дверь отворилась и на крыльцо вышел Фенстер, а следом за ним Брэндон.

— Я был счастлив испечь этот торт! — галантно сообщил Фенстер. — Пусть даже миссис Геревард слегка пожадничала с корицей.

Джорджи взяла старого контрабандиста за руку.

— А она говорит, что это перец.

— Всего щепотка! — хмыкнул Фенстер. — Триста акул мне в глотку, подумаешь, одна щепотка дело не испортит!

Брэндон пожал руку Майло.

— Увидимся в более погожий денёк, приятель. С Рождеством!

Миссис Каравэй и Лиззи обняли Майло на прощанье после чего все двинулись во главе с мистером Пайном в сторону леса к зданию из красного кирпича, где был спрятан вход в подземную железную дорогу. Майло провожал их глазами, пока они не скрылись из виду.

— Мне тоже пора уходить. Пока что.

Майло повернулся и увидел, что девочка-дух стоит рядом с ним на крыльце.

— Ты же знаешь, что можешь остаться.

Мэдди — Майло так и не привык даже мысленно называть её Эдди — кивнула.

— Я знаю и благодарна тебе. Но ты должен встретить Рождество с папой и мамой, да и все гости разъехались. Ты ведь этого так хотел, разве нет?

— Да, — признался Майло, — но ты нам не помешаешь. Приглашаю тебя встретить Рождество вместе с нами. — К своему удивлению, Майло говорил совершенно серьёзно.

— Нет, не в этот раз, — девочка улыбнулась счастливой улыбкой. — Это мой тебе подарок в благодарность за то, сколько ты для меня сделал. Но я обязательно вернусь. У меня в распоряжении целая вечность.

Майло посмотрел на свою подругу.

— Если ты так хочешь.

— Да.

— Что ж... тогда с Рождеством, Мэдди-Эдди-Сирин. — Он неловко протянул ей руку, и они с серьёзным видом обменялись рукопожатиями.

— С Рождеством, Майло-Негрет!

И тут Мэдди, как тогда в Эмпориуме, мелькнула и в мгновение ока исчезла. Майло задрожал, озираясь посреди снежного вихря и изумлённо вглядываясь туда, где только что была Мэдди, а потом зашёл в дом. Миссис Пайн смотрела в окно. Она протянула руку, и Майло встал рядом. Дом казался пустым, было так тихо, что потрескивание огня в камине казалось неожиданно громким.

— Как ты, малыш? — спросила мама.

— Нормально. Устал.

— А где твоя подруга?

— Ушла, — ответил Майло, всматриваясь в ночь. — Пока ушла.

— Но она вскоре вернётся?

— Думаю, да. Надеюсь.

— Это благодаря ей ты отлично провёл последние несколько дней, хоть и надеялся вовсе не на такие каникулы? — спросила миссис Пайн. Майло кивнул, и она обняла его крепче. — Тогда и я надеюсь. — Они какое-то время помолчали. — Майло, послушай, мы ведь с папой знаем, что ты всё ещё думаешь о своих настоящих родителях.

Майло напрягся, но лишь на миг.

— Ну да.

— Мы знаем: это совсем не значит, что ты нас не любишь. Мы не хотели бы, чтобы ты чувствовал вину за то, что любишь их тоже и думаешь о них.

В горле у Майло встал комок.

— Я понимаю.

— Просто я подумала, — осторожно добавила мама, глядя в окно, — что со всеми этими разговорами про… про прошлое этого дома, про Дока Холистоуна и его дочь, про то, что Оуэна тоже усыновили и он вдруг узнал что-то о своих предках… А ещё тот чудесный подарок, который он тебе сделал… я подумала, что ты переживаешь. Чувствуешь печаль и в то же время радость или что-то ещё, пусть даже сам не можешь точно сказать, что именно… Может, ты захочешь поговорить об этом. Со мной или с папой, когда он вернётся. Ну, или не захочешь.

Дурацкие слёзы. Майло вытер глаза воротником пижамы.

— Хорошо.

Мистер Пайн шагал по заснеженной лужайке к дому.

— Наверное, не сегодня. Сегодня просто будем праздновать Рождество.

— Конечно. В любое время, когда захочешь. — Она снова обняла его.

Вернулся отец. Он сбросил куртку и ботинки, а миссис Пайн поставила одну из старых рождественских пластинок, доставшихся ей от матери, и мало-помалу «Дом из зелёного стекла» снова стал родным и уютным, таким, каким и бывал в канун Рождества.

Они засиделись, поскольку наконец остались одни, пили горячий шоколад, лакомились рождественским печеньем и ещё безе, которое мама Майло называла «забывайками», поскольку оставляла в нагретой, а потом выключенной духовке на всю ночь. Когда родители отправили его спать, было уже далеко за полночь.

Майло забрался в постель и натянул одеяло до подбородка. Обычно, чтобы уснуть в Рождество, нужна была целая вечность, но сегодня глаза слипались сами собой.

Ветер шелестел ветками деревьев и подгонял белые облачка, которые плыли по тёмному ночному небу. Дом издавал знакомые звуки, желая ему спокойной ночи, а Майло Пайн погружался в сон о героях и контрабандистах, о привидениях и тайниках, полных сокровищ. Последнее, что он увидел, была фигурка из «Странных следов», которую подарил отец, стоявшая рядом с дракончиком Оуэна. А теперь рядом с сигнальщиком и драконом стояла ещё и маленькая девочка-птица Сирин.

— Спокойной ночи! — прошептал Майло. — Скоро увидимся!

Ответственный редактор Екатерина Сорокина
Литературный редактор Антонина Балакина
Художественный редактор Екатерина Арделян
Корректоры Анна Белова, Наталья Лаврова, Людмила Виноградова

Издательство «Поляндрия Принт».
197342, Санкт-Петербург, Белоостровская ул., д. 6 литера А,
пом. 30-Н часть пом. 2.
www.polyandria.ru, e-mail: info@polyandria.ru

Подписано в печать 07.06.2023..
Формат издания 138×210 мм.
Тираж 6000 экз. (1-й тираж 3000 экз.,
2-й тираж 4000 экз, 3-й тираж 3000 экз., 4-й тираж 5000 экз.).
Заказ № 4879.

Отпечатано в соответствии с предоставленными материалами
в АО «Первая Образцовая типография» филиал
«УЛЬЯНОВСКИЙ ДОМ ПЕЧАТИ».
432980, г. Ульяновск, ул. Гончарова, д. 14